HEYNE BÜCHER

JOAN D. VINGE

LOST IN SPACE™

Der Roman zum Film
nach dem Drehbuch von
AKIVA GOLDSMAN

Aus dem Amerikanischen
von Jürgen Langowski

Deutsche Erstausgabe

WILHELM HEYNE VERLAG
MÜNCHEN

HEYNE ALLGEMEINE REIHE
Nr. 01/20020

Titel der Originalausgabe
LOST IN SPACE

Redaktion: Werner Bauer

Printed in Germany 1998

Umschlaggestaltung: Atelier Ingrid Schütz, München
Satz: Pinkuin Satz- und Datentechnik, Berlin
Druck und Bindung: Ebner Ulm

ISBN 3-453-14803-7

Für Lister und Mary
und die Clarion Class 1997

Ich würde es nicht sagen,
wenn ich's nicht lieben würde.

DANKSAGUNGEN

Die Autorin ist Melanie Orpen, die geholfen hat, den gordischen Knoten zu durchschlagen, besonders dankbar; und ebenso Rich Miller und Jim Frenkel, die geholfen haben, die Elefanten über die Alpen zu bringen.

Prolog

»Hyperraumtor, hier ist die *Grissom One,* wir bitten um einen Vektor für den Landeanflug.« Die Pilotin der *Grissom One* sah durch die transparente Kuppel der Schiffsbrücke hinaus und lächelte. Man konnte einfach nicht anders als verzaubert sein, wenn man diese Szenerie erblickte. Ganz egal, wie oft man es schon gesehen hatte, es war ein unvergleichlicher Anblick: die Erde als riesige Kugel im Weltraum, gleich einem blauen Opal auf schwarzem Samt – und ganz in der Nähe die Türme der Raumstation, die wie eine Krone auf der surrealistisch anmutenden, zehn Meilen durchmessenden Anlage saßen. Von dort aus sollten bald die ersten Vorstöße der Menschheit in den Hyperraum erfolgen.

Bauarbeiter blickten auf, und in den Sichtscheiben ihrer Anzüge spiegelte sich das Sonnenlicht, hell wie die Flammen ihrer Schweißgeräte, als über ihnen das Schiff vorbeiglitt.

»Roger, *Grissom One,* hier ist die Hyperraumtor-Anflugkontrolle.« Bill Randalls vertraute, muntere Stimme ertönte in ihrem Kopfhörer. »Sie haben Landeerlaubnis. Hoffentlich haben Sie ein bißchen Partagas in Ihrer Blechbüchse mitgebracht, Sal.«

Sal lächelte, als sie die Landekoordinaten in den Bordcomputer eingab. Kurze Zeit später nahmen die Steuerdüsen des Schiffs ihre Arbeit auf. Die Flugbahn des Frachters veränderte sich allmählich und den Vorgaben entsprechend, bis der Anflugvektor für die richtige Andockbucht erreicht war. »Ich habe Ihnen die erstaunlichsten …«

Randall sollte nicht erfahren, was sie mitgebracht hatte.

Der Tod stieß aus dem sternübersäten Nachthimmel herab auf die *Grissom One,* und der Frachter explodierte in einem Feuerball.

Major Don West drehte sich in seinem gyroskopischen Geschirr herum und las die holografischen Anzeigen über seinem Kopf ab, während der V-flügelige Abfangjäger vom ASOMAC-Stützpunkt startete. Das Schiff raste mit hohen Beschleunigungswerten durch die Nacht, und der Pilot lenkte es in Richtung der sich rasch ausdehnenden Wolke von Trümmern. Das Cockpit war eine Kuppel aus einer durchsichtigen Legierung, die wie eine glänzende Perle im Bug des Jägers saß. Das Sichtfeld betrug fast dreihundertsechzig Grad, und der Pilot konnte durch bloßes Drehen des Kopfes den Ring des Hyperraumtors, die Trümmer des Frachters in der Mitte und die feindlichen Schiffe überblicken.

Im Nu hatte er die gaffenden Arbeiter hinter sich gelassen und Kurs auf die in alle Richtung davonfliegenden Trümmer genommen, wo gerade eben der Frachter explodiert war. Als er die Außenwand des zur Hälfte fertiggestellten Hyperraumtors erreicht hatte, brachen zwei stumpfnasige Rebellenschiffe aus den Trümmern hervor, genau die Schiffe, die ein paar Sekunden zuvor den Frachter zerstört hatten.

»Wer sind die Angreifer?« Jeb Walkers Stimme drang aus Don Wests Funkgerät.

Die *Ranger One,* bis auf die Markierungen eine genaue Kopie seiner *Eagle One,* setzte sich neben ihn. Auf den Flügeln funkelten die Waffensysteme wie die Krallen einer Raubkatze. Er lächelte, als er die Bemalung auf Walkers Maschine sah: ein grinsender Hai mit gefährlichen Zähnen auf der rechten Tragfläche, das Symbol für die Hand des Schicksals auf der linken.

Auf seinen eigenen Tragflächen waren der Umriß und das Auge eines Adlers zu sehen: die Symbole eines Jägers. *Manchmal ist Jeb zu grüblerisch ...* Aber Jeb war sein Kumpel, sein Flügelmann und sein fröhlicher Rivale, seit sie die Akademie verlassen hatten.

»Jagdschiffe der Rebellen«, antwortete West. »Sie behaupten, der Frachter hätte ihren Luftraum verletzt.«

Walker knurrte wütend. »Der kalte Krieg wird so langsam heiß. Woher sind die nur gekommen?«

»Aus der Hölle«, murmelte West. Seine Augen waren kalt und hart wie Eis. »Und genau dorthin schicken wir sie jetzt zurück.«

Die feindlichen Schiffe zogen über das Hyperraumtor und schossen mit ihren Plasmakanonen große Löcher in die Anlage. West bewegte den Steuerknüppel, so daß die ganze Szenerie vor ihm wegkippte, als er die Richtung änderte und sich hinter den ersten der beiden Angreifer hängte. »Wer seinen Gegner als letzter erledigt, gibt einen aus.« Er aktivierte die Zielerfassung.

Die Piloten der Rebellen waren gut ausgebildet. Das wie ein Insektenkörper geformte Schiff, dessen Ausleger vor Waffen starrten, tanzte vor dem Fadenkreuz in der holografischen Anzeige hin und her. West feuerte und grunzte frustriert, weil der fliehende Rebell plötzlich steil nach oben zog, so daß der Laserstrahl ziellos durch den Weltraum wanderte.

Don West wich herumfliegenden Trümmern aus und hängte sich wieder hinter den fliehenden Rebellen. Am

Rande bekam er mit, daß sein Partner den zweiten Eindringling angriff. Die tanzenden Strahlen der Lasergeschütze zuckten unter ihm wie eine psychedelische Light-Show. »He, Jeb«, rief er, »du bist ja heute richtig diensteifrig.«

Er hätte die kurze Ablenkung fast mit dem Leben bezahlt, denn der Rebell vor ihm wendete praktisch auf der Stelle und drehte den Schub voll auf. Mit pausenlos feuernden Geschützen kam er ihm entgegen.

Ein Kinderspiel. West grinste hämisch, als er das Feindschiff kommen sah. Ein Spiel wie dieses hatte er noch nie verloren. Er erwiderte das Feuer und beschleunigte ebenfalls, inzwischen auf Kollisionskurs mit dem feindlichen Jäger, der sich rasend schnell näherte.

»Was ist das für ein Geräusch?« murmelte er. »Die alte Dame läuft warm, damit sie singen kann ...«

Aber er dachte nicht an einen künstlerischen Gesangsvortrag.

Er sah nicht auf die Anzeigen, er brauchte sie nicht, er hatte nur Augen für das näherkommende Schiff. »Ich kann sie hören, oh yeah.« Sein Grinsen wurde breiter. »Singen wird sie ...« In seinen Augen spiegelten sich die zuckenden Laserstrahlen. Jetzt, dem Tode nahe und sein Leben riskierend, fühlte er sich lebendig wie in keiner anderen Situation.

Irgendwo auf seinen Anzeigen flammte eine helle Lampe auf und warnte ihn vor dem unmittelbar bevorstehenden Zusammenprall. Der feindliche Jäger hing jetzt riesengroß auf seinem Bildschirm, eingerahmt von den Strichen der Zieloptik. Die Anzeige wurde vergrößert, das taktische Koordinatensystem wurde eingeblendet.

»Ziel erfaßt«, sagte der Computer.

»Und gleich geht bei dir das Licht aus, Bürschchen.« Er lachte fröhlich. »Der Vorhang fällt. Und jetzt singe, meine alte Dame, singe!« Er schoß.

Die Laserstrahlen liefen auf dem Rumpf des angreifenden Feindes, nur wenige Meter vor ihm, zusammen. Das Schiff explodierte direkt vor seinem Bug. West schrie begeistert und erleichtert, als sein Schiff durch die Trümmerwolke flog.

Dann prallte der feindliche Pilot, der im letzten Augenblick ausgestiegen war, gegen seine Sichtscheibe. West zuckte unwillkürlich zusammen. Er holte tief Luft und betrachtete einen Moment lang die anonyme Leiche im Raumanzug. So hätte er auch selbst aussehen können, wenn das Glück nicht auf seiner Seite gewesen wäre.

»Und vergiß nicht den nächsten Ölwechsel«, murmelte er kopfschüttelnd.

Einen Moment später war die Leiche verschwunden, und vor ihm lag der Bogen des Hyperraumtors, in dem Myriaden von Sternen schimmerten.

Das zweite feindliche Schiff raste mit zuckenden Laserstrahlen unter ihm vorbei, dicht gefolgt von Jebs Jäger. Walker flog eine scharfe Kurve und wich den Energiestrahlen seines Gegners aus. Doch er schaffte es nicht ganz. West verzog das Gesicht, als er sah, daß ein Strahl den Jäger seines Gefährten erfaßte und sich tief in den Rumpf bohrte. Jebs Angreifer erkannte seine Chance, flog ebenfalls eine Kurve und setzte sich jetzt hinter Jeb.

»Alle Waffensysteme unbrauchbar«, drang Walkers Stimme aus Wests Kopfhörer. Es klang trocken, als hätte sein Flügelmann ihm gerade mitgeteilt, daß er ein Paar Socken vermißte. »Ich werfe den Antrieb ab.«

Die Antriebsdüse, mit einer kleinen Explosion von Walkers Schiff abgesprengt, raste schnurgerade auf das Schiff des Angreifers zu. Jeb stieß einen triumphierenden Schrei aus, als das Antriebsaggregat den Rebellenjäger traf und zur Explosion brachte.

»Na, bin ich gut, oder wie sehe ich das?« rief Jeb begeistert.

West wollte antworten, doch Walker begann zu fluchen. Dann war im Kopfhörer nur noch statisches Rauschen zu hören. »Jeb?« sagte er.

Walker hatte das Mikrofon eingeschaltet gelassen, und West konnte hören, was der Computer in Walkers Maschine zu melden hatte: »Warnung. Fehler im Ersatzantrieb.«

West fluchte, als er aufblickte und erkannte, in welche Richtung sie sich bewegten. Sie waren auf Kollisionskurs mit dem Hyperraumtor.

Das statische Rauschen schmerzte in Don Wests Ohren, dann wurde aus Walkers Maschine eine neue Alarmmeldung übertragen: »Aufschlag in neunzig Sekunden«, meldete der Bordcomputer.

»Verdammt«, murmelte Jeb. »Anflugkontrolle ...« Er unterbrach sich, als er sah, wie das Hyperraumtor – einer gepanzerten Faust gleich – auf ihn zuraste. »Anflugkontrolle, hier ist *Ranger One*«, fuhr er fort, mühsam seine Stimme beherrschend. »Antrieb reagiert nicht, ich bitte um Unterstützung. Ich wiederhole ...«

West sah atemlos zu. Wie in einem Alptraum mußte er beobachten, wie sein Freund ins Verderben raste. Aus dem Funkgerät ertönte die Stimme eines Fremden: »*Ranger One,* hier ist Grissom Base. Rettungsflugzeuge sind unterwegs.«

West schüttelte die Benommenheit ab und richtete

seine Maschine aus, bis er die drei Rettungsschiffe sehen konnte, die sich in ihre Richtung bewegten.

»Aufschlag in sechzig Sekunden.«

Sie würden zu spät kommen. Er sah wieder nach vorn. Das Hyperraumtor füllte sein ganzes Gesichtsfeld aus. Versengtes, verformtes Metall, zerrissene Leitungen, die wie Eingeweide aus Löchern heraushingen, wo Laserstrahlen der Feinde oder herumfliegende Trümmer eingeschlagen waren. Don West aktivierte die Sprechverbindung. »Grissom, hier ist *Eagle One.* Die lahmen Enten werden ihn nicht rechtzeitig erreichen.«

»Eagle One«, fauchte ihn die Flugaufsicht an, »machen Sie sofort diesen Kanal frei und kehren Sie zum Stützpunkt zurück.«

West dachte ein paar Herzschläge lang nach, starrte das Schiff seines Freundes an und sah zu, wie es – dem defekten Antrieb ausgeliefert – auf das riesige, stationäre Hyperraumtor zuraste.

»Hier ist *Eagle One.* Ich hole ihn da raus.«

»Negativ, *Eagle One*«, sagte der Fluglotse scharf. »Ihre Maschine ist nicht dafür ausgerüstet …«

West drehte den Schub auf und steuerte seinen Jäger in die Richtung, in die sich Jeb bewegte – hin zu dem kolossalen Bauwerk, das rasend schnell näherkam.

»Aufschlag in dreißig Sekunden.«

Aus dem Hyperraumtor löste sich ein brennendes Stück Schrott und trieb auf sie zu. Jebs Maschine würde nicht einmal die kurze Strecke bis zum Tor überstehen …

West drückte auf den Feuerknopf und grinste zufrieden, als ein Laserstrahl das große Trümmerstück in harmlose Krümel zerkleinerte. Er beschleunigte immer noch und näherte sich allmählich Jebs Maschine. Doch das bloße Auge und seine Anzeigen verrieten ihm, daß er immer noch nicht schnell genug war.

»Was, zum Teufel, hast du vor?« Jeb hatte so laut gesprochen, daß West die Ohren klingelten.

»Ich spiele Fangen«, schnappte West. Er konnte Jeb bereits in seinem Geschirr hängen sehen – den glattrasierten Schädel, das dunkle Gesicht, das ungläubig durch die durchsichtige Kuppel des Jägers herausschaute. »Ich rette deinen Arsch«, zischte er.

Aber Jeb sah nur noch die große, pockennarbige Oberfläche des Tors vor sich.

»Major West!« brüllte sein Funkgerät. West biß die Zähne zusammen. »Ihre Maschine ist nicht für Rettungseinsätze eingerichtet. Sie sind nicht berechtigt, Ihre Maschine zu gefährden. Das ist ein Befehl. Bestätigen Sie …«

West knallte die Faust auf den Knopf und schaltete das Funkgerät ab. »Der Sender hat mir noch nie gefallen«, murmelte er, die ungeheure Fläche von verbogenem Metall vor sich, die sie beide in wenigen Sekunden zusammen mit ihren Schiffen atomisieren würde. Er verschmolz mit seinen Kontrollen, wich den herumfliegenden Brocken aus, brachte mit glühenden Plasmastrahlen Trümmerstücke zur Explosion, denen er nicht mehr ausweichen konnte. Jebs Schiff war jetzt direkt unter seinem. Fast, als brauchte er nur noch den Arm auszustrecken, um es zu berühren …

»Aufschlag in fünf Sekunden.«

»Don«, flüsterte Jeb, »jetzt habe ich wirklich Angst.«

Endlich konnte West ihn überholen, er schoß an Jebs Jäger vorbei und zog sein Schiff herum, bis er geradewegs auf die Wand aus Stein zuflog.

»Warnung, Kollisionsalarm.«

»Jeb«, murmelte West, »jetzt gibt's einen Knutschfleck. Aber fasse das bitte nicht falsch auf.«

Er kurvte an Walkers Bug vorbei, und Jeb konnte vorübergehend nur noch Wests Antriebsdüsen sehen.

»Du bist zu nahe!« rief Jeb erschrocken. »Abbrechen, abbrechen!«

»Aufwärts geht's«, sagte West, und seine Stimme klang eiskalt. Die Fingerknöchel wurden bleich, als er den Steuerknüppel fester packte und die Maschine hochzog. Sein Gesicht war ernst und entschlossen. Hätte er in den Spiegel geschaut, er hätte sich in diesem Augenblick selbst nicht wiedererkannt.

Zwischen der Oberfläche des Tors und Jebs Jäger schoß er plötzlich steil nach oben, und die Kuppel des Cockpits, in dem Walker saß, prallte von seinem eigenen Cockpit ab wie eine Billardkugel. *Über Bande spielen und ab ins Seitenloch.*

Der Stoß lenkte Jebs Jäger ab, und durch ein Loch im Tor, dessen Ränder noch brannten, wo die Angreifer einen Volltreffer gelandet hatten, schoß Jebs Maschine in den freien Raum hinaus.

West unterdrückte einen aufgeregten Schrei, als sein eigener Jäger, vom Aufprall ebenfalls abgelenkt, mit beängstigend lautem Kratzen über die Oberfläche des Hyperraumtors schlitterte. Hinter ihm stiegen abgeschliffene Metallspäne als rotglühende Wolke auf.

Er nahm etwas Schub weg und atmete erleichtert auf, als seine Maschine sofort reagierte. Dann löste er sich vom Tor und brachte sich in Sicherheit, ehe er eine Eintragung in der Unfallstatistik werden konnte.

»Knutschfleck?« fragte Jeb heiser. »Müssen wir jetzt heiraten?«

West lachte erleichtert. »Nein, ich wollte nur verhindern, daß du dich um das Bier drückst, das du mir ausgeben mußt.«

Er nahm noch etwas Schub weg und ließ seine Maschine treiben, während die *Ranger One* von den Rettungsmaschinen gesichert wurde. Erst als er sah, daß Walker wohlbehalten aussteigen konnte, brachte er seinen Jäger wieder auf Kurs zum Stützpunkt Grissom.

1. Kapitel

Die Musik schwoll an – heroische, triumphierende Violinklänge – und war viel zu mächtig für den winzigen Lautsprecher, genau wie auf dem kleinen Bildschirm, der kaum größer war als eine Handfläche, die Weite des Weltraums nicht richtig dargestellt werden konnte.

Ein Sprecher begann zu erklären: »Seit dem Anbeginn der Geschichte haben Männer und Frauen nach dem Gelobten Land gesucht, wo allen Menschen unbegrenzte Ressourcen zur Verfügung stehen ...«

Das Bild auf dem Bildschirm wechselte und zeigte jetzt ein Paar, einen gutaussehenden bärtigen Mann und eine dunkelhaarige, schöne Frau, nebeneinander stehend und vom Wind umweht. Ihre Gesichter waren dem Jungen so gut bekannt wie seine eigene Hand, mit der er das kleine Wiedergabegerät hielt – und trotzdem kamen sie ihm in diesem Augenblick vor wie Fremde. Ihr Anblick beunruhigte und deprimierte ihn, so oft er sich den Werbefilm auch ansah.

»Dieser Mann, Professor John Robinson, der Erfinder des überlichtschnellen Hyperantriebs, kann diesen alten Traum der Menschheit zur Realität werden lassen.«

Die stilisierten blau-goldenen Embleme der *Jupiter*-Mission wurden eingeblendet und rahmten das Paar mit seinen drei perfekten Kindern ein: eine blonde junge Frau, ein dunkelhaariges Mädchen und ein strohblonder Junge. Alle zeigten das gleiche, digital veränderte glückliche Lächeln.

»John Robinson und seine Familie wurden eigens

ausgebildet, um in der *Jupiter,* dem modernsten Raumschiff der Welt, eine zehnjährige Reise durch die Galaxis zu unternehmen.«

Abrupt wechselte die Einstellung, und nun war auf dem Bildschirm die Kuppel einer turmhohen Startanlage zu sehen, die in der Morgensonne funkelte.

»Die Robinsons wollen für unzählige Familien, die ihnen nachfolgen werden, die Pioniere sein. Sie werden sich unserer Forschungskolonie auf Alpha Prime anschließen. Dort werden sie die ersten Siedler auf einer Welt sein, wo jedem Menschen Nahrungsmittel und Wasser in unbegrenzter Menge zur Verfügung stehen.«

Wieder wechselte das Bild. Jetzt war ein Satellitenfoto einer Welt zu sehen, bei der es sich eindeutig nicht um die Erde handelte. Eine Computeranimation beförderte den Betrachter aus der Umlaufbahn hinunter, so daß der Junge einen Moment lang aus der Vogelperspektive auf fruchtbares Farmland hinabschauen konnte, wo goldenes Korn heranreifte.

»Eine paradiesische Zukunft ...«

Der Junge blinzelte, als das Bild des neuen Garten Eden einem Firmenzeichen wich. Eine Colaflasche raste zu den Sternen hinaus.

»Diese Mission wird von der US Army und der Coca-Cola Corporation unterstützt.«

Will Robinson, der mit zehn Jahren jüngste Sprößling des ›heldenhaften Professor John Robinson‹, verzog angewidert das Gesicht. »Coke«, ahmte er die Stimme des Erzählers nach. »Coke rettet die Zukunft Ihrer Kinder.« Er drückte auf einen Knopf seines Handcomputers und murmelte: »Echt ätzend.« Und startete ein anderes Programm.

Dann lugte Will aus seinem Versteck im Kleiderschrank und sah genervt seiner Mutter zu. Mom stand mitten im Wohnzimmer und fuchtelte herum wie ein Jongleur, während sie den Leuten von der Umzugsfirma mit Handzeichen Anweisungen gab, was als nächstes abtransportiert werden sollte. Gleichzeitig unterhielt sie sich mit der ziemlich wütenden Klassenlehrerin ihres Sprößlings. Wenigstens war er in seinem Versteck vorübergehend sicher vor dem Chaos, das in seinem Heim und seinem Leben ausgebrochen war.

Vielleicht zu sicher. Er hörte die Lehrerin reden und sah den Gesichtsausdruck seiner Mutter, und seine Hand wanderte unwillkürlich zur Tastatur des kleinen Computers.

»Er hat sich in unsere Stromversorgung eingeschaltet, um sein Experiment durchzuführen«, schimpfte die Klassenlehrerin, die jetzt ebenfalls ungestüm gestikulierte. »In der Schule ist das reinste Chaos ausgebrochen! Nicht einmal die Notbeleuchtung hat funktioniert.«

Plötzlich wurde es im Wohnzimmer dunkler. Auch die Lehrerin flackerte, denn sie war nur eine Holografie, die dreidimensionale Darstellung eines Menschen, der sich weit entfernt in einem Büro befand. Als sich das Bild wieder stabilisierte, saß ihr Kopf auf dem Körper von Arnold Schwarzenegger, der die Muskeln spielen ließ. Sie schimpfte weiter, denn sie hatte die Sabotage nicht bemerkt.

Will dachte über sein Repertoire an Figuren nach und grinste. »Dann machen wir sie mal ein bißchen dünner«, murmelte er und pflanzte ihren Kopf auf den Körper der halbverhungerten Twiggy.

Draußen im Wohnzimmer begann seine Mutter schallend zu lachen. Will lugte zur Schranktür heraus und bekam gerade noch mit, wie sie sich beherrschte, als sie erkannte, daß die Lehrerin überhaupt nicht wußte, was mit ihrem Abbild geschah. Mom wanderte gemächlich im Wohnzimmer herum und sah verstohlen hinter Sofas und in leere Schränke.

»Da gibt es überhaupt nichts zu lachen, Professor Robinson«, sagte die Lehrerin erbost. »Will ist ungeheuer begabt. Seine kleinen Zeitmaschinen, auch wenn sie nie funktionieren werden, zeigen doch, daß er ein wirklich kluges Köpfchen hat.«

Will runzelte die Stirn und verpaßte ihr den Körper eines Schimpansen.

In diesem Augenblick riß seine Mutter die Schranktür auf. Licht strömte in sein enges Versteck und offenbarte ihr, was er angestellt hatte. Er sah grinsend zu ihr hoch.

Seine Mutter schüttelte den Kopf, und ihr Gesichtsausdruck schwankte zwischen Kummer und gespielter Verzweiflung. »Mach hier nicht den Affen«, sagte seine Mutter so streng sie konnte. Sie bemühte sich vergeblich, ihr amüsiertes Lächeln zu unterdrücken.

Will zuckte mit den Achseln und spielte weiterhin auf seinem Computer herum. Draußen im Wohnzimmer war die Lehrerin wieder ganz die alte. Sie sprach völlig unbeeindruckt weiter.

»Aber der Junge bekommt leider nicht genügend Aufmerksamkeit. Ich weiß ja, daß Ihr Leben jetzt nicht gerade in geordneten Bahnen verläuft, aber konnte sein Vater denn wirklich nicht zum Wissenschaftswettbewerb kommen?«

Will seufzte, und sein Lächeln verschwand.

John Robinson seufzte. Er saß in seinem Büro in der Kuppel des Raumfahrtzentrums Houston und starrte nach draußen. Der Blick aus dem dreißig Stockwerke hohen Gebäude der *Jupiter*-Mission war fantastisch. Weit drunten dehnte sich die Megastadt Houston-Austin-Dallas unter dem dunklen, bewölkten Himmel endlos aus. Riesige industrielle Luftreiniger trieben hoch über ihm, als wollten die bizarren Schiffe einer feindlichen Armada die Erde besetzen.

Hätte er sich um hundertachtzig Grad gedreht, dann hätte er mehr oder weniger den gleichen Anblick gesehen, denn Houston-Austin-Dallas erstreckte sich in jene Richtung bis zur Nachbarstadt hinter der mexikanischen Grenze. Er sah auf die Uhr und wünschte, er hätte irgendeinen anderen Termin, nur nicht schon wieder eine Pressekonferenz. Vor allem aber wünschte er, gerade heute, gerade an diesem Tag daheim bei seiner Familie sein zu können.

Aber er tat dies alles ja für seine Familie. Was er sich in diesem Augenblick wünschte, war nicht wichtig, und was er wollte, mußte warten. Er durfte das Gesamtbild nicht aus den Augen verlieren.

Also los jetzt. Er verließ sein Büro und ging zur Pressekonferenz, die an Bord der *Jupiter One* stattfinden sollte.

Die Journalisten warteten bereits aufgeregt im Maschinenraum, als John den großen und normalerweise eher stillen Raum betrat. Unwillkürlich fuhr er zusammen, als der Lärm und das Licht auf ihn eindrangen. Er nahm seinen Platz vor dem großen, mit den Maschinen verbundenen Bildschirm ein und wandte sich dem Meer von Gesichtern zu: Menschen aus Fleisch und Blut waren es, dazwischen die leeren, einem menschlichen Gesicht nachgebildeten vollautomatischen 3D-Kameras.

Aufmerksame ASOMAC-Wachtposten hüteten die Herde der Besucher, und das strenge Schwarz ihrer militärisch geschnittenen Uniformen verfehlte beim kunterbunten Haufen der Reporter nicht seine Wirkung. Die Plasmapistolen deuteten an, was jenen Gästen passieren mochte, die sich nicht zu benehmen wußten.

Hinter der Menge der Reporter konnte John die wuchtigen, glänzenden Antriebsaggregate und die atomkraftgetriebenen Hilfsanlagen sehen. Zwischen den schlanken, stromlinienförmigen Fusionstriebwerken, die auf große Reichweite ausgelegt waren, liefen Techniker mit roten Helmen herum, nahmen letzte Checks vor und lasen Anzeigen von Bildschirmen ab. Daneben war der Hyperantrieb untergebracht – die Verwirklichung seines alten Traums.

»Professor Robinson ...« Hunderte Reporter riefen durcheinander und wollten gleichzeitig Fragen stellen. Er riß sich aus seinen Gedanken und konzentrierte sich. »Können Sie Berichte bestätigen, daß das Hyperraumtor gestern abend von Rebellen angegriffen wurde? Haben Sie deshalb den Starttermin vorverlegt?«

»Äh, wie bitte?« John drehte sich um und zupfte sich abwesend am Bart, während er versuchte, in der Menge einzelne Gesichter zu erkennen. Die Medien waren erst im letzten Augenblick zu dieser spektakulären Besichtigungstour eingeladen worden. Reporter standen daher unter großem Zeitdruck, doch sah es nicht so aus, als wäre irgend jemand der Einladung nicht gefolgt. Die Journalisten waren ein repräsentativer Querschnitt der gesamten Menschheit, und die verschiedenen Hautfarben, Frisuren und Kleidungsstile machten deutlich, daß die Gäste in der Tat aus allen Winkeln der Erde gekommen waren, um diesem Ereignis beizuwohnen – und das war gut so, denn wenn die *Jupiter*-Mission erfolgreich verlief, würde sich die Zukunft der ganzen Menschheit verändern. Falls die Mission aber scheiterte, würde die Menschheit möglicherweise überhaupt keine Zukunft mehr haben.

Er schüttelte den Kopf und hoffte, es sähe so aus, als wollte er sich nur sammeln. Er legte keinen Wert darauf, den Milliarden Zuschauern zu zeigen, wie er sich innerlich wirklich fühlte. »Es tut mir leid, danach müssen Sie das Kriegsministerium fragen. Soweit ich weiß, brechen wir morgen auf, weil die Umlaufbahnen der Planeten uns ein günstiges Startfenster öffnen.«

Die Lüge kam so glatt von seinen Lippen, daß er über sich selbst erschrak. Es war, als hätte ihm die Presseabteilung ohne sein Wissen das Gehirn umprogrammiert, damit sein Auftreten dem perfekten Image entsprach, das durch die Werbefilme vermittelt wurde. Eigentlich war es schon beinahe ein Wunder, daß ihn bei einer Live-Sendung überhaupt jemand wiedererkannte. »Also gut, dann lassen Sie uns beginnen.«

Er sprach rasch weiter, bevor jemand ihn mit Fragen nach Details unter Druck setzen konnte. Wenn es ihm gelang, die Aufmerksamkeit der Leute auf die Mission selbst zu lenken, dann würden sie den vorgezogenen Starttermin möglicherweise vergessen. Wenigstens so lange, bis diese Frage irrelevant geworden war.

»Wie Sie sicherlich wissen«, begann er, die Formulierungen und Wendungen wählend, die er inzwischen fast im Schlaf beherrschte, »ist Alpha Prime der einzige bewohnbare Planet, den unsere Fernaufklärung bisher entdeckt hat. Meine Mannschaft wird die zehnjährige Reise im Kälteschlaf verbringen.« Seine Mannschaft – das war seine Familie. Wie schon so oft, bekam er auch jetzt das gespenstische Gefühl, sich in zwei Männer aufgespalten zu haben, die nur zufällig den gleichen Namen trugen.

»Sobald wir mit dem Forschungsstützpunkt auf Alpha Prime Kontakt aufgenommen haben, werde ich dort die Konstruktion eines Hyperraumtors beaufsichtigen.«

Hinter ihm auf dem großen Bildschirm erschien eine Computeranimation des Hyperraumtors, damit die Besucher sehen konnten, was er meinte. Er lächelte, als er die Anlage sah, die dank seiner infradimensionalen Berechnungen hatte verwirklicht werden können.

Die Idee, die letzten Endes zu diesem großen Augenblick geführt hatte, war ihm bereits als Kind gekommen. Er hatte die letzten Jahrzehnte damit verbracht, die Idee in ein funktionierendes System umzusetzen, zuerst in der Computersimulation und dann im erbarmungslosen Weltraum, der keine Fehler verzieh. Manchmal hatte er sich gefragt, ob er lange genug leben würde, um die Verwirklichung seines Traums noch zu erleben. Mehr als einmal war er, von Rückschlägen entmutigt, bereit gewesen, einfach alles aufzugeben.

Es war Maureens Glaube an ihn gewesen, der ihn hatte weitermachen lassen – und natürlich ihre Liebe füreinander und für ihre Kinder. Das hatte ihn weiterarbeiten lassen, um eine bessere Zukunft nicht nur für seine eigene Familie, sondern für alle Menschen auf der Erde zu erschaffen.

»Bis dahin werden die Techniker hier auf der Erde das Gegenstück, das zweite Hyperraumtor im Erdorbit, ebenfalls fertiggestellt haben.« Während er sprach, tauchte ein Bild des Tors im erdnahen Orbit auf, das von Zeichnungen überlagert wurde, die seine endgültige Form zeigten. »Sobald beide Tore fertiggestellt sind, werden Raumschiffe zwischen ihnen hin- und herspringen können. Dann wird es möglich sein, Alpha Prime in großem Stil zu kolonisieren.«

»Können Sie nicht einfach den Hyperantrieb der *Jupiter* benutzen, um direkt nach Alpha Prime zu springen?« fragte einer der Reporter.

Warum lesen die Journalisten eigentlich nie die Presseerklärungen, die wir über diese Mission herausgeben? Fragen wie diese hatte er in den letzten Jahren bestimmt schon einige tausendmal beantwortet. Er verschwendete nur kostbare Zeit damit – Zeit, die er besser mit konstruktiver Arbeit an seinem Projekt oder daheim bei seiner Frau und den Kindern verbracht hätte. Er unterdrückte seine Gereiztheit und sagte: »Wie Sie vielleicht wissen, existiert der Hyperraum ›unterhalb‹ des Normalraums. Wenn Sie versuchen, ohne Tor in den Hyperraum einzudringen«, hinter ihm zeigte der Bildschirm ein Raumschiff, das irgendwo in einer Ecke einer sich drehenden, schematischen Darstellung der Galaxis schwebte, »dann ist Ihr Austrittsvektor nicht berechenbar. Sie können nicht festlegen, wo Sie wieder herauskommen wollen. Achtundneunzig Prozent der Galaxis sind noch nicht kartografiert. Es gibt dort draußen sehr viel Raum, wo man verlorengehen kann.«

»Professor«, rief jemand anders, »wie erholt sich Captain Daniels von seiner Grippe? Bleibt es dabei, daß er als Pilot mitfliegen kann?«

John schaute über ihre Köpfe hinweg zu den hohen Fenstern an der Rückwand des Raumes. General Benjamin Hess, der militärische Befehlshaber des Projekts und ein alter Freund seines Vaters, beobachtete die Pressekonferenz vom Fernsteuerpult oberhalb des Maschinenraums. *Hilf mir hier raus, Ben …*

Der General trat wie auf Stichwort vor, bis die Reporter drunten ihn sehen konnten. »Meine Damen und Herren, Sie sind doch gekommen, um einen Blick auf die *Jupiter One* zu werfen«, verkündete er strahlend. »Meinen Sie nicht, daß es allmählich Zeit dafür wird?«

Auf dem Bildschirm erschien ein riesiges, untertassenförmiges Schiff, das neben der Startrampe hockte, durch ein Gewirr von Gerüsten, Schläuchen und Förderbändern immer noch fest mit der Erde verbunden. Dampf und Abgase hüllten es ein. Erleichtert kehrte John zum hinteren Teil der Tribüne zurück und entzog sich den Mikrofonen und Kameras, um sich wieder ruhig und ungestört seiner Arbeit zu widmen.

»Professor!« Eine Videokamera hatte ihn ein Stück weit verfolgt, und der Reporter feuerte die letzte Frage ab. »Professor, wie denken Ihre Kinder darüber, die Erde zu verlassen?«

John blieb noch einmal kurz stehen. »Sie sind ganz aus dem Häuschen«, sagte er lächelnd.

2. Kapitel

»Diese Mission ist ein großer *Mist!*« Penny Robinson war vierzehn Jahre alt und wütend, und sie ließ es mit beachtlicher Lautstärke alle Menschen wissen, die sich gerade in dem großen, im Kolonialstil gebauten Haus der Robinsons aufhielten.

Und wahrscheinlich auch gleich noch die ganze Nachbarschaft, dachte Maureen Robinson müde. Sie sah hinauf zur Treppe, wo ihre empörte Tochter sich aufgebaut hatte.

Penny war von Kopf bis Fuß in Schwarz gekleidet, als wäre sie in Trauer. Maureen wußte jedoch, daß dies einfach nur dem derzeitigen Geschmack ihrer Tochter entsprach. Die Kleidung und ihre düstere Stimmung bildeten einen starken Kontrast zu den fröhlichen Pastellfarben, mit denen sie in den computerbearbeiteten Werbefotos für die Mission dargestellt wurde. Auf diesen Bildern sah die ganze Familie aus, als wäre sie gerade eben frisch aus der Plastikfabrik geliefert worden.

»Ich will nicht früher fahren, ich will überhaupt nicht fahren«, rief Penny, als wären sie durch Lichtjahre getrennt und nicht durch etwas mehr als zwanzig Treppenstufen.

»Wir können beim Abendessen darüber reden«, wiederholte Maureen. Es kam ihr vor, als hätte sie die Worte im Schlaf hersagen können, was vermutlich sogar stimmte.

Penny ballte die Hände zu Fäusten, und ihre Stimme überschlug sich fast: »Durch das Training habe ich in den letzten drei Jahren alles andere verpaßt, also macht es wohl nichts, wenn ich die nächsten zehn Jahre gleich auch noch verpasse, was? Ich bin zum Abendessen nicht da. Ich will mich mit ein paar Freunden treffen, ich muß mich von meinem Leben verabschieden.«

»Penny ...« Maureen hatte Mühe, gleichmütig und fest zu sprechen und nicht zu verraten, daß sie allmählich auch wütend wurde. »Du mußt heute abend zu Hause bleiben.«

Penny sah ihre Mutter böse an, aber Maureen zeigte sich entschlossen, blieb am Fuß der Treppe stehen und bewachte die Außentür wie eine Schatzkammer.

Penny drehte sich auf dem Absatz um und rannte den Flur hinunter. Sie aktivierte ihre CamWatch.

»Und am Abend, bevor sie für immer aus ihrem alten Leben herausgerissen wurde«, diktierte sie, »brutal entführt und gegen ihren Willen in den Weltraum verschleppt, welche Gedanken gingen an diesem Abend der jungen Gefangenen durch den Kopf?«

Sie ging an ihrem Zimmer vorbei und drang unangemeldet ins Schlafzimmer ihres jüngeren Bruders ein.

Will hob den Kopf, als sie eintrat. So ungewöhnlich es war, er schien nicht wütend über die Störung. Er hockte verloren mitten in einem Meer aus Spielsachen und Experimentierkästen. Vor ihm stand ein einsamer leerer Frachtbehälter, der letzte mit der Aufschrift PERSÖNLICHE GEGENSTÄNDE. Die Poster an den Wänden, die CDs im Regal, die Laborgeräte auf den Regalen in seinem Zimmer – selbst der nachgebildete Kopf des Weißen Hais und ein grünes Dickicht unter der Decke, in dem eine Plastikeidechse hing, all das mußte zurückbleiben.

Er sieht aus wie ein Schiffbrüchiger, dachte sie, der sein Schiff aufgeben und die Dinge heraussuchen muß, die er retten will. In gewisser Weise traf der Vergleich ja sogar zu.

»Gibt es noch andere Jungs auf Alpha Prime?« fragte Will, als wüßte sie mehr darüber als er. »Und was soll ich da anziehen?«

Sie sah ihn eine Weile schweigend an, denn sie wußte nicht, was sie auf seine Frage antworten konnte, und einen Moment lang haßte sie ihn sogar, weil er sie daran erinnert hatte, daß sie im Grunde so hilflos war wie er.

Sie diktierte weiter. »Eines Tages«, sagte sie, »werden die Videotagebücher von Penny Robinson, der Gefangenen in Raum und Zeit, von Millionen Menschen verschlungen werden. Ich werde weltberühmt.« Sie wandte sich wieder an ihren Bruder. »Dich dagegen wird man völlig vergessen.« Will runzelte die Stirn.

Penny setzte zufrieden ihre Erzählung fort. Sie hielt die Kamera mit gestrecktem Arm von sich, so daß ihr schwarzer Ärmel, der vom Handgelenk bis zur Schulter mit Bändern geschmückt war, ins Bild kam. »Die Gefangene in Raum und Zeit hat beschlossen, aus Solidarität mit ihren Leidensgenossen Bänder zu tragen: grün für die Erhaltung der Umwelt, weiß für die Menschenrechte ...«

»Gleich schläft dir der Arm ein«, knurrte Will bissig.

Penny hörte nicht auf ihn. Sie schaltete die CamWatch ab und kramte in den bereits gepackten Kisten herum, die an der Wand bereitstanden. Sie fand ein vakuumversiegeltes Päckchen und hob es heraus. »Ich frage mich, wie es ist, wenn man ungeschützt ins Weltall katapultiert wird ...« Dann wandte sie sich wieder an ihren Bruder und musterte ihn mit einem Blick, der nichts Gutes verhieß. »Zuerst versuchst du, die Luft anzuhalten. Aber dein Blut beginnt sofort zu kochen. Danach dehnt sich die Haut aus, und du siehst aus wie ein Luftballon. Und dann macht es PENG! Tomatensuppe.«

Will schnitt eine Grimasse. »Gibt es eigentlich auch einen Namen für deine Krankheit?« fragte er.

Penny holte einen handtellergroßen, vergoldeten Stern aus der Kiste. Sie drehte ihn um und las die Inschrift auf der Rückseite: ERSTER PREIS. Auf den anderen Plaketten stand die gleiche Aufschrift. Wahrscheinlich die Auszeichnung für den Idioten des Jahres, dachte sie. Ihr Bruder war ein Trottel. Sie benutzte eine scharfe Kante der Medaille und schnitt die Plastikhülle des geheimnisvollen Bündels auf. Dann gab sie ihrem Bruder den Stern.

»Dad meinte doch, du sollst sie lieber nicht mitnehmen«, sagte sie. Er senkte den Blick, dann warf er die Medaille weg wie ein Stück Altpapier. »Ist ja klar, daß es ihm völlig egal ist, ob ich irgendwo was gewonnen habe.«

Penny konnte es ihm nachfühlen. Sie hatte sich öfter, als ihr lieb war, ähnlich gefühlt. »Keine Panik, Kleiner«, sagte sie betont lässig, um sie beide aus ihrer düsteren Stimmung zu reißen. »Ich nehme Videos von zwei Geburtstagen mit. Den letzten hat er ja völlig vergessen.« Sie umarmte ihren Bruder. »Er denkt an nichts anderes als an seine Mission.«

Sie trat einen Schritt zurück und packte ihr geheimnisvolles Päckchen aus. Es war eine Strickleiter, die sie eigens für eine Situation wie diese vorsorglich versteckt hatte. Sie band sie fest, warf das andere Ende aus dem Fenster und machte Anstalten, hinunterzuklettern.

Will sah ihr verblüfft zu. Die Umarmung hatte ihn ebenso in Erstaunen versetzt wie die Entschlossenheit seiner Schwester. »Heißt das, du bist nicht zum Essen da?«

Penny wandte sich wieder an ihn. Ihr Gesicht wirkte gequält. »Ich weiß es noch nicht«, sagte sie. Sie tippte sich an die Stirn. »Ich werde doch meinen letzten Abend auf der Erde nicht damit verbringen, Mom und Dad dabei zuzusehen, wie sie sich krampfhaft bemühen, sich nicht zu streiten, und ich lasse mir erst recht nicht vorschreiben, wie ich mein Taschengeld in den nächsten zehn Jahren anzulegen habe. Alles klar?« Sie drehte sich um und schob ein Bein zum Fenster hinaus. Ihr Fuß prallte dumpf gegen die Hauswand, als sie die erste Sprosse suchte.

Will verzog das Gesicht. »Mom springt im Dreieck, wenn sie das erfährt.«

Penny lachte. »Was kann sie denn machen? Mir Stubenarrest geben?« Sie schwang das zweite Bein über die Fensterbank und verschwand langsam nach unten, bis Will sie nicht mehr sehen konnte.

Er schüttelte den Kopf. Unzählige namenlose Gedanken und Gefühle schossen ihm durch den Kopf. Seine Schwester verkrümelte sich oft in eine Traumwelt, wo sie Abenteuer erfand, in denen sie die Hauptrolle spielte. Er hatte Mom gesagt, daß Penny bestimmt Bücher schreiben könnte; denn dann könnte sie sich die ganze Zeit in ihren Träumen aufhalten und davon sogar noch leben. Je eher sie auszog, desto lieber wäre es ihm.

Aber jetzt zogen sie alle zusammen aus, und es gab keine Möglichkeit, sich vor diesem Schicksalsschlag zu drücken. Die Kehle wurde ihm eng, und er hätte fast geweint. Kein Wunder, daß Penny in ihre Träume floh. Das wirkliche Leben war kaum zu ertragen. Er kniete sich wieder hin und sortierte sein Spielzeug.

3. Kapitel

Mit hallenden Schritten liefen John und General Hess durch den Metallkorridor des Raumfahrtkommandos. Allmählich fragte John sich, ob er nicht bald auch im Traum, wenn er die Augen schloß, Metallkorridore sehen würde. Am letzten Abend, schien es ihm, hatte er schon etwas in dieser Art geträumt …

»Wie sind die letzten Checks vor dem Start verlaufen?« fragte Hess.

»Soweit alles in Ordnung«, gab John ein wenig gereizt zurück. »Aber einfach die Mission um drei Monate vorzuverlegen, Ben, das ist kein Kinderspiel.«

»Ein Glück, daß die Reporter nicht auf Daniels' Zustand zurückgekommen sind«, murmelte Hess. Er starrte ins Leere, als hätte er Johns Einwand nicht gehört.

Plötzlich fragte John sich, ob Hess womöglich mit offenen Augen schlief. »Ich finde es beunruhigend, daß im letzten Augenblick noch ein neuer Pilot eingesetzt wird«, sagte John. Das war einer der Punkte, über die er sich Sorgen machte. *Du gefährdest das Leben meiner Familie,* dachte er. Aber er sprach es nicht aus.

»Die Globalen Rebellen werden mutiger. Das sind keine terroristischen Splittergruppen mehr«, sagte Hess, als könnte er damit Johns Bedenken zerstreuen. »Zuerst das Hyperraumtor. Dann Daniels. Als nächstes greifen sie vielleicht die Startanlage an. Wir können es uns nicht erlauben, länger zu warten.«

John antwortete nicht. Es wäre ohnehin sinnlos gewesen, denn er wußte genau, wie Hess' Verstand arbeitete. Es war genau wie bei seinem Vater: Zuerst kam die Pflicht, der Einsatz für das wichtige Ziel. Für einen Berufsoffizier, der ständig unter Kriegsdrohungen lebte, gab es keine großen Entscheidungsspielräume.

John hatte im großen und ganzen Zugang zu den gleichen vertraulichen Informationen wie Hess, und in diesem Zusammenhang war ihm eine Fähigkeit sehr nützlich, die er von seinem Vater gelernt hatte. Er wußte, wie man militärische Berichte, in denen die Wahrheit oft zwischen den Zeilen stand, zu lesen hatte.

Was Hess gesagt hatte, traf natürlich zu: Die Globalen Rebellen waren viel zu gut ausgerüstet und zu gut organisiert, um lediglich eine ›äußerst gefährliche terroristische Gruppe‹ zu sein. Terroristen waren Extremisten, und die Wahrscheinlichkeit, daß sie mit anderen Extremisten, die andere Ziele verfolgten, zusammenarbeiteten, war äußerst gering.

Nein, hinter der scheinbar so einfachen, radikalen Rhetorik der Rebellen steckte etwas anderes, das erheblich gefährlicher war. Eine multinationale Verschwörung zum Beispiel. Ungeheuer mächtige, international arbeitende Firmen, die ein Vermögen damit gemacht hatten, die natürlichen Ressourcen der Erde zu plündern und die Menschen auf der ganzen Welt, von den reichsten Nationen abgesehen, auszubeuten. Konzerne, deren unkontrollierte Gier den Planeten Erde beinahe unbewohnbar gemacht hatte.

Diese Gruppen blickten jetzt möglicherweise lüstern zu den Sternen, die neue Profite versprachen.

Es war ein Szenario, das er recht plausibel fand – besonders, da ein multinationaler Konzern offenbar genug Geld hatte, um die Reise der *Jupiter* nach Alpha Prime zu unterstützen.

Das Hyperraumtor war möglicherweise die letzte Chance für das Leben auf der Erde. Deshalb flog er nach Alpha Prime. Er dachte wieder an seine Familie. Sie alle mußten etwas opfern, und er liebte sie. Er liebte sie viel zu sehr, um sie einfach zurückzulassen.

Und als er an seine Familie dachte, fiel ihm etwas ein, das ihn schon die ganze Zeit unbewußt beschäftigt hatte.

»Verdammt«, rief er. »Wills Wissenschaftswettbewerb.« Er aktivierte die Memofunktion seiner Uhr. »Erledigen: Entschuldigungsvideo an Will.«

»Er wird es sicherlich verstehen.« Der General sah ihn lächelnd und mit gehobener Augenbraue an.

John zwang sich zu einem Lächeln und beantwortete

Hess' unausgesprochene Frage. Doch das Lächeln erreichte nicht seine Augen, und er wandte den Blick wieder ab. »Ich weiß ja, daß die Anwesenheit des Militärs jetzt notwendig wird, Ben. Aber auf dieser Mission wird mich meine Familie begleiten. Ich brauche einen Piloten, der mehr ist als ein Befehlsempfänger.«

»Ich habe da genau den richtigen für Sie«, sagte Hess selbstbewußt. Er blieb stehen und drückte die Handfläche auf einen ID-Scanner. Zischend öffnete sich eine Tür, und vor ihnen lag ein leerer Konferenzsaal.

Nein, er war nicht völlig leer. Auf der anderen Seite des Raumes stand eine einsame Gestalt am Fenster und blickte zum Himmel hinaus. Irgend etwas an der Art und Weise, wie der Mann dort stand, erinnerte John an einen Raubvogel, der in einem Käfig gefangen war.

Der Mann drehte sich sofort um, als sie eintraten, und salutierte geschmeidig. Er trug die Abzeichen eines Majors, und auf dem Emblem von ASOMAC auf der schwarzen Lederjacke war der Name WEST zu lesen.

Braunes Haar, blaue Augen, mittelgroß ... das einzig Bemerkenswerte an Major West, dachte John, war die Tatsache, daß dieser Mann jung genug war, um sein Sohn zu sein. Er fand diese Vorstellung wenig ermutigend.

Hess erwiderte die militärische Begrüßung und sagte: »Rühren, Major.«

West begann zu sprechen, noch bevor er die Hand völlig gesenkt hatte. Als wäre ein Damm gebrochen, der vorher allein von seiner Willenskraft zusammengehalten worden war, sprudelten die Worte hervor: »Sir, warum wurde ich aus dem aktiven Dienst genommen? Die Rebellen könnten jederzeit wieder angreifen. Ich gehöre in meine Maschine ...«

»Kennen Sie Professor Robinson?« fragte der General, die erregten Einwände des Piloten völlig ignorierend.

West blinzelte verdutzt. Dann riß er sich sichtlich zusammen und sagte mit ruhiger Stimme: »Nur dem Namen nach.« Er sah John offen in die Augen, und es war, wie John erkannte, ein durchaus bewundernder Blick. »Die Kampfstrategien Ihres Vaters werden heute noch an der Akademie gelehrt.«

John nickte dankend und lächelte, ein wenig amüsiert über sich selbst. Es war lange, sehr lange her, daß er sich das letztemal mies gefühlt hatte, weil er im übermächtigen Schatten seines Vaters stand. Aber jetzt, nach den erbarmungslosen Attacken der Medien in den letzten Monaten, war es geradezu eine Erleichterung, vor jemandem zu stehen, der in ihm nur den Sohn eines berühmten Vaters sah.

»Was können Sie mir über die *Jupiter*-Mission sagen, Major?« fragte Hess.

West konnte sich gerade noch beherrschen, sonst hätte er die Stirn gerunzelt. »Die *Jupiter* ist ein überdimensionierter Roboter. Alles läuft vollautomatisch. Das Ding zu fliegen ist ein leichter Job, Sir. Wie Babysitten, Sir.« Er holte tief Luft. »Selbst ein Schimpanse in einem Raumanzug könnte das Schiff aus dem Sonnensystem und nach Alpha Prime lotsen. Ist nicht persönlich gemeint.« Er blickte wieder zu John.

»Major«, sagte Hess ein wenig vorwurfsvoll, »Sie sind sich doch sicher darüber im klaren, daß die Ressourcen der Erde fast erschöpft sind.«

Jetzt runzelte West tatsächlich die Stirn. »Darf ich offen sprechen, Sir?«

»Natürlich«, erwiderte der General.

»Jedes Schulkind weiß, daß die Recycling-Technologien die Umwelt wieder säubern werden.« Er hob die Hände und machte eine hilflose Geste. »Eine Familie quer durch die Galaxis zu schicken, das ist nichts weiter als ein Reklamegag, damit die Leute mehr Limonade kaufen.«

»Die Schulkinder wurden angelogen«, widersprach John leise. »Die wirklich wirkungsvollen Recycling-Techniken sind zu spät erfunden worden. Die fossilen Brennstoffe sind so gut wie erschöpft. Die Fusionsenergie wird möglicherweise niemals wirtschaftlich eingesetzt werden können, und ein zu starker Gebrauch der Sonnenenergie führt zu Problemen in der Atmosphäre. Die Ozonschicht ist bereits bis auf vierzig Prozent des ursprünglichen Werts abgebaut. In zwei Jahrzehnten wird menschliches Leben auf der Erde nicht mehr möglich sein.«

West starrte ihn an.

»Die Globalen Rebellen kennen, genau wie wir, die Wahrheit«, ergänzte der General seufzend. »Sie bauen ein eigenes Hyperraumtor und hoffen, Alpha Prime als erste zu kolonisieren. Wenn sie Erfolg haben, werden sie sicher nicht die Bevölkerung der ganzen Welt einladen, ihnen Gesellschaft zu leisten. ›Weiße Teufel‹ wie Sie und ich werden auf der Erde sterben müssen.«

John senkte den Blick. Er hatte die Argumente schon viel zu oft gehört, und sein Vater hatte sich damals, während des Jahrtausendkrieges, ganz ähnlich geäußert. Er hatte es schon damals nicht verstanden. Im Laufe der Zeit hatte er es als eine Art Heuchelei erkannt, und so etwas war einfach nicht rational zu begründen …

Das Hyperraumtor, das er entwickelt hatte, war dazu gedacht, die ganze Erde zu retten, und niemand hatte je etwas anderes verlangt. Eins mußte er allerdings zugeben: Die kurzsichtigen, profitgierigen heimlichen Herrscher der Erde, die die Umwelt zerstört hatten, hielten es vielleicht tatsächlich für eine gute Idee, sein Hyperraumtor zu sabotieren, um ihm mit einem eigenen Projekt zuvorzukommen. Und nur ein Kartell multinationaler Konzerne hätte genug Geld, ein eigenes Tor zu bauen. Er hob den Blick wieder und sah die Männer an. Sie schwiegen einen Moment.

»Captain Daniels hat überhaupt nicht die Grippe, nicht wahr?« fragte West schließlich.

Hess schüttelte den Kopf. »Daniels wurde gestern abend in seiner Wohnung ermordet. Die Geschichte mit der Grippe ist nur eine Ausrede, um uns die Reporter vom Leib zu halten.«

West schien betroffen. »Ich habe Daniels gekannt.« Seine blauen Augen wurden hart. »Wir sollten ihre Stützpunkte in die Luft jagen. Ein entschlossener Schlag ...«

»Ihr Rettungsversuch im Orbit war eine Dummheit.« Mit dem abrupten Themawechsel brachte der General den Piloten zum Verstummen. »Erklären Sie sich, Major.«

West nahm Haltung an, und seine Stimme schwankte nicht, als er sagte: »Ein Freund von mir war in Schwierigkeiten.«

»Sie haben ein zehn Milliarden Dollar teures Flugzeug in Gefahr gebracht und einen direkten Befehl mißachtet, um einem Freund zu helfen?« sagte Hess.

»Jawohl, Sir«, wiederholte West, offensichtlich völlig unbeeindruckt. »Das habe ich getan, Sir.«

»Das hat er getan«, warf John ein, und er war überrascht, daß er dabei lächeln mußte.

Auch Hess lächelte jetzt. »Meinen Glückwunsch, Major. Sie sind der neue Pilot der *Jupiter*-Mission.«

West war nicht begeistert. »Aber Sir«, begann er. Seine Stimme klang beinahe empört. »Der Kampf findet doch hier statt, und ...«

»Sie fliegen morgen«, sagte der General, wie üblich alles ignorierend, was seinen vorgefaßten Plänen und Entscheidungen zuwiderlief. »Bevor die Rebellen es schaffen, die Mission ganz und gar zu torpedieren. Und jetzt wollen wir uns Ihr Schiff ansehen.«

4. Kapitel

Dr. Zachary Smith stand auf der windumtosten Düne und sah sich um. In allen Richtungen war er, so weit das Auge blicken konnte, von einer Wüstenlandschaft umgeben. Über dem Meer aus Sand flimmerte die Luft, die von der hoch am wolkenlos blauen Himmel stehenden Sonne erhitzt wurde. Der kleine, gelegentlich etwas pedantische Mann mit dem sauber getrimmten Ziegenbärtchen war der Typ, der oft als kompetenter, jedoch wenig bemerkenswerter Mensch betrachtet wurde. Man hätte sich kaum mehr irren können.

Smith blickte ungeduldig zu seinem Gegenüber. Allmählich wurde es ihm zu bunt. »Ich wurde beauftragt, den Code für Daniels' Wohnung zu besorgen«, sagte er. »Nicht mehr und nicht weniger. Ich habe meine Arbeit getan.«

Der unauffällige, gut gekleidete Geschäftsmann, der jetzt neben ihn trat, runzelte die Stirn. »Man hat einen Ersatzpiloten gefunden. Die Mission verläuft trotz allem nach Plan. Es ist nötig, daß Sie sich selbst unmittelbar einschalten.«

Ein Ersatzpilot. So etwas auch. Smith unterdrückte ein Seufzen. »Ich verstehe«, sagte er. Diese subalternen Firmenlakaien waren nichts weiter als wandelnde Geldautomaten. Aber es deprimierte ihn zu sehen, daß nicht einmal die namenlosen Aufsichtsräte – die Brötchengeber dieser Lakaien – einen blassen Schimmer hatten, wie das Militär funktionierte. Wer sich auskannte, wußte nämlich, daß es massenhaft Piloten gab. Sie waren so zahlreich wie Küchenschaben. »Also«, sagte er, »wenn ich mich jetzt auch noch persönlich einschalten soll, dann wird Sie das einiges kosten. Und ich fürchte, mein Preis ist gerade in, sagen wir mal, astronomische Höhen geklettert.«

Irgendwo jenseits des blauen Himmels klopfte es, als wäre das tiefe, perfekte Blau nur der Boden einer Keramikschale. Smith langte nach oben und tastete in der Luft nach etwas, das er nicht sehen konnte. Er drückte auf einen Knopf.

Der virtuelle Geschäftsmann und die holografische Wüste verschwanden. »Beleuchtung«, sagte Smith müde. Im Licht, das daraufhin aufflammte, tauchte sein Labor auf, das sich im Raumfahrtkontrollzentrum befand. Er drehte sich zur Tür, an die gerade jemand geklopft hatte. »Herein.«

Mit einem Zischen öffnete sich die Schiebetür, und ein Techniker kam herein. »Die Flugleitung wartet noch auf Ihre Testergebnisse, Dr. Smith.«

Smith warf einen kurzen Blick zur Wand, wo Porträtaufnahmen der Crewmitglieder zu sehen waren, die mit der *Jupiter* fliegen sollten. Die Gesichter waren im Kreis um eine Lampe angeordnet. Als wären sie von einer

Zieloptik erfaßt worden, dachte er. Lächelnd suchte er die richtigen Datenträger heraus und gab sie dem Techniker. »Die Robinsons sind zu hundert Prozent überprüft. Sie sind in ausgezeichneter Verfassung und bereit, die Welt zu retten.« Sein Lächeln wurde strahlend, und der nichtsahnende Techniker lächelte fröhlich zurück. »Wünschen Sie ihnen auch in meinem Namen viel Glück.«

Don West folgte dem General und dem Professor über den Laufsteg, der in die *Jupiter* führte. Über ihm erhob sich der riesige Rumpf des Raumschiffs, der an eine fliegende Untertasse erinnerte. Angesichts dieses Kolosses kam er sich verloren und ohnmächtig vor, was den Eindruck, den die Worte des Generals auf ihn gemacht hatten, noch verstärkte. Die Einstiegsluke war geöffnet und schien nur darauf zu warten, ihn zu verschlingen wie ein hungriges Raubtier. Er schätzte, daß im Inneren der *Jupiter* ohne weiteres hundert Schiffe von der Größe seiner *Eagle One* hätten verstaut werden können.

»Die Anweisungen für die Mission sind recht einfach«, erklärte Hess gerade. »Professor Robinson hat das Kommando, solange Sie sich nicht im Gefechtszustand befinden. In diesem Fall, Major West, übernehmen Sie das Kommando.«

Dieser Zivilist hat das Kommando? Don erschrak bei dem Gedanken. Der einzige Raum, durch den dieser Bodenhocker je geflogen war, mußte der Raum zwischen seinen Ohren sein. Er schluckte seinen Stolz herunter und versuchte noch einmal, den General umzustimmen. »Ich bin Jägerpilot, Sir. Es muß doch bessere Kandidaten für diese …«

Sie hatten die Einstiegsluke erreicht. Hess wandte sich kurz zu ihm um und sagte: »Willkommen an Bord, Major.« Dann gingen er und Robinson sofort weiter.

Warum haben die mich nicht gleich vors Kriegsgericht gezerrt? Er folgte ihnen mürrisch durch einen langen Gang, der von versenkten Lichtern nur trüb erhellt wurde, bis sie die versperrten Drucktüren am Ende erreichten. Verzweifelt wandte er sich an die beiden Männer, die auf ihn gewartet hatten, und versuchte ein letztes Mal, Gehör zu finden.

»Jeb Walker ist ein viel besserer Pilot als ich, Sir«, sagte er. *Na gut, vielleicht stimmt das nicht so ganz, aber Jeb ist mindestens genauso gut wie ich …* Und Walker wäre sofort bereit gewesen, sich auf dieses Unternehmen einzulassen, denn Jeb hielt das Hyperraumtor für den größten Fortschritt seit der Erfindung starrer Tragflächen. »Er wäre für diese Mission perfekt geeig…«

Er unterbrach sich, als vor ihm die Tür aufglitt. »Mann!« sagte er mit aufgerissenen Augen. Er schnaufte entzückt und war wieder zehn Jahre alt.

Fast andächtig staunend, betrat er die Brücke der *Jupiter.* So ähnlich mußte es sein, den Himmel zu betreten. Denn genau das war es, dachte er: ein Hightech-Himmel. Zwei Pilotensitze mit der allerneuesten Elektronik und den teuersten Servomotoren, die man für Geld kaufen konnte, standen vor einem riesigen Sichtfenster. Die fugenlos gekrümmte Fläche war aus der gleichen transparenten Legierung hergestellt wie die Kanzel seines Jägers, auch wenn sein Verstand ihm sagen wollte, daß es nur Fensterglas wäre. Techniker liefen hin und her und führten letzte Checks durch.

Er sah sich den Computer an, erkannte bewundernd die schnelle CPU und studierte die Anzeigen auf den

Navigationsschirmen im Zentrum des Raumes. Er war ehrlich beeindruckt.

»Das sieht aus, als hätte man keine Kosten und Mühen gescheut, um das Baby auszurüsten«, murmelte er mehr zu sich selbst als zu den beiden Männern, die ihn beobachteten.

»Nun, wenn Sie schon den Babysitter spielen sollen, dann sollen Sie wenigstens einen erstklassigen Spielplatz bekommen, Major«, sagte Robinson freundlich.

Don warf ihm einen kurzen Blick zu und wandte sich sofort wieder um, als hinter den Kälteschlafbänken ein Mitarbeiter des Ärztestabes auftauchte, der einen praktischen braunen Overall trug. Der Arzt – nein, es war eine Ärztin –, die Ärztin also hielt ein Klemmbrett in der Hand.

Es war nicht nur einfach eine Ärztin, sondern eine ausgesprochen gutaussehende Ärztin. Don starrte sie an. Zum zweitenmal binnen weniger Minuten war sein Gehirn von dem überwältigt, was seine Augen sahen.

»Ich verstehe das nicht.« Die Frau wandte sich an Robinson und den General, als wäre er Luft für sie. »Ich bekomme die Kryosysteme nicht über sechsundneunzig Prozent.«

»Doktor Smith hat die Geräte justiert, also brauchen Sie doch jetzt nicht mehr …« begann General Hess.

»Doktor Smith ist als Physiker auf dem Stützpunkt beschäftigt«, unterbrach sie ihn scharf. »Ich bin für die Anlage verantwortlich, sobald sich das Schiff im Flug befindet. Die Schlafbänke werden perfekt funktionieren, weil sonst das Schiff nicht starten wird. Ist das klar?«

»Absolut, Doktor«, sagte Hess kleinlaut.

Mein Gott, dachte Don. *Kann man sich wirklich so schnell verlieben?*

»Judy«, sagte Robinson, als sie sich schon wieder umdrehen wollte, »dies hier ist Major Don West. Er springt für Mike ein.«

Die Ärztin, die Judy hieß, schien ihn erst jetzt zu bemerken. Sie gab ihm die Hand, und er schlug ein. Das blonde Haar hatte sie sich glatt zurückgekämmt und hinter dem Kopf mit einem Knoten befestigt. Sie hatte ein wundervolles Gesicht und grüne Augen. Anscheinend alles andere als unangenehm berührt, musterte sie ihn ein paar Sekunden lang von Kopf bis Fuß. Dann blieb ihr Blick einen Moment lang an seinem Mund hängen, und schließlich erwiderte sie auch seinen Blick.

Sie errötete leicht, als sie bemerkte, daß er ihre Bestandsaufnahme verfolgt hatte. Er grinste und ließ sie wissen, daß die Bewunderung auf Gegenseitigkeit beruhte.

»Er ist schwerer als Mike«, sagte sie, indem sie sich abrupt wieder an Robinson wandte. »Wir müssen die Lastverteilung neu berechnen.«

»Ich bin jederzeit bereit, mit Ihnen über meine Maße zu reden, Doktor.« Don lächelte verwegen wie ein Erzbösewicht, was bei den Frauen normalerweise sehr gut ankam. »Sagen wir, bei einem romantischen Abendessen?«

»West«, grübelte Judy. Sie sah ihn wieder an. »Ich habe etwas über Sie gelesen. Sie sind ein Kriegsheld, nicht wahr?«

»Ja, irgendwie schon«, erwiderte er stolz.

Sie verschränkte die Arme vor der Brust und stützte ihr Kinn in eine Handfläche. »Wer war das noch, der mal gesagt hat, daß sich nur die schlagen, die nicht denken können? Oh, richtig. Ich war das.« Ihr Lächeln veränderte sich, und er fühlte sich, als wäre er gerade gefriergetrocknet worden. »War nett, Sie kennengelernt zu haben.« Sie kehrte zu den Kühlaggregaten zurück.

»Das ist ein kalter Fisch, den ich wirklich gern mal auftauen würde.« Frech über die peinliche Abfuhr hinweggehend, wandte Don sich wieder an die beiden Männer.

Judy, inzwischen wieder an ihrem Arbeitsplatz angelangt, hob noch einmal den Kopf. Ihre Augen streiften den Piloten nur kurz und hefteten sich dann auf Robinson. »Ich schaff's wohl nicht zum Abendessen, Dad.«

Don wandte sich verblüfft an Robinson. *Dad?* Robinson zog amüsiert die Augenbrauen hoch und zuckte lächelnd mit den Achseln.

Ein Alptraum. Es mußte ein Alptraum sein. Don schloß die Augen und fragte sich, wann er aufwachen würde. Aber nein, seine Augen waren geöffnet, und alle im Raum starrten ihn an. Er fluchte halblaut. »Das wird ein höllisch langer Flug«, murmelte er.

5. Kapitel

Als John nach Hause kam, war es bereits so spät, daß er es vorzog, lieber nicht auf die Uhr zu sehen. Er wunderte sich etwas, daß im ganzen Haus noch die Lichter brannten. Wie ein Leuchtturm im Dunklen kam es ihm vor, während er über den Weg hinaufging. Die Lichter in seinem Heim erinnerten ihn daran, warum er das alles tat und wie wichtig und richtig die Gründe waren, aus denen er sein normales, altes Leben aufgegeben hatte.

Er betrat das Haus und sah sich um. Wahrscheinlich

waren die anderen schon längst ins Bett gegangen. Er trat ins Eßzimmer, blieb stehen und sah auf dem Tisch das stehen, was ein exquisites Abendessen hätte werden sollen: die Kerzen nicht angezündet, das Essen nicht gekostet. Das letzte gemeinsame Abendessen an ihrem letzten Abend auf der Erde … und er war nicht rechtzeitig nach Hause gekommen.

John ging langsam durch den Raum und sah, daß noch etwas auf dem Tisch stand. Wills Wissenschaftsprojekt, versehen mit einem weiteren goldenen Stern für den ersten Preis. Er lächelte. Will war ganz nach dem Vater geschlagen.

Maureen stand auf, als sie ihren Mann an der Vordertür hörte. Sie hatte wach gelegen und auf das Geräusch gewartet. Viel zu lange hatte sie sich wach gehalten, nachdem sie viel zu spät zu Bett gegangen war. Ihre erste Reaktion war Erleichterung, daß er endlich kam. Aber sie wußte, daß sich dieses Gefühl nicht lange halten würde.

Sie zog den Morgenmantel an und ging die Treppe hinunter. *Ruhig bleiben,* sagte sie sich. *Du mußt ruhig bleiben. Du mußt das ganz sachlich angehen. Versuche nur nicht …* Sie sah John am Eßtisch stehen und Wills Projektarbeit betrachten.

Daneben stand das wundervolle Abendessen, das sie mit so viel Mühe und Liebe vorbereitet hatte. Sie hatte sich der Illusion hingegeben, ein letztes Mal ihre Liebsten um sich versammeln und das letzte Abendessen in ihrem alten Heim auf ihrem alten Planeten im Kreis der Familie einnehmen zu können. Sie hätte eigentlich überhaupt nicht die Zeit dazu gehabt, von der Energie ganz zu schweigen. Dennoch hatte sie es getan, weil es ein Symbol für die Dinge war, die ihr am Herzen lagen.

Und dann war Will der einzige gewesen, der zum Essen daheim war. Will war wütend und verletzt gewesen, weil John schon wieder sein Versprechen gebrochen und die Ausstellung der Projektarbeiten nicht besucht hatte. Will hatte nichts essen wollen und gesagt, daß er Huhn nicht mochte, daß er es noch nie gemocht hätte. Dann war er in sein Zimmer gerannt und hatte die Tür hinter sich zugeknallt. Eine Weile später war dann auch ihr selbst der Appetit vergangen.

»Er hat wieder den ersten Preis gewonnen«, sagte sie, als John sie bemerkte.

»Ein nicht funktionstüchtiger Prototyp seiner Zeitmaschine«, sagte John mit einem gezwungenen Lächeln. »Nicht schlecht für einen so kleinen Jungen.«

Sie sah ihn nur an und hielt die Kanten ihres Morgenrocks fest, daß die Knöchel sich weiß abzeichneten.

John wich ihrem Blick aus, und sein aufgesetztes Lächeln verschwand. »Das mit dem Essen tut mir leid. Der neue Pilot ...«

Sie holte tief Luft. »John, deine Familie braucht dich hier zu Hause.«

»Diese Mission dreht sich doch gerade um unsere Familie«, widersprach er mit erhobener Stimme, um sie zum Schweigen zu bringen. »Meine einzige Bedingung, bevor ich die Mission übernommen habe, war die, daß wir die Kinder mitnehmen durften. Ich wollte nicht, daß sie zurückbleiben, während wir unsere Arbeit machen. Ich wollte mit meiner Familie zusammen dazu beitragen, daß zukünftige Generationen ...«

»Da können wir natürlich nicht mithalten, John.« Auch sie sprach unwillkürlich lauter. »Immerhin mußt du ja die Menschheit retten. Was spielt es da für eine Rolle, daß Will in der Schule einen Kurzschluß fabrizieren muß, um die Aufmerksamkeit seines Vaters zu erregen? Daß Penny zum drittenmal hintereinander von Wachleuten nach Hause transportiert wurde? Daß Judy sich genau wie ihr Vater allmählich in ein Gespenst verwandelt?«

»Maureen, ich versuche doch nur, meine Arbeit auf den vorgezogenen Starttermin auszurichten …«

»Und was meinst du, was ich hier mache?« rief sie. »Meinst du, ich gebe hier Tupperpartys?«

John hob in einer hilflos entschuldigenden Geste die Arme. »Ich weiß ja, daß du die wissenschaftlichen Handbücher überarbeitest. Ich meinte ja nur …«

»Und ich versuche, mit zwei Kindern zurechtzukommen, die einen ganzen Planeten aufgeben müssen. Es gibt keine pädagogischen Bücher, in denen steht, wie man mit so etwas umgeht.« Sie wischte sich mit einer wütenden Geste eine Locke aus der Stirn. Jahrelang hatte sie versucht, zwischen den Anforderungen der Familie und ihren beruflichen Belastungen einen Mittelweg zu finden. Es war schwierig gewesen, aber es schien der Mühe wert, weil sie beides so sehr liebte. Aber das hier …

Sie wandte sich ab und schlang die Arme um den Oberkörper. Ihre Augen brannten.

John ging zu ihr, legte ihr die Hände auf die Schultern. »Und es nützt uns nichts, wenn wir anderen Familien eine neue Welt schenken, wenn wir es nicht einmal schaffen, unsere eigene zu retten?« sagte er sanft. »Meinst du das, Professor?«

Maureen drehte sich langsam zu ihm um. Sie lächelte, zögernd zuerst. Doch als sie ihm in die Augen sah, wurde ihr Lächeln wärmer und herzlicher.

»Ich habe meiner Mutter damals gesagt, sie würde sich in bezug auf dich irren«, flüsterte sie. Ihre Stimme bebte immer noch ein wenig. Ihre Mutter. Sie vermißte sie sehr. Maureen starrte blicklos zum Fenster hinaus. »Warum haben wir die Erde so zerstört? John, ich ...« *Ich habe Angst,* wollte sie sagen, doch sie hielt inne, weil sie noch mehr Angst hatte, ihre Angst in Worte zu kleiden.

»Ich weiß, Baby«, flüsterte er. Er nahm sie in die Arme, und sie hielten sich fest, als wären sie ein frisch verliebtes Paar. Er hatte sie seit Jahren nicht mehr so genannt. »Ich habe auch Angst.«

Sie gingen zusammen nach oben. Auf dem Weg zu ihrem Schlafzimmer kamen sie an den Kinderzimmern vorbei. Vor Wills Zimmer blieb John einen Augenblick stehen, dann trat er leise ein und tastete sich auf Zehenspitzen aus dem beleuchteten Flur ins dunkle Zimmer seines Sohnes.

Als er vor Wills Bett stand, berührte er unwillkürlich das Dienstabzeichen seines Vaters, das er an einer Kette um den Hals trug. Er hatte es immer aufbewahrt, wenn sein Vater unterwegs gewesen war. Sein Vater war oft fort gewesen während des Jahrtausendkrieges, aber eines hatte er seinem Sohn versprochen: daß er immer heimkehren würde.

Und eines Tages war er dann doch nicht mehr zurückgekommen.

Seitdem hatte John die Dienstmarke praktisch Tag und Nacht getragen: zum Andenken an seinen Vater und als Erinnerung an sein Gelübde, die Fehler seines Vaters nicht zu wiederholen. Und als Mahnung, nicht zu vergessen, wieviel seine Familie ihm bedeutete. Es war eins der Details, die Maureen an ihm besonders liebte.

Er stand schweigend da und betrachtete Will. Der

Junge lag friedlich schlafend in seinem Bett, und alles schien so, wie es sein sollte. Hoffentlich hatte er in der letzten Nacht, die er auf der Erde schlafen durfte, wenigstens schöne Träume.

Nach langen Minuten kam John so leise, wie er hineingeschlichen war, wieder aus Wills Zimmer heraus und nahm Maureens Hand.

Hand in Hand betraten sie ihr Schlafzimmer, und sie drehte sich noch einmal um und löschte das letzte Licht im Haus.

Im Raumfahrtkontrollzentrum gingen während der letzten Stunden vor dem Start die Lichter nicht aus. Die *Jupiter One* erhob sich, wie zum Sprung gespannt, zwischen den Laderampen, während mit automatischen Aufzügen und Förderbändern die letzten Vorräte in die Frachträume geladen wurden.

Die menschlichen Arbeiter der Nachtschicht waren viel zu beschäftigt, um die Tonne mit der Aufschrift BIOLOGISCHES MATERIAL – NICHT ÖFFNEN auch nur eines zweiten Blickes zu würdigen, und sie dachten natürlich nicht im Traum daran, den Warnhinweis zu mißachten. Sie hoben die Tonne mit einem Kran hoch, fuhren sie ins vorgesehene Lager und vergaßen sie sofort danach wieder.

Smith wartete, bis es draußen völlig still war, ehe er den Deckel der Tonne aufdrückte und herauskletterte. Fluchend massierte er sich die verkrampften, schmerzenden Muskeln. Er warf einen letzten, mißmutigen Blick zur Tonne, dann sah er sich um, wo die Luke war, durch die er ins Lüftungssystem eindringen konnte. Er fand sie genau dort, wo er sie erwartet hatte.

Die Verhandlungen mit dem anonymen Geschäftsmann waren nach der Störung wieder aufgenommen und zu einem sehr befriedigenden Abschluß gebracht worden. Sobald er den letzten, unangenehm persönlichen Verrat begangen hätte, würde er reicher sein, als die meisten Menschen je zu träumen gewagt hätten. Und was war schon seine Würde im Vergleich zu den Reichtümern, die ihm winkten? Er hatte in der Vergangenheit mehr als nur seine Würde verraten. Er öffnete die Luke und kletterte hinein.

Geld und Tod, das waren die einzigen Konstanten, die es in einem Universum noch gab, in dem Professor John Robinson einen Weg gefunden hatte, die Lichtgeschwindigkeit zu überschreiten. Oder wenigstens waren es die einzigen Dinge, die für Smith von Bedeutung waren. Nach diesem letzten Einsatz würde er von der Bildfläche verschwinden und den Rest seines Lebens in einem idyllischen Versteck verbringen. Was für eine Rolle spielte es, wenn er die Welt zum Untergang verurteilte? Er würde ohnehin nicht mehr lange genug leben, um Zeuge dieses Untergangs zu werden.

Selbsternannte Weltverbesserer wie Robinson fand er zum Kotzen. Sie hatten den Tod verdient, diese Helden mit ihren naiven Träumen. Es war eine Gunst des Schicksals, daß er mit eigener Hand beweisen konnte, wie bedeutungslos John Robinson und seine perfekte Familie für den Lauf des Universums waren.

Er lugte durch die Lüftungsgitter hinaus und arbeitete sich langsam durch die untere Etage des Schiffs bis zu dem Bereich vor, wo er wieder herausklettern wollte. Allmählich näherte er sich seinem Ziel. Er stellte sich vor, wie in den Nachrichtensendungen in der ganzen Welt die lächelnden Gesichter der Robinsons zu sehen waren, während ein Sprecher das tragische Scheitern der Jupiter-Mission verkündete. *Wie entsetzlich, wie schrecklich!*

Er grinste gehässig.

Und dann öffnete sich der Abgrund in ihm und verschluckte die falsche Zufriedenheit.

Er hatte geglaubt, er könnte die Leere an der Stelle, wo seine Seele gewesen war, wieder füllen, indem er Geld zusammenraffte. Jetzt erkannte er, daß es im ganzen Universum nicht genug Geld gab, um diesen Abgrund zuzuschütten.

Vielleicht hilft es mir ja, wenn ich alles wieder ausgebe, dachte er. Er hatte einen brillanten Verstand, das sagte jeder, der ihn kannte. Er würde sich doch sicherlich ein paar wirklich kreative Wege ausdenken können, um sich zu amüsieren. Wieder lugte er in einen Raum hinaus. Es war der richtige, er war am Ziel. Er schob die Lüftungsklappe auf und stieg in den Roboterhangar hinaus.

Dieser Raum war wie alle anderen von kleinen Notlichtern nur schwach beleuchtet. Das Zwielicht behinderte ihn ein wenig, aber es war ausreichend für seine Zwecke.

Er ging zu dem Pult, in dem die Rechner für die Robotersteuerung untergebracht waren. Vorsichtig sah er sich in alle Richtungen um und lauschte, ob jemand in der Nähe wäre. Fast hätte er sich selbst ausgelacht, als ihm klarwurde, daß er sich für sein eigenes Überleben mehr interessierte als für alles andere – und das, obwohl es in seinem Leben keine Freude gab.

Smith nahm die kleine Tastatur aus dem Etui, das in die Brusttasche seines Overalls eingearbeitet war. Er schloß das Keyboard an eine inaktive CPU an und startete die Software, mit der die alte Programmierung verändert werden sollte.

»So, mein Dornröschen, jetzt wirst du wachgeküßt.« Er drückte auf einen beleuchteten Knopf unter dem kleinen Bildschirm, und das System erwachte zum Leben. Dann tippte er die ersten Befehle ein.

Die monotone Stimme des Hauptcomputers antwortete sofort: »Roboter aktiv. Wiederhole Primärdirektiven: erstens, die Familie Robinson beschützen; zweitens, Schiffssysteme erhalten; drittens …«

»Verschone mich mit diesem Geschwätz, mein stahlharter Kämpfer.« Wieder verzog Smith den Mund zu einem bösen Grinsen. Er tippte ungeduldig auf der Tastatur herum, und die Stimme brach ab. »Ich fürchte, du wirst ein paar äußerst unschöne Aufgaben für mich erledigen müssen.«

»Roboter aktiv«, begann die mechanische Stimme von neuem. »Wiederhole Primärdirektiven: Sechzehn Stunden bis Beginn der Mission. Nach Beginn der Mission Familie Robinson zerstören. Alle Systeme zerstören.«

»So, das gefällt mir schon besser.« Er lächelte, löste die Verbindung und steckte die Tastatur wieder ins Etui. »Mach's gut, mein platinbeschichteter Freund. Lebewohl ist ein trauriges Wort …« Er salutierte ironisch vor dem Computer und ging zu einer Rutsche, durch die der Abfall entsorgt wurde.

Wie passend, dachte er. Er stieg hinein und kletterte langsam nach unten. Wie sein Informant ihm versichert hatte, konnte er auf diesem Weg bis zu einer Stelle vordringen, wo er das Schiff unbemerkt wieder verlassen konnte.

Er war noch nicht weit gekommen, als das Programmiermodul, das er wie zuvor in der Uniformtasche verwahrt hatte, zu piepsen begann. Augenblicklich aktivierte er den eingebauten CommLink. Er war nervös, seine Hände zitterten leicht. Vor ihm in der Luft erschien das Gesicht des namenlosen Geschäftsmannes.

»Wie es scheint, haben Sie Ihre Mission auftragsgemäß durchgeführt«, sagte der Kontaktmann, während er sich neugierig umsah. »Ich weiß einen sauberen Terroranschlag durchaus zu schätzen.«

Unter anderen Bedingungen hätte Smith sich über die ironische Bemerkung vorbehaltlos amüsiert, doch in dieser Situation brachte ihn der Anruf in Lebensgefahr. »Ich habe Sie doch gebeten, mich niemals anzurufen«, zischte er. »Man könnte den Anruf zurückverfolgen.«

Der holografisch dargestellte Anrufer verzog keine Miene. »Ich wollte Ihnen nur erklären, wie dankbar ich Ihnen für Ihre unerschütterliche Loyalität bin«, sagte der Geschäftsmann. »Gute Arbeit, Doktor. Auf Wiedersehen.« Er lächelte.

Smith runzelte verwirrt die Stirn, als das lächelnde Gesicht des Geschäftsmannes verschwand. Das Programmiermodul gab plötzlich einen schrillen Ton von sich, der Smith in den Ohren schmerzte.

Und dann empfand er echte Schmerzen, als sich das Modul blitzschnell aufheizte und das Etui verschmorte. Smith riß die Tastatur aus dem Gehäuse und fluchte, als er sich die Hand verbrannte.

Bevor er das Modul wegwerfen konnte, entlud sich die Spannung, die sich aufgebaut hatte. Jede Zelle seines Körpers zuckte, als der Stromstoß durch seinen Körper fuhr, den kürzesten Weg zur Erde suchte und eine Verbindung zum Metallboden des Wartungsschachtes herstellte.

Danach herrschte Stille im Müllschacht. Totenstille. Zachary Smith lag reglos auf dem Boden.

6. Kapitel

Die Dächer des Raumfahrtkontrollzentrums flimmerten in der Morgensonne eines ungewöhnlich strahlenden Tages.

Auf der Brücke der *Jupiter One* waren die Robinsons gerade dabei, die letzten Vorbereitungen zu treffen, bevor sie unter Judys wachsamen Augen für die nächsten zehn Jahre in den Kälteschlaf versetzt werden sollten. Will und Penny legten sich als erste in die Kälteschlafkapseln. Sie trugen bereits die Schutzanzüge aus Edelstahl und Silber. Penny hatte mürrisch erklärt, man hätte sie wie ein Stück Fleisch in Alufolie gewickelt, bevor man sie in den Kühlschrank steckte.

Eher wie Samen, die in silbernen Samenkapseln schlummern, dachte Maureen, als sie die Kühleinheit betrachtete, in der Penny lag. Sie schob den Gedanken beiseite und lächelte ihre nervöse Tochter an. Sie strich ihr zärtlich ein paar störrische dunkle Haarsträhnen aus der Stirn, die ihr über die besorgt blickenden braunen Augen zu rutschen drohten.

»Nicht, Mom!« Penny schob sich die Haare gereizt wieder über die Stirn. »*Vogue* schreibt, daß das in zehn Jahren in Mode sein wird.«

Maureen zog gehorsam die Hand zurück und respektierte den Wunsch ihrer Tochter, sich an irgend etwas festzuhalten. Sie wußte, wie schwer dieser Abschied für sie alle war.

»Können wir ihr ein bißchen den Sauerstoff abklemmen?« fragte Will, der in der Kapsel nebenan lag. »Damit sie nicht mehr so ätzend ist, wenn sie wieder aufwacht?«

»Kann man nicht dafür sorgen, daß er *überhaupt nicht mehr* aufwacht?« fauchte Penny.

»Das reicht jetzt!« Maureen wollte die Stirn runzeln, aber sie konnte nicht anders, sie mußte lachen. »Ihr bringt mir noch das ganze Raumschiff durcheinander. Schlaft gut, meine Kinder«, sagte sie leise, genau wie sie es früher zur Schlafenszeit immer gesagt hatte, als die beiden noch sehr klein gewesen waren. Sie küßte sie nacheinander auf die Stirn, auch das war ein Teil des alten Rituals, bevor sie zurücktrat, damit John sich verabschieden konnte.

John wollte Will in die Arme nehmen, doch Will hatte schon eine Hand ausgestreckt, um dem Vater männlich die Hand zu schütteln. Vater und Sohn starrten einander etwas verlegen an, bevor Will nachgab. John zauste ihm das Haar und wandte sich ab. Anschließend stieg Maureen in ihre eigene Schlafkapsel und wartete, bis John zu ihr kam. »Professor, du bekommst ein Ausreichend für väterliche Zuwendung«, sagte sie zärtlich. »Aber eine Eins für deine Bemühungen.«

John küßte sie auf die lächelnden Lippen.

Sie berührte seine Wange. »Darin bekommst du immer eine Eins.«

Auch John lächelte, während er als letzter in seine Schlafkapsel stieg. »Major«, sagte er zu Don West, »jetzt gehört sie Ihnen.«

Don schaute auf und nickte. Er schaltete das Testprogramm ab, das er auf der Brücke der *Jupiter* gestartet hatte. Er hatte die Systeme vor dem Start noch ein letztes Mal kontrolliert und versucht, sich im Hintergrund zu halten, während die Robinsons sich auf ihren zehnjährigen Kälteschlaf vorbereiteten.

Nachdem er die Familienmitglieder persönlich kennengelernt hatte, konnte er sie nicht mehr als bloße Werbeträger sehen. Sie waren wirkliche, reale Menschen, und selbst wenn sie so verrückt waren, sich auf dieses Unternehmen einzulassen, hatten sie das Anrecht auf ein wenig Privatsphäre. Also hielt er sich zurück und sah ihnen aus einiger Entfernung zu. Er erkannte, wie sehr sie einander vertrauten und wie groß ihre Liebe sein mußte, wenn sie diese Reise gemeinsam machten. Er fühlte sich als Fremder, als Außenstehender.

Es gab ihm einen Stich, und er wandte sich ab. Sie erinnerten ihn daran, daß er nicht hier sein wollte und daß er, im Gegensatz zu den Robinsons, nicht einmal eine Wahl gehabt hatte.

Doch jetzt drehte er sich wieder zu ihnen um, machte gute Miene zum bösen Spiel. »Ich versuche, keine scharfen Kurven zu fliegen, damit Sie nicht vorzeitig wach werden.« Etwas Besseres wollte ihm nicht einfallen. John Robinson nickte und lächelte, hatte demnach also die Bemerkung des Piloten freundlich aufgenommen.

Judy Robinson ging an der Reihe der Kälteschlafkapseln entlang und verabschiedete sich von ihren Angehörigen, während sie die Biomonitore aktivierte. Schließlich erreichte sie ihre eigene Kapsel am Ende der Reihe und stieg hinein. »Flugleitung, hier ist Dr. Robinson. Wir sind bereit.«

Die Stimme aus dem Raumfahrtkontrollzentrum drang aus dem Funkgerät hinter ihm: »Roger, Doktor. Leiten Sie den Kälteschlaf ein.«

Impulsiv stand Don auf und ging zu ihr hinüber.

»Eine Frage, Doktor«, sagte er. »Ist in diesen Kapseln eigentlich Platz für zwei?«

Ihr gerade noch freundlicher Blick wurde hart. »Kaum genug Platz für Sie und Ihr Ego, Major.« Wieder wurde er unter ihren Blicken schnellgefroren.

Don wandte sich ab und gab sich im Geiste einen Tritt. Immer wenn er sich ihr näherte, kippte in seinem Kopf alles um, und er mußte den Idioten spielen. Dabei ging es ihm doch nur darum, daß er sich nicht so einsam fühlen wollte …

Er blieb stehen, denn plötzlich wurde ihm bewußt, welche Emotion er in ihren Augen gesehen hatte, bevor sie sich verhärtet hatten. Er drehte sich noch einmal zu ihr um und sagte fast zärtlich: »Schon gut, Doc. Ich bin das gewöhnt.« Er deutete zur Brücke und machte eine Bewegung, die das ganze Schiff einschloß.

Judy nickte. Sie entspannte sich sichtlich und sah ihn dankbar an. »Fahren Sie vorsichtig«, sagte sie, und endlich, endlich schenkte sie ihm ein Lächeln.

Ein Lächeln, dachte er. Wenn er eine Familie wie die ihre gehabt hätte, statt einer, vor der er immer nur hatte fliehen wollen, dann hätte er vielleicht sogar gelernt, sich in der Gegenwart einer so attraktiven und intelligenten Frau vernünftig zu benehmen.

Judy langte zur Kontrolltafel der Kälteschlafkapsel hinauf und drückte auf den letzten Knopf. Er trat zurück und sah, wie sich die Biosensoren mit ihrem Anzug verbanden. Dann glitt ein Schutzschirm über ihre Augen. In den anderen Kapseln liefen die gleichen Vorbereitungen ab. Die durchsichtigen Kuppeln legten sich über die Kapseln, und die Frostpartikel der Kryofelder schossen in die Kapseln wie ein Schneesturm, so daß er die Robinsons nicht mehr sehen konnte.

Als er wieder etwas erkennen konnte, starrte Judy blicklos und ohne zu blinzeln ins Leere. Wie eine Prinzessin, die durch einen Zauberbann gelähmt worden war. Die Kälteschlafkapseln stiegen jetzt langsam zu den Nischen hinauf, die in der Decke des Raumes zu diesem Zweck ausgespart worden waren. Dort würden sie bleiben, bis es Zeit war, die Robinsons zu wecken.

Er holte tief Luft und ging durch die jetzt völlig stille Brücke, um seinen Platz am Funkgerät einzunehmen. »Mission Control, hier ist *Jupiter One.* Die Robinsons sind eingelagert. Wir können starten.«

Noah Freeman, der Leiter des Raumfahrtkontrollzentrums, meldete sich sofort. »Zehn Minuten bis zum Start, Countdown läuft.« Don schaltete zusätzlich die Bildübertragung ein und lächelte.

Auf dem Bildschirm tauchten Freeman und seine Techniker auf. Don sah die Szene, die er schon von der Besichtigung der Flugleitung kannte: ein hektisches Chaos. Noah grinste und setzte sich ebenfalls an sein Pult. Wenn überhaupt, dann schien er jetzt noch zerzauster zu sein als am Vortag.

Hinter ihm winkten ein paar Techniker. »Alles Gute, Don!« Auf ihren Monitoren konnten sie alle wichtigen Funktionen der *Jupiter One* überwachen. Der hintere Teil des Raumfahrtkontrollzentrums wurde von einer riesigen Bildwand eingenommen, auf der jetzt die Startrampe und das Schiff zu sehen waren. Zwischen den rasch wechselnden Aufnahmen, die dort eingeblendet wurden, konnte er mehrmals sein eigenes Gesicht erkennen.

Als Don gestern mit Noahs Mannschaft bekannt gemacht worden war, hatte er sich gefühlt wie ein Hauptdarsteller in einer billigen Klamotte. Als hätte man ihm eine Torte ins Gesicht geklatscht, hatte er fassungslos im

Kontrollzentrum gestanden und nicht glauben wollen, was er da sah: einen Haufen kaugummikauender Verrückter, angezogen mit den ausgeflipptesten Kleidungsstücken, die er je außerhalb einer Altkleidersammelstelle oder eines Irrenhauses gesehen hatte.

Aber als er sie nacheinander persönlich kennengelernt und mit ihnen gesprochen hatte und sie ihm bereitwillig die Geräte vorführten, verflog der erste Eindruck. Sie waren fest entschlossen, der Mission zum Erfolg zu verhelfen, sie wußten um die Wichtigkeit ihrer Arbeit, und sie waren in ihrem Fach die besten. Nicht lange, und er hatte die verrückte Kleidung als eine Art Uniform aufgefaßt, mit der sie ihre Einzigartigkeit dokumentieren wollten.

Und jetzt, als die letzten Checks durchgeführt wurden und der Countdown lief, fand er es sogar irgendwie tröstlich, Noah und seine verrückte Crew zur Gesellschaft zu haben.

»Start in einer Minute, Countdown läuft«, sagte Noah. Er hob bekräftigend den Daumen.

Auf den anderen Monitoren konnte Don die Außenhülle des Raumschiffs überwachen. Die Gangways wurden gerade zurückgezogen, die letzten Versorgungsleitungen vom Rumpf gelöst. Über ihm wurde langsam die gewaltige Kuppel der Startrampe geöffnet.

»Starte den Hauptantrieb«, sagte Don. Ein Beben lief durch die *Jupiter,* als sei das Schiff ein fühlendes Wesen, das begierig zitternd auf den großen Augenblick wartete.

»Major, Ihr Startfenster ist für den übrigen Luftverkehr gesperrt. Ich schalte die Steuerung jetzt zu Ihnen rüber.«

»Roger, Houston.« Dons Hand schwebte bereits über

dem beleuchteten Knopf, der den Start auslösen würde. Zehn Jahre. Er war drauf und dran, zehn Jahre seines Lebens wegzuwerfen. Für einen Job, den ein gut trainierter Affe hätte erledigen können. »So, dann wollen wir die Affenschaukel mal auf Touren bringen.« Er drückte auf den Knopf, und der Antrieb sprang an.

Die *Jupiter One* hob ab, stieg gen Himmel und flog mit gewaltigem Donnern der Schwärze entgegen. Don schloß die Augen, als ihn die Beschleunigungskräfte in den Sitz preßten. Er schob seine Enttäuschung und alles andere beiseite, wollte nicht weiter darüber nachdenken. Wenigstens so lange, bis die *Jupiter* das Schwerefeld der Erde verlassen hatte und widerstandslos im Weltraum schwebte, so daß der Antrieb abgeschaltet werden konnte. Nur noch über Naheliegendes nachdenken, bis sein Körper, von der Schwerkraft der Erde befreit, gegen die Haltegurte trieb.

»Jupiter One«, ertönte Noahs Stimme, als Don West sich aus den Gurten befreite, »Sie haben die Erdatmosphäre verlassen.« Der Pilot hörte die Jubelrufe im Kontrollraum und bemühte sich, ein dem Anlaß entsprechendes erfreutes Lächeln aufzusetzen.

Er gab dem Bordcomputer den Befehl, die Starttriebwerke und die Schutzschilde abzustoßen. Das Schiff bebte, als die Explosionen ausgelöst wurden. Dann sah er auf den Monitoren zu, wie die schweren Schilde, die den Rumpf der *Jupiter* beim Flug durch die Atmosphäre geschützt hatten, sich vom Raumschiff lösten.

Wie ein Schmetterling aus dem Kokon schälte sich nun die *Jupiter Two* heraus: das hochmoderne Raumschiff, mit dem sie den weiten Weg nach Alpha Prime zurücklegen würden. Es war elegant, ein anmutiger, schlanker Körper. Ein wunderschönes Schiff – das ihn leider von allem forttrug, was ihm im Leben wichtig gewesen war.

»*Jupiter One* abgesprengt«, sagte er. »Nehmen Kurs auf Merkur.« Er aktivierte den Antrieb der *Jupiter Two.* Die Fusionstriebwerke erwachten zum Leben, die atomare Glut flammte in ihnen auf, und die künstliche Schwerkraft, die durch die Beschleunigung des Raumschiffs entstand, drückte ihn wieder in den Sitz. Er überprüfte die Anzeigen und gab die vorprogrammierten Koordinaten frei, die das Schiff auf Kurs in Richtung Sonne bringen würden. Ein verdammtes Kinderspiel ist das, dachte er mißmutig.

Er sah, wie hinter ihm die Erde ebenso zurückfiel wie die Zeugen des zögernden Vorstoßes der Menschheit ins Universum. Satelliten, Fabriken in der Schwerelosigkeit, veraltete Trabanten der Erde, die an den selten gewordenen klaren Tagen von der Erdoberfläche aus sichtbar waren. Das Hyperraumtor und Stargate City – sein ganzes Leben blieb hinter ihm zurück. Gott, er hatte sich nicht einmal von Jeb verabschiedet. Es war alles viel zu schnell gegangen …

Bis ihm die Augen weh taten, starrte er träumend hinaus, wo der große blaue Edelstein auf die Größe eines Kieselsteins schrumpfte. Er hatte Heimweh.

Als die Erde auf den Bildschirmen nicht mehr angezeigt werden konnte, schaltete er auf die Sonne um, die jetzt ihr wahres Gesicht zeigte. Unter Millionen von Sternen, die hier draußen sichtbar waren, war sie der nächste, das Zentralgestirn des Systems, zu dem die Erde gehörte. Keine Atmosphäre und keine atmosphärischen Verunreinigungen störten hier den Ausblick auf den Glutofen der Sonne.

Es bringt nichts, sich über den Schnee von gestern zu grä-

men, Junge. Er dachte daran, daß seine Reise zu einer anderen Welt wahrscheinlich die letzte Chance überhaupt war, ihren Heimatplaneten zu retten. Seine persönliche Wehleidigkeit war dabei relativ unwichtig. Nur auf die Mission kam es an.

Er sah auf die Zeitanzeige. Noch dreizehn Stunden bis zum Merkurorbit. Bis dahin hatte er nichts, absolut nichts zu tun. Er stemmte den Ellenbogen auf die Armlehne und stützte das Kinn in die Handfläche. Mit den Fingern der anderen Hand trommelte er abwesend auf sein Knie.

Vielleicht sollte er ein Nickerchen halten. Ja, genau. Ein ausgedehntes Nickerchen. Er lehnte sich bequem an und schloß die Augen.

Dr. Zachary Smith lag – immer noch tief bewußtlos – im Wartungstunnel in der unteren Ebene des Raumschiffs. Noch eine Weile, und er würde erwachen …

Don wachte auf, lange bevor die dreizehn Stunden vorbei waren. Er vertrieb sich die Zeit, indem er die Systemchecks wiederholte und nutzlose Kalibrierungen vornahm. Er wünschte, er hätte sich wenigstens etwas zu lesen oder die Videobrille mitgebracht.

Endlich tauchte Merkurs rotes Antlitz, inzwischen fast so groß wie der Erdmond, im breiten Sichtfenster auf. Schräg darunter war ein Teil der Sonnenoberfläche zu sehen, blendend hell trotz der automatisch ansprechenden Filter des Sichtfensters. Don starrte lange auf das Abbild auf seinen Bildschirmen, während er die Schutzschilde über alle Luken des Schiffs fuhr und die *Jupiter* auf den Sturzflug ins Schwerkraftfeld der Sonne vorbereitete.

Jetzt kommt der lustige Teil. Er verzog das Gesicht. Beim bevorstehenden Manöver hatte er nichts weiter zu tun als die Türen zu schließen, bevor er sich ins Bett legte. Er blickte über die Schulter zur letzten offenen Kälteschlafkapsel. *Er würde nicht einmal mehr wach sein, um das Schauspiel zu beobachten.*

Don aktivierte das Mikrofon. »Houston«, sagte er, »ich stelle jetzt alle Kontrollen auf den Hauptcomputer um.« Die CPU war die wirkliche Kommandantin des Schiffs. Sie würde den richtigen Winkel für ihre hyperbolische Flugbahn in das ungeheuer mächtige Schwerkraftfeld der Sonne berechnen. Sie würde festlegen, wie lange und zu welchem Zeitpunkt die Triebwerke aktiviert werden mußten, damit die *Jupiter* nicht in den Schmelzofen der Sonne stürzte, sondern wieder hinaus in den Weltraum geschleudert wurde. Sie würden die ›Fallgeschwindigkeit‹, die sie zur Sonne zog, ausnutzen, um – wie von einem Katapult abgefeuert und bis fast auf Lichtgeschwindigkeit beschleunigt – ihrem Ziel entgegenzufliegen und dadurch die Reise um einige Jahrzehnte zu verkürzen.

Sobald die eigentliche Reise begonnen hatte, würde sich der Computer um alles kümmern. Er würde die Systeme der *Jupiter* steuern, die tiefgekühlten Passagiere einschließlich des Piloten versorgen, Kurskorrekturen vornehmen, falls dies nötig wurde, und schließlich, wenn sie Alpha Prime erreicht hatten, die ganze Besatzung wieder aufwecken.

Der Computer würde alles erledigen.

»Und dafür habe ich acht Jahre Pilotenausbildung absolviert«, brummte Don, während er unruhig die Finger miteinander verflocht. Er schob eine der drei Musik-CDs, die er hatte mitbringen dürfen, in ein freies Laufwerk in der Konsole und drehte die Lautstärke hoch.

Dann löste er die Sicherheitsgurte, ging ins Zentrum der Brücke und aktivierte die Navigationsholografie. Über dem Bedienungspult bildeten sich in der Luft farbige Flecken, denen man die Position der *Jupiter Two* im Verhältnis zur Sonne mitten in dem sich langsam drehenden Sonnensystem entnehmen konnte.

»Navigationshologramm aktiv«, sagte er ins Mikrofon, das mit einem Bügel an seinem Kopfhörer befestigt war. Dann, zu sich selbst: »Und fünfzig Kampfeinsätze.« Die Lichtpunkte warfen ein flackerndes Licht auf sein Gesicht, als er die Perspektive veränderte. Er ließ sich die Flugbahn des Schiffes am Merkur vorbei und den weiten Bogen um die Sonne herum anzeigen. Die Linie zielte irgendwo in den Weltraum. »Kurs bestätigt für Beschleunigungsmanöver um die Sonne und Austrittsvektor aus dem Sonnensystem«, meldete er zur Erde.

Dann ging er quer durch die Brücke zu der Schlafkapsel, die auf ihn wartete. »Und das alles, damit ich den Campingbus der Familie zu einem Ausflug fahren darf.« Er stieg in die Kapsel und schaltete den Mechanismus ein. Die Biosensoren legten sich um seinen Anzug. Er wollte sich dagegen wehren, denn es kam ihm viel zu eng vor. Aber das war natürlich albern, dachte er. Er bemühte sich, gleichmäßig zu atmen. »Zehn Baseballmeisterschaften werde ich verpassen«, sagte er etwas lauter. »Den High School- und Collegeabschluß meines Neffen. Ein ganzes Jahrzehnt *Sports Illustrated,* das ich nicht lesen kann. Gott weiß, wie viele Frauen …« Er warf einen letzten Blick zur vollautomatisch arbeitenden Brücke, wo seine CD spielte. »Noah, jetzt bin ich gleich weg«, murmelte er. »Zehn Jahre, das ist wie eine Ewigkeit.« Die letzte Schutzplatte schob sich über seine Augen.

»Schlaf gut, alter Freund.« Fast schon im Halbschlaf,

Die Hauptakteure (v.l.n.r): Raumschiff-Pilot Major Don West (*Matt LeBlanc*), Ärztin Judy Robinson (*Heather Graham*), Teeny Penny Robinson (*Lacey Chabert*), Mutter Maureen Robinson (*Mimi Rogers*), Kommandant John Robinson (*William Hurt*), der kleine Will Robinson (*Jack Johnson*) und Dr. Zachary Smith (*Gary Oldman*)

Der Chef (oben) mit Frau und Tochter (unten): William Hurt, Mimi Rogers und Heather Graham auf dem Weg zum Planeten Alpha Prime

Zwischen Don und Judy bahnt sich etwas an, obwohl sie ihn anfangs abblitzen läßt: Matt LeBlanc und Heather Graham

Jung an Jahren, klein von Gestalt, aber ein großes Genie: Will Robinson (*Jack Johnson*) zeigt seinem Vater John (*William Hurt*), wie man mit einem Roboter umgeht

Gehört sozusagen auch zur Familie: der Roboter in »Lost in Space«

Er hat allen Grund, skeptisch zu schauen: Gary Oldman als Dr. Zachary Smith

Bösewicht in Bedrängnis: Gary Oldman

Alltag im Raumschiff: Teeny Judy, der Roboter und die drei Geschwister Robinson mit »Haustier«

hörte er Noahs Abschiedsgruß. Es klang wie ein Segensspruch.

»Diese Kälteschlafröhren habe ich noch nie gemocht«, murmelte er. Seine Muskeln spannten sich, als sich die Kapsel schloß. *Nicht einmal die Musik kann ich jetzt hören …* »Hoffentlich träume ich nicht schlecht.« *Ich hätte nie gedacht, daß ich jemals …*

Das Kryofeld hüllte ihn ein, und sein Gehirn wurde vorläufig stillgelegt.

Die letzte Kapsel stieg langsam in die vorgesehene Nische in der Schiffshülle auf. Es war jetzt ganz still, nur ein paar blaue Kontrollichter brannten noch. Das Schiff raste durch die Leere des Weltalls dem Rendezvous mit der Sonne entgegen; auf der Brücke spielte eine Musik, die niemand hörte.

Smith erwachte – und dachte, er wäre in einem Alptraum. Die Erinnerungen durchzuckten ihn wie elektrische Schläge, und er kletterte eilig durch den dunklen Abfallschacht in den Roboterhangar hinauf. Das trübe Licht im Hangar schien ihm nach der Dunkelheit taghell zu sein. Blinzelnd betrachtete er seine pochende Hand. Die Schaltungen des überladenen Kommunikators hatten ein Muster in seine Handfläche gebrannt.

Er sah nach rechts und links, immer noch nicht ganz sicher, ob er nicht vielleicht doch in einem Horrortraum steckte. Er sah auf die Uhr, und als er die Zeit ablas, wurde das gespenstische Gefühl noch stärker.

Er stolperte zu einer Sichtluke und drückte auf den Knopf darunter. Die Schutzblende hob sich, und er sah in den Weltraum hinaus.

Smith starrte lange, lange hinaus. Sein Kopf war auf einmal so leer wie das, was er draußen sah.

Plötzlich erwachten die Computer hinter ihm zum Leben. Die Geräusche rissen ihn in die Gegenwart zurück, und er konnte gerade noch rechtzeitig sehen, wie sich auf der anderen Seite des Raumes etwas zu bewegen begann. Er rechnete damit, ein Crewmitglied zu sehen, und verstand zunächst nicht, was für ein fremdes Ding sich da gerade von der Wand gelöst hatte.

Ein Roboter! Ein großer Industrierobot mit zwei Armpaaren, der aussah wie ein gentechnischer Unfall, eine Kombination aus Mensch und Käfer. Er war für Arbeiten im Weltraum konstruiert worden, doch hatte man ihn umprogrammiert, damit er während der Reise der *Jupiter Two* nach Alpha Prime die anfallenden Wartungsarbeiten erledigen konnte.

In diesem Augenblick hätte er eigentlich inaktiv sein müssen.

Allerdings hatte Smith die Programmierung verändert.

»Nein ...« flüsterte er. Er versuchte, das ausgebrannte Programmiermodul zu aktivieren, das er am vergangenen Abend benutzt hatte, doch die Tastatur war tot.

»Programm abbrechen«, befahl er laut.

Der Roboter hörte jedoch nicht auf ihn und benutzte die Arbeitsarme, um sich ganz aus der Verankerung in der Wand zu befreien. Er rollte auf seinen Laufketten in den Raum. »Robinsons«, sagte er. »Zerstören.« Die tonlose Stimme jagte Smith eine Gänsehaut über den Rükken.

»Aufhören«, befahl er noch lauter. »Abbrechen!«

Der Roboter rollte ohne zu zögern an ihm vorbei. »Alle Systeme: zerstören.«

Der Roboter war zur Brücke unterwegs, zur oberen Ebene. Smith riß einen Schraubenschlüssel aus einer

Wandhalterung und rannte hinter dem Roboter her. Es war ihm egal, ob die Robinsons starben. Es war ihm egal, ob die ganze Welt starb. Aber wenn der Roboter die Brücke erreichte, dann würde er auch selbst sterben.

Als er den Roboter erreichte, bog die Maschine einen Arm nach hinten, ohne sich umzudrehen. Der Arm traf Smith mitten auf die Brust, und er wurde fortgeschleudert wie eine Puppe. Er prallte gegen das Pult, das den Hangar mit dem Hauptcomputer des Schiffs verband. Warnsignale ertönten, als er am Gehäuse hinunterrutschte.

Der Roboter rollte weiter. Er hatte einen Befehl, und diesen Befehl würde er ausführen: »*Jupiter Two: zerstören.*«

Ungefähr sechzig Millionen Meilen entfernt – auf der Nachtseite der Erde – flammten im gerade noch völlig friedlichen Raumfahrtkontrollzentrum einige Bildschirme auf. Annie, die diensthabende Technikerin der Nachtschicht, sah überrascht auf. Sie legte die Gitarre zur Seite und beugte sich vor. Dann, nach einigen prüfenden Blicken, schaltete sie das Mikrofon ein. »Weckt den Chef«, sagte sie.

7. Kapitel

Der Roboter betrat die Brücke der *Jupiter* und blieb stehen, als der Hauptrechner des Schiffs das Licht einschaltete und dem Roboter Informationen über die Gegenstände lieferte, die er mit seiner Optik wahrnahm. Der Roboter näherte sich der Steuerung der Kälteschlafkapseln. Lichtbögen knisterten, als er langsam die Schweißarme hob.

Der Hauptcomputer, der die Bewegungen des Roboters steuerte, wußte alles über die Menschen, die im Kälteschlaf lagen – diese eigenartigen organischen Computer. Empfindliche Systeme, extrem leicht zu zerstören. Der Hauptrechner wußte, wie er sie erhalten mußte, und er wußte, wie man sie reparieren konnte – aber er wußte auch, wie man sie zerstören konnte. Menschen hatten ihn programmiert, und er kannte seine Pflicht: »Kälteschlafsystem: zerstören.«

Der Roboter sandte einen Energiestoß aus, und die Kontrolltafel der Kälteschlafanlage flog in die Luft. Sirenen ertönten, als die Kapseln heruntersanken, elektrische Entladungen zuckten um die schlafenden Körper.

Der Roboter drang weiter vor und näherte sich dem Navigationspult. Dort blieb er vor der holografischen Weltraumkarte stehen. Wieder zuckten Flammenbögen zwischen den Klauen, als sich die Energie aufbaute. Der Roboter war inzwischen über die Funktionsweise und den Aufbau der Geräte instruiert. Er wußte, was er zu tun hatte. »Flugsteuerung: zerstören.«

Überall im Raumfahrtkontrollzentrum flammten Lichter auf, als übermüdete Techniker ihre Computer einschalteten und damit begannen, die blinkenden Alarmmeldungen zu verarbeiten.

Noah stürmte in den Raum. Er sah zerzaust aus wie immer, aber sein Gesicht zeigte außerdem tiefe Sorge. Er starrte die Vorboten der Katastrophe an, die auf allen Monitoren gemeldet wurden. *Was, zum Teufel …* dachte er. *Was ist hier los?* »Die Mission ist gescheitert. Weckt sie auf.«

Seine Leute waren schon dabei, noch bevor er den Satz beendet hatte. Annie hob den Kopf und sah ihn bekümmert an. »Keine Reaktion, Sir.«

Smith erreichte die Brücke. Sein Kopf blutete, er hatte sich nach dem Hieb des Roboters beim Sturz verletzt. Der Roboter schoß gerade einen Flammenbogen auf das Navigationspult ab. Smith stieß einen Schrei aus, als die Konsole explodierte. Die holografische Sternenkarte erlosch. Immer mehr Alarmsirenen schlugen an. Das Navigationssystem war zerstört, und das Schiff war jetzt nicht mehr als eine Nußschale, die steuerlos im All trieb und der übermächtigen Anziehungskraft der Sonne ausgesetzt war.

Der Roboter bewegte sich weiter zur Brücke.

Smith stolperte zu den Kryokapseln, zwischen denen Flammen zuckten. Rauch stieg auf. »Wacht auf, verdammt!« Er hämmerte wild auf die Konsole ein und wußte selbst nicht, ob er die Robinsons oder die zerstörten Kontrollen meinte. »Ich kann dieses Höllenbiest nicht alleine aufhalten!«

Dann fiel sein Blick auf eine Reihe von Schaltern, die unter Glas geschützt waren. NOTABSCHALTUNG stand darunter. Er drückte die Scheibe mit bloßer Faust ein. Als er nach oben sah, bemerkte er, daß die Gestalten in den ungleichmäßig herabsinkenden Kapseln zu leuchten begannen. Alle bis auf eine.

Wieder jagte der Roboter einen Lichtbogen durch die Geräte auf der Brücke. »Steuerung: zerstören.« Der Roboter hob die Arme und zielte.

Weitere Alarmsirenen ertönten, als sich die Kälteschlafkapseln öffneten. Der Roboter drehte sich auf der Stelle herum. »Robinsons: zerstören.«

Als der Roboter anrückte, verschwand Smith im Qualm und suchte sich ein Loch, in das er kriechen konnte.

John Robinson kam schlagartig zu sich, der Rest der Familie außer Judy und Don unmittelbar danach. Es war ein unangenehmes Erwachen – aus tiefen Träumen gerissen von brüllenden Alarmsirenen, vom Qualm und von Explosionen. John stieg aus der Schlafkapsel und blieb direkt davor benommen stehen. Verständnislos starrte er in das Chaos, das der umprogrammierte Wartungsroboter auf der Brücke angerichtet hatte.

Dann duckte er sich, rannte los und verleitete den Roboter dazu, seine Aufmerksamkeit auf ihn zu konzentrieren, so daß die anderen Schlafkapseln vorerst in Sicherheit wären. Die Überlebensinstinkte, die in seiner Jugend beim Militär geschult worden waren, übernahmen jetzt die Regie. »Maureen!« Der Instinkt, der ihn zu diesem Ruf veranlaßt hatte, war genauso tief verankert. »Die Kinder!«

Maureen starrte ihn einen Augenblick lang wie vor den Kopf geschlagen an, doch dann wurde sie vom gleichen Instinkt getrieben wie er. Sie riß Penny und Will aus ihren Kapseln und zog sie hinter einer Arbeitsplatte in Deckung. Sekundenbruchteile später zerstörte ein Schuß des Roboters die Geräte, vor denen sie gerade noch gestanden hatten.

John riß eine Pistole aus der Wandhalterung. »Entsichern«, befahl er und wirbelte herum.

»Stimmabdruck bestätigt«, sagte die Pistole.

John schoß. Der Laserstrahl traf den Kopf des Roboters, und das Ungetüm drehte sich um sich selbst.

Dann stabilisierte er sich wieder und wandte sich in seine Richtung. *Verdammt.*

John tauchte hinter ein Schaltpult, als abermals ein Blitz aus den Klauen des Roboters fuhr. Die Explosion riß das Pult aus der Verankerung und schleuderte ihn gegen die Wand. Beim Aufprall verlor er die Pistole.

»Dad!« rief Will. Dicht neben seiner Mutter kauernd, mußte der Junge zusehen, wie der Roboter seinen Vater angriff. Wenn nicht einmal ein Laser den Roboter aufhalten konnte – aber Moment mal. Feuer mit Feuer zu bekämpfen, das war nicht richtig. Feuer mußte man mit Wasser löschen. Will knallte die flache Hand auf den Rufknopf des Aufzugs, und als die Kabine ankam, löste er sich aus der Umarmung seiner Mutter und stürzte hinein.

»Will, warte!« Maureen wollte ihn zurückhalten, aber er entwischte ihr wie ein aufgeschrecktes Kaninchen. Der Roboter reagierte auf die Bewegung, drehte sich um und zielte mit erhobenen Armen auf den Jungen.

Don West sprang der Maschine in den Rücken, als sie schoß, und der Feuerstoß wurde abgelenkt. Will rutschte auf dem Bauch in den Aufzug, der sich sofort in Bewegung setzte. West klammerte sich an den Rückenschild des Roboters und versuchte, die Stromversorgung zu unterbrechen.

Der Roboter schickte einen Stromstoß durch sein Metallgehäuse, und West verlor den Halt. Er prallte schlaff wie eine Puppe auf den Boden. Auf seinem Kryoanzug tanzten Elmsfeuer, als die Schaltkreise durchbrannten.

Der Roboter drehte den abgeflachten Kopf herum und richtete das rot leuchtende elektronische Auge auf die Stelle, wo sich die anderen Menschen versteckten. Der riesige, insektenähnliche Körper rollte auf den

Laufketten durch die Trümmer, und zwischen den Klauen baute sich der nächste Flammenbogen auf.

Maureen drehte sich um und schirmte ihre Tochter mit dem eigenen Körper ab. »Nicht hinsehen, Kleines«, flüsterte sie. Sie schloß die Augen, gelähmt vor Angst, und wartete auf den tödlichen Stromstoß.

Aber nichts geschah.

Eine halbe Ewigkeit und viele Herzschläge später drehte sie sich mit angstverzerrtem Gesicht wieder um.

Der Roboter stand bewegungslos im Raum, die Arme hingen harmlos an der Seite. Und jetzt veränderten sich auch die Anzeigen. Er wurde vom Online-Betrieb auf den Standby-Modus umgeschaltet.

Hinter dem Roboter stieg Will mit seiner Hackerausrüstung aus dem Aufzug. Er hob triumphierend das Gerät, das zu zerstören Maureen sich mehr als einmal geschworen hatte. »Roboter«, sagte er, »kehre in deinen Hangar zurück und schalte dich ab.«

»Befehl akzeptiert«, sagte der Roboter.

Maureen sah fassungslos zu, wie der Roboter gehorsam durch den Qualm fuhr und sich dem Aufzug näherte. Ihr Mann und Don West regten sich wieder und rückten zur Seite, als der Roboter an ihnen vorbeirollte.

Will grinste sie an, und in seinen Augen funkelte etwas, das sie las als: *Ich hab's dir doch gleich gesagt, Mom …* Sie lachte hysterisch, sie lachte und lachte, und sie sah ihren Sohn stolz und voller Liebe an. *Wie der Vater, so der Sohn.*

»Angeber«, murmelte Penny, als sie hinter ihrer Mutter, die sie gedeckt hatte, hervorkam. Aber auch sie konnte nicht verhindern, daß sich ein bewunderndes Lächeln auf ihren Lippen ausbreitete.

»Wo ist Judy?« sagte Maureen plötzlich. Sie arbeitete

sich durch den Rauch und die Trümmer und die funkensprühenden blanken Drähte zu den Kälteschlafkapseln vor.

John bückte sich und half Don West, der sich inzwischen halb aufgerichtet hatte, beim Aufstehen. »Beim nächsten Ausflug lassen wir die Roboter zu Hause«, murmelte West mit belegter Stimme. Er schüttelte die Benommenheit ab und löste sich mit einem dankbaren Nicken von John. Hustend stapfte er durch den Rauch zur Flugsteuerung.

Die Brücke hatte sich in eine Szene aus Dantes *Inferno* verwandelt: überall Feuer und Rauch und verzogene Metallteile. Die Navigationsanzeige war verschwunden, das Schaltpult zerstört.

Mein Gott … Johns Blick wanderte zum Fenster, vor dem die Schutzschilde montiert waren. Er ließ sich vor einer noch funktionierenden Konsole in den Sessel fallen und machte sich an die Arbeit.

Penny fand eine zweite intakte Konsole und versuchte, die Feuerlöscher unter Kontrolle zu bringen. LÖSCHAUTOMATIK blinkte es auf ihren Anzeigen – und dann wurde der Bildschirm plötzlich dunkel, und das Schaltpult erstarb in einem elektrischen Funkenregen.

Sie ballte die Hände zu Fäusten und wandte sich vom Pult ab. »Ich will nach Hause.« Es klang wie ein Scherz, aber man konnte hören, daß sie beinahe geweint hätte. Sie massierte sich die schmerzenden Hände und arbeitete weiter.

»Keine Kursdaten«, rief John zu West hinüber. »Überall Kurzschlüsse im System.« Er drückte auf einen Knopf in seiner Armlehne. Der Stuhl stieg auf und brachte ihn direkt vor einen Schaltkasten oberhalb der

Sichtluke. Oben angekommen, öffnete er die Blende vor den Schaltungen und begann, an der Verkabelung zu arbeiten.

Unter ihm hatte Penny es inzwischen geschafft, die Feuerlöscher wieder zu aktivieren und unter Kontrolle zu bringen. Die Düsen begannen zu zischen und deckten die Brandherde mit Schaum ein.

»Ich kriege die Schutzschilde nicht auf«, sagte Don. »Ich versuch's mal mit der Fernsteuerung.«

Er ging durch den Raum zu einer Stelle, wo der Qualm am dichtesten war. Als er an Wills Arbeitsplatz vorbeikam, hörte er jemanden stöhnen. Er duckte sich in den dichten Qualm und tastete auf dem Boden herum, fühlte einen menschlichen Körper, packte diesen und zog ihn hoch. »Smith?« sagte er ungläubig. »Was, zum Teufel ...«

Smith wehrte sich und wollte sich befreien. »Haut ab. Laßt mich in Ruhe ...« Don wehrte die ungezielten Schläge ab und hielt Smith eisern fest, bis sich der Verräter beruhigt hatte.

»Major West«, keuchte Smith, als er ihn endlich erkannte. »Gott sei Dank, daß Sie es sind. Ich – ich hatte in letzter Minute noch etwas überprüft, und dann hat jemand mich niedergeschlagen.« Er hob die Hand an den Kopf und zuckte zusammen. Don fiel das verschmierte Blut an der Schläfe auf.

Und er hatte noch etwas bemerkt. Wütend packte er Smiths erhobene Hand.

In die Handfläche war das Abbild eines Reprogrammiermoduls eingebrannt – aber es war ein Typ, den er noch nie benutzt hatte. »Das ist die Technik der Rebellen«, keuchte Don heiser. »Sie sind ein verdammter Spion!« Und bevor er die Worte ganz ausgesprochen hatte, erkannte er, was sie wirklich bedeuteten. »*Sie* sind für das Chaos hier verantwortlich ...«

Er drückte Smith mit aller Kraft gegen die Wand, dann zerrte er ihn zur Luftschleuse und knallte die Faust auf den Knopf; die innere Luke schwang auf.

»Aufhören«, wimmerte Smith ungläubig, »was machen Sie da?«

»Ich werfe Müll ab.« Don gab ihm einen Stoß und versuchte den Mann, der sich verzweifelt wehrte, durch die Luke zu schieben.

»Kann mir bitte mal jemand helfen?« Maureens verzweifelte Stimme brachte ihn von seinem Vorhaben ab.

Er sah über die Schulter zu ihr hin, ohne Smith loszulassen. Maureen stand am Schaltpult der Kälteschlafkapseln, und erst jetzt erkannte er, daß eine der Kapseln sich nicht geöffnet hatte. Funken sprühten, und das Kryofeld oszillierte. Ihm drehte sich der Magen um. *Judy ...*

»Das Auftauaggregat ist zerstört«, sagte Maureen. »Ich bekomme Judy nicht heraus. Sie stirbt ...« Ihr Blick irrte durch den Raum, auf der Suche nach jemand, der sich mit der Kryotechnik auskannte.

Doch wer kannte sich damit aus? Nur Judy.

Smith konnte eine Hand befreien, die er sofort zum Schlag hob. Er traf Don am Kinn, der taumelte zurück, packte Smith aber sofort wieder. Die Wut ließ ihn den Schmerz vergessen.

»Wenn Sie mir etwas tun, wird das Mädchen sterben«, sagte Smith mit zornig funkelnden Augen.

Don hielt inne. Er war drauf und dran gewesen, dem Mann einfach das Genick zu brechen.

»Ihre Ärztin ist ausgefallen«, murmelte Smith mit einem Blick zu den Kälteschlafkapseln. Don meinte sogar, einen gewissen Spott in der Stimme des Mannes zu hören, als hätte Smith ein außerirdisches Gehirn im Kopf, als säße etwas Fremdes, Unmenschliches im Körper des sich windenden Mannes.

»Ich kann ihr Leben retten«, sagte Smith, »aber nur, wenn Sie meines verschonen.«

Du Schweinehund. Don packte fester zu. »Mit Toten verhandle ich nicht«, knurrte er, und es war ihm tödlich ernst damit.

»Wenn Sie mich töten, dann töten Sie gleichzeitig auch das Mädchen«, keuchte Smith. »Wieviel ist Ihnen Ihre Rache wert, Major?« Smith hielt, ironisch lächelnd, Dons wütenden Blicken stand. »Natürlich müssen Sie mir Ihr Ehrenwort als Offizier geben, daß Sie mich leben lassen.«

Don zögerte, konnte kaum die zitternden Hände beherrschen. Dann endlich gab er Smith frei. »Helfen Sie ihr.«

Der Arzt durchquerte, von Don aufmerksam beobachtet, den Raum und ging zu den Kälteschlafkapseln hinüber.

Plötzlich erwachte das Pult, an dem John Robinson arbeitete, zum Leben. »... ist Mission Control. Können Sie mich hören? *Jupiter Two, hier ist ...*«

Don blickte rasch zu Robinson. »Notstromversorgung aktiv«, meldete Robinson, der nicht bemerkt hatte, was unter ihm geschehen war. »Schutzschilde – ich hab's!«

Don drehte sich zur Sichtluke, als die Schilde sich öffneten. Schmerzhaft grelles Licht fiel herein. Riesig und tödlich stand die Sonne vor der Sichtluke, füllte das ganze Gesichtsfeld aus.

»Oh ...« flüsterte er. Er fand keine Worte.

Noah Freemans Gesicht tauchte auf den Bildschirmen auf. »Sie sind ein Stück vom Kurs abgekommen«, sagte Noah. »Unseren Berechnungen nach stecken Sie im Schwerkraftfeld der Sonne.«

Don riß sich vom Anblick der Sonne los und wandte sich an Noah. Er verzog das Gesicht. »Ach, so heißt diese große Kugel da draußen also.« *Ein Stück vom Kurs abgekommen? Die Leute im Raumfahrtzentrum neigten manchmal zu sarkastischen Untertreibungen.*

Unten auf der Erde konnte Noah jetzt auch auf den Bildschirmen beobachten, was Don mit bloßem Auge sah. Noah bewegte tonlos die Lippen. Don erkannte, daß der Mann fluchte.

»Noah«, sagte der Pilot, als Johns Stuhl sich neben ihm wieder senkte, »wie kommt es eigentlich, daß wir nie richtig zum Reden kommen, wenn alles ordentlich läuft?«

»Nach unseren Berechnungen haben Sie noch sieben Minuten, bis die Außenhülle zu schmelzen beginnt«, sagte Noah so ruhig und sachlich, als wäre nichts weiter passiert.

Verdammt, der hat Nerven da unten. Don setzte sich in den Pilotensessel und schnallte sich an. *Er hat gut reden, er ist ja sechzig Millionen Meilen weit weg.*

In den Trümmern der Brücke sitzend und die lodernde Sonne betrachtend, erkannte er endlich, warum man für diese Mission einen echten Piloten eingeteilt hatte.

»Ich versuche, die Merkurminen zu erreichen«, sagte er.

Seine Hände flogen förmlich über die Kontrollschalter.

8. Kapitel

Auf der anderen Seite der Brücke arbeitete Maureen Robinson mit Smith zusammen. Sie führte seine knappen Anweisungen gewissenhaft aus, während sie zusammen versuchten, ihre Tochter aus der zerstörten Kälteschlafkapsel zu retten. Wie Maureen schon früher bemerkt hatte, verstand der Mann sein Handwerk und hatte viel Erfahrung. Sie respektierte ihn, wie sie ihn in all den Monaten respektiert hatte, als ihre Familie sich auf die Mission vorbereitet hatte. Gelegentlich sah sie zu John und Don West hinüber, die fieberhaft an der Steuerung arbeiteten, und immer wieder wanderte ihr Blick unwillkürlich zur Sonne, die giftig gelb vor dem Bullauge stand. Sie empfand nichts, ihre Gefühle waren wie abgeschaltet. Da war nur der alles andere überlagernde Wille, Judy zu retten.

»Ich brauche Dr. Robinsons Trage«, sagte Smith unvermittelt. »Ich glaube, sie ist in ...«

»Bin schon unterwegs.« Penny rannte los und war schon in den Aufzug gesprungen, ehe Maureen erkannte, was Smiths Worte bedeuteten. Judy war fast aus der Kapsel befreit. Sie atmete erleichtert aus. Der erste, schwierigste Teil war so gut wie überstanden.

Und jetzt, da die größte Anspannung vorüber war, meldeten sich all die Gefühle wieder zurück, die sie vorher verdrängt hatte.

Sie schüttelte den Kopf und wunderte sich, daß sie nie bemerkt hatte, welche Bosheit in diesem Mann steckte, mit dem sie so lange zusammengearbeitet hatte. »Wir haben Ihnen vertraut«, sagte sie bitter. »Sie haben versucht, meine Familie umzubringen ...«

Smith hob eine Augenbraue, als hätte sie ihm nicht

mehr vorgeworfen, als daß er schlechte Tischmanieren hätte. »Das Leben ist grausam und eine endlose Folge von Betrug und Täuschung.«

Sie starrte ihn an und fragte sich, ob er jetzt endgültig den Verstand verloren hatte.

Doch er lächelte sie an, ein böses kleines Lächeln, das sie zur Weißglut brachte. »Es gibt noch eine Welt jenseits der Welt, wie Sie sie kennen Professor Robinson«, sagte er sanft, als spräche er mit einem Kind. »Einmal lügen, zweimal betrügen, und alles wird klar. Verwechseln Sie meinen Betrug nicht mit einem Charakterfehler. Es ist eine philosophische Entscheidung, die auf einem tiefen Verständnis des Universums beruht.« Er zog eine Grimasse. »Es ist eine Lebensart.«

»Sie sind ein Ungeheuer«, sagte sie, und in diesem Augenblick tat er ihr leid.

»Vielleicht.« Smith zuckte mit den Achseln. »Aber ich bin außerdem auch derjenige, der Ihre Tochter retten kann.« Er nickte, als Penny mit der Schwebebahre aus dem Aufzug trat.

»Also gut, mein Herzblatt«, sagte er mit dem gleichen Tonfall, den Maureen früher als sehr freundlich und väterlich empfunden hatte. Jetzt klang es herablassend, als machte er sich über sie alle lustig. »Du mußt auf mein Kommando den Strom abstellen.«

»Muß er mich unbedingt ›Herzblatt‹ nennen?« Penny zog die Mundwinkel herunter. Sie hatte Smith nie gemocht. Maureen hatte immer gedacht, der Grund sei einfach Smith' zynische Art gewesen, aber vielleicht besaß Penny am Ende doch das beste Urteilsvermögen von ihnen allen.

»Professor, Sie können mir helfen, Ihre Tochter aus dem Apparat zu holen.« Smith gab Maureen noch ein paar Anweisungen und reichte Penny ohne hinzusehen einen Schraubenschlüssel. Dann vergewisserte er sich, ob alle an den richtigen Positionen standen, und sagte: »So, mein Herzblatt – jetzt!«

Penny sah ihre Mutter an. Trotz funkelte in ihren Augen, ihr Gesicht war puterrot angelaufen. Maureen nickte.

Penny holte mit dem Schraubenschlüssel aus und knallte ihn in die Stromversorgung, als wäre der Schaltkasten Smiths Schädel. Das Kryofeld brach mit einem letzten Blitzen zusammen, die Kapsel öffnete sich, und die Biomonitore neben Judy zeigten nur noch glatte Linien.

»Sie stirbt ...« Maureen umfaßte den schlaffen Körper ihrer Tochter und zog ihn mit Smith zusammen auf die Trage.

»Krankenstation«, befahl Smith, plötzlich wieder ganz der Arzt, den Maureen von früher kannte. »Los jetzt!«

Sie schoben die Trage zusammen in den wartenden Aufzug.

Die Türen schlossen sich, und der Aufzug setzte sich nach unten in Bewegung. Sie bemerkten kaum den Ruck, der durch das ganze Schiff ging, als die Piloten versuchten, die *Jupiter Two* aus dem unerbittlichen Griff der Sonne zu befreien.

Don fluchte, als der letzte Versuch, das Schiff mit dem Schub der Düsen aus der Anziehungskraft der Sonne herauszumanövrieren, endgültig gescheitert war. »Die Sonne läßt uns nicht los«, sagte er ins Mikrofon. »Noah, fällt Ihnen noch etwas ein?«

»Major West«, antwortete Noah nach einer Weile. Seine Stimme klang beunruhigend sachlich. »Wir können Ihnen keine weiteren Optionen anbieten.«

Don betrachtete die Anzeigen.

Als Noah seinen Gesichtsausdruck sah, fügte er hinzu: »Es tut mir leid, Don.«

»Wir müssen die gesamten Energiereserven, die wir noch haben, auf den Antrieb umleiten«, sagte Robinson, der immer noch an seinen Kontrollen arbeitete. »Auch die Lebenserhaltungssysteme.«

Don schwieg, während Robinson die weniger wichtigen Lebenserhaltungssysteme herunterfuhr. Robinson mochte auf seinem Gebiet ein Genie sein, aber ein Physiker bezog das Wissen um das Universum aus zweiter Hand. In der Theorie war alles möglich. Don jedoch kannte die Praxis, er war ein guter Pilot und wußte, was möglich war und was nicht.

Aber das hieß nicht, daß man nicht auf ein Wunder hoffen durfte, wenn alles andere gescheitert war.

Die Spannungsversorgung des Antriebs stieg etwas an.

»Roboterhangar«, sagte Robinson. Als er die Abteilung abschaltete, stieg die Energieanzeige weiter.

»Krankenstation …«

Als Robinson den Schalter umlegte, brach das ohnehin schon instabile System zusammen. Funken sprühten aus den Pulten, und neue Kurzschlüsse entstanden. SCHALTFEHLER, sagte ihm sein Monitor. WARNUNG: MEDIZINISCHE SYSTEME GESTÖRT. »Nein!« keuchte Robinson. Er fuhr auf. »Judy!«

»Herz-Kreislaufsystem und Atmung funktionieren nicht«, konstatierte Smith.

Maureen starrte die Anzeigen über dem Diagnosetisch an, auf dem Judy lag. Eine holografische Aufnahme schimmerte über dem erschreckend leblos wirkenden Körper in der Luft. Das Herz war rot dargestellt.

Smith aktivierte das Programm, das den Herzschlag wieder anregen sollte. »Jetzt«, sagte er. Judys Körper zuckte auf dem Tisch, das holografische Herz schlug einmal, dann stand es wieder still.

»Noch einmal«, sagte Smith scharf. »Jetzt!«

Lichter flackerten auf der Konsole, und die Holografie erlosch.

Maureen atmete erschrocken ein. »Sie wird sterben.«

Smiths Blicke zuckten hin und her, er suchte verzweifelt nach brauchbaren Geräten, die noch unter Spannung standen. Es gab keine. Er beugte sich über Judy und begann mit der manuellen Herzlungenwiederbelebung, drückte auf ihr Brustbein und ahmte durch Druckmassage den Herzschlag nach. »Los jetzt, Kind«, murmelte er. »Kämpfe. Gib dir etwas Mühe.« Als Judy nicht reagierte, trat er zurück und versetzte ihr präzise, gleichmäßige und harte Schläge auf die Brust.

Maureen sah ihm ohnmächtig zu, die Hände zu Fäusten geballt, bis die Knöchel weiß hervortraten. Smith kam ihr jetzt fast wieder wie ein Mensch vor, der in seiner ärztlichen Hilfeleistung aufging – als ob es ihm wirklich darauf ankäme, ihre Tochter zu retten. Fast so, als existierte der Smith, den sie früher gekannt hatte, noch irgendwo in diesem Mann.

Aber dann fiel ihr ein, wie Don mit Smith umgesprungen war. Nein, Smith kämpfte nicht in erster Linie um Judys Leben. Er kämpfte um sein eigenes.

Plötzlich hörte er auf und legte das Ohr auf Judys Brust. Er fühlte ihren Puls, lächelte.

Maureen drängte sich an ihm vorbei. »Judy? Mein Kind …«

Judys Augenlider öffneten sich flatternd, und irgendwie brachte sie ein schwaches Lächeln zustande. »Mach nicht so ein besorgtes Gesicht«, flüsterte sie leise. »Du verschreckst ja die Patienten.«

In diesem Augenblick war es Maureen egal, daß Smith mit ziemlicher Sicherheit der niederträchtigste Mensch war, den sie je gesehen hatte. »Danke«, sagte sie, und sie meinte es ernst.

»Ich hoffe, ich habe Ihnen damit gezeigt, daß mir das Wohlergehen Ihrer Familie sehr am Herzen liegt«, sagte Smith, ihr Lächeln erwidernd. »Sie sind eine gute Frau, Professor Robinson. Vielleicht könnten Sie auch Ihren Mann überzeugen, mir ein wenig mehr zu vertrauen.« Aber seine Augen waren eiskalt und berechnend.

Maureen riß einen medizinischen Laser aus der Wandhalterung. Sie zielte auf seine Stirn, und jetzt waren ihre Augen noch kälter als seine. »Stabilisieren Sie ihren Kreislauf, Smith. Denn Sie werden nur atmen, solange sie atmet.«

»Hitzeschild versagt in vierzig Sekunden«, meldete der Computer.

Die Konsole zeigte, daß die Energieversorgung bereits mit 150 Prozent ihrer sonst üblichen Leistungsfähigkeit lief. »Mehr Saft haben wir nicht«, meinte Robinson.

Don nickte. »Ich gebe Vollgas. Auf geht's.« Er schaltete die Hauptdüsen ein. Eine Erschütterung lief durch das Schiff, das sich schüttelte wie ein nasser Hund. Wieder stemmte sich die Schubkraft der Düsen gegen die Anziehungskraft der Sonne, als sie ein letztes Mal versuchten, sich dem Sturz in den Glutball zu entziehen.

Und abermals scheiterten sie.

»Ich bekomme die *Jupiter* nicht frei.« Don schaltete die Düsen ab, bevor die gegeneinander wirkenden Kräfte das Schiff zerreißen konnten. »Sie hat nicht genug Schub.« Er schüttelte den Kopf und starrte die Anzeigen an, während die *Jupiter* wieder antriebslos der Sonne entgegenstürzte.

»Es muß doch einen Ausweg geben«, sagte Robinson. Hilflos wanderte sein Blick über die Kontrollen.

Don fragte sich, ob Robinson mit ihm oder mit Gott gesprochen hätte. Denn das einzige, was ihnen jetzt noch helfen konnte, war ein echtes Wunder.

Don wandte sich an John. »Ich hab's.«

»Was denn?« fragte Robinson. Auch er drehte sich herum, doch Don hatte sich schon wieder abgewandt und seinen Pilotensessel vor die Kontrollen des Hyperantriebs gefahren.

»Wenn wir nicht um die Sonne herum kommen«, rief Don, »dann fliegen wir eben mitten durch. Wir benutzen Ihren Hyperantrieb und …«

»Wenn wir den Hyperantrieb ohne Tor einschalten, landen wir irgendwo in der Galaxis!« Robinson stand auf und schüttelte den Kopf.

»Jeder andere Ort ist besser als dieser hier«, erwiderte Don.

Allerdings, so war es. Robinson mußte zugeben, daß der Pilot recht hatte. Er drehte sich zu seinem Pult zurück und öffnete einen besonders gesicherten kleinen Kasten. Er nahm zwei Schlüssel heraus und warf einen zu Don hinüber. Den zweiten steckte er in sein eigenes Pult und sagte: »Ich zähle ab.«

Don steckte seinen Schlüssel ebenfalls in den Zündkontakt.

»Drei – zwei – eins!« zählte Robinson ab. »Und Zündung.«

Sie drehten gleichzeitig die Schlüssel herum.

Die Bilder, die vom Raumfahrtkontrollzentrum übertragen wurden, fielen in sich zusammen. Das letzte, was Don hörte, war die von Störungen überlagerte Stimme einer Technikerin: »Wir bekommen harte Strahlung herein von der Position, wo das Raumschiff gerade noch gestanden hat. Es muß explodiert sein.« Und dann, abgerissen, Noahs Antwort: »... mich die Zahlen mal sehen, Annie ...«

Und als allerletztes, bevor der Kontakt endgültig abbrach, war noch einmal Noahs seltsam fröhliche Stimme zu hören: »Dieser verdammte ...«

Don schaltete die Monitore auf Außenansicht. Der untertassenförmige Rumpf der *Jupiter* glühte wie ein Stück Kohle, und im Höllenfeuer der lodernden Sonne bildeten sich auf der schmelzenden Legierung der Außenhaut die ersten Tropfen.

»Warnung«, sagte der Computer. »Hitzeschild versagt.«

Aber jetzt übernahm die Physik die Regie. Die Segmente des Hyperantriebs, die das Schiff umgaben, flammten auf, und ein schimmerndes Kraftfeld legte sich um seinen Rumpf. Die Dämpfer wurden aufgeladen, und das Schiff schien sich in die Länge zu ziehen, während es in die andere Dimension wechselte. Das Flammengesicht der Sonne wirkte seltsam verzerrt, als der Hyperantrieb den Raum um das Schiff krümmte.

»Hyperantrieb bei hundert Prozent«, meldete Robinson. »Major, Sie sind dran.«

Die hungrige Sonne trotzig und zugleich zuversichtlich angrinsend, sagte Don: »Dann wollen wir mal sehen, was das Baby so drauf hat.« Er schaltete den Hyperantrieb ein.

»Dad ...« begann Will Robinson irgendwo hinter ihnen.

Aus dem Augenwinkel sah Don, wie Robinson aufsprang und durch die Brücke zu seinem Sohn laufen wollte. Er öffnete den Mund, um ihn zu warnen, doch bevor er den Warnruf ausstoßen konnte, veränderte sich die Szenerie.

Robinson und sein Sohn wurden aufgrund der abrupten Schwankungen der Schwerkraft quer durch den Raum geschleudert. Als wäre eine unsichtbare Woge über ihnen zusammengeschlagen, wurden sie von der Hyperenergie erfaßt. Im Deck unter ihnen waren Maureen, Penny und Smith gerade dabei, Judy in wärmende Decken zu hüllen. Auch sie taumelten und stürzten. Don wurde aus dem Sitz gerissen, die Schiffshülle verschwamm vor seinen Augen, und die Abteilungen des Schiffs hörten zu existieren auf.

Durch sie alle, durch ihre Körper und ihr Bewußtsein, lief die gleiche Woge und unterbrach jedes bewußte Denken, als das Unmögliche Wirklichkeit wurde. Körper erstarrten mitten in der Bewegung, die Zeit selbst blieb stehen, das Universum krümmte sich und fiel in sich selbst zusammen – und was dann geschah, ging über jedes menschliche Verständnis hinaus.

Im Raumfahrtkontrollzentrum begann das Abbild der *Jupiter* auf den Bildschirmen zu flackern und mit der Sonne zu verschmelzen. Noah starrte den Bildschirm an, als Annie meldete: »Wir verlieren sie von den Schirmen, Sir.«

Noah, der unwillkürlich den Atem angehalten hatte, atmete tief aus. »Gute Reise«, flüsterte er.

Die erste Flammenzunge der Sonne leckte bereits an der langgestreckten Hülle der *Jupiter Two,* doch der schimmernde, unerreichbare Rumpf war längst im Begriff, diese Dimension zu verlassen.

Das Schiff stürzte durch die Sonne, unberührt, unberührbar, zu einem langen Faden ausgedehnt, bevor es mit einem letzten Lichtblitz aus dem bekannten Universum verschwand.

9. Kapitel

Die namenlose Welt drehte sich in der Leere. Seit undenklichen Zeiten schon kreiste sie um die ferne Doppelsonne.

Aber sie war nicht mehr allein. Hoch über der rötlichen Oberfläche öffnete sich im Weltall ein Wurmloch, und ein Schiff stürzte in die sternübersäte Leere herein. Das Schiff trug den Namen *Jupiter Two.*

Die namenlose Welt würde sich verändern.

Maureen Robinson kniete neben Penny auf dem Boden und vergewisserte sich, daß ihre Tochter wohlauf war und nicht etwa nur zu erschöpft, um zu sagen, was ihr fehlte. Das unverständliche Etwas, das sie gepackt und im Weltraum versetzt hatte, hinterließ anscheinend keine körperlichen Spuren, sondern nur die Benommenheit, unter der Penny jetzt litt. Auch Smith schien noch etwas benommen. Er stand düster brütend mit verschränkten Armen in der Krankenstation. Er schwieg, und das war ihr ganz recht.

Sie stand auf. Gerade, als sie sich zu fragen begann, wie es John und Will ergangen war, kam John zu ihrer großen Erleichterung zur Tür herein.

Ihr Mann blieb in der Tür stehen und sah fragend zwischen seiner Frau, Penny und Smith hin und her. »Judy?« wollte er wissen. »Was ist mit Judy?«

Wie auf Stichwort tauchte seine älteste Tochter in diesem Augenblick in der Tür auf der anderen Seite des Raumes auf. Sie war damit beschäftigt, ihren Overall zu schließen und sagte: »Mensch, entweder ich verzichte auf den Zucker im Kaffee, oder ich muß mir das Ding weiten. Es ist verdammt eng geworden.« Sie lächelte, als sie den ungläubigen Blick ihres Vaters bemerkte.

»Bist du auch …« fing er an.

»Lebensfunktionen sind normal«, sagte sie, immer noch aufreizend lässig. »Puls und Atmung scheinen …«

»Baby, geht es dir auch wirklich gut?« fragte er. Er ging ihr entgegen. Auch wenn sie eine erwachsene Frau und Ärztin war, auch wenn sie ihm in gewisser Weise ähnlicher war, als ihm lieb sein konnte, war sie sein erstes Kind, und das würde sie immer bleiben.

Judy hielt inne, und ihr Gesichtsausdruck veränderte sich, als sie erst jetzt – mit einiger Verspätung – bemerkte, wie besorgt er war. »Es geht mir gut, Daddy«, sagte sie beruhigend. »Wirklich.«

Mein Gott, dachte er, *ist es denn wirklich so schwer zu verstehen, daß ich mir um sie Sorgen mache?* Er nahm sie in die Arme, überwältigt vor Erleichterung und befreit von der Angst, sie womöglich verloren zu haben.

Hinter ihm räusperte sich jemand affektiert. »Ist es

denn wirklich nötig, daß jedes kleine Problemchen zum Anlaß für rührselige Auftritte der ganzen Familie wird?« fragte Smith ironisch.

John drehte sich um und wandte sich an den Arzt. Wo er vorher Erleichterung empfunden hatte, war jetzt blanke Wut. »Wieviel, Smith?« brüllte er den Mann an. »Wieviel hat man Ihnen dafür versprochen?« Egal, wieviel es war, Smith würde seine Belohnung nicht bekommen.

Smith wich in eine Ecke zurück und hob die Fäuste, als hätte John ihn mit Schlägen und nicht mit Worten eingedeckt. John spürte, wie seine Hände sich ohne sein Zutun zu Fäusten ballten. Er machte einen Schritt …

Will kam herein.

John entspannte sich wieder und ließ die Hände sinken. Er sah Will an und schüttelte den Kopf.

Smith starrte ihn verständnislos an. Dann ließ er die Fäuste sinken. »Sie können es nicht tun, was?« murmelte er. »Sie können mich nicht umbringen.« Seine Augen funkelten boshaft. *Ich habe dich durchschaut,* sagten sie. Amüsiert und höhnisch verzog er den Mund. »Ach, welch tugendhafte Menschen ihr doch seid. Sie können mich nicht umbringen, weil Sie dadurch selbst zum Ungeheuer werden.«

John erwiderte Smiths Blick, und es entstand ein drückendes Schweigen. Dann wurde ihm klar, daß nichts, was er sagen konnte, diesen Mann in irgendeiner Weise beeindrucken würde. Es war besser, einfach zu schweigen. Er kehrte Smith den Rücken, die Lippen frustriert zusammengepreßt.

»Feigling«, sagte Smith, und John hörte den höhnischen Unterton.

John fuhr wieder herum und klatschte die flache

Hand auf den Kontrollknopf der Tür, als hätte er Smith eine Ohrfeige gegeben. Die Tür des Lagers, in das Smith sich zurückgezogen hatte, fiel ein paar Millimeter vor seinem Gesicht wie eine Guillotine herab, und Smith war drinnen gefangen.

John trat zurück. Er atmete schwer, seine Muskeln waren verkrampft, als hätte er tatsächlich mit dem Verräter gekämpft. Will starrte seinen Vater erschrocken und ein wenig ängstlich an. John zwang sich, möglichst unbefangen zu wirken.

»Was ist eigentlich passiert, John?« Maureen kam zu ihm. Er wußte, daß ihre Frage sich nicht auf Smith bezog. Sie legte ihm eine Hand auf den Arm, und er spürte, wie ihre Finger sich verkrampften. »Wo sind wir?«

Er holte tief Luft.

Don hatte den Hyperantrieb abgeschaltet und bereits damit begonnen, die Systeme des Schiffs zu reaktivieren, als die Robinsons zur Brücke zurückkehrten. Als ungefähr die Hälfte der Monitore ihre Arbeit wieder aufgenommen hatten, ließ er seinen Pilotensessel auf den Boden zurückfahren. »Ich habe die meisten beschädigten Systeme durch Reservesysteme ersetzen können«, sagte er, sich an die Robinsons wendend. »Den Rest müssen wir jetzt von Hand reparieren.«

Er war überrascht, daß Judy schon wieder auf den Beinen war und ihre Eltern begleitet hatte, und noch überraschter war er über die Erleichterung, mit der er es zur Kenntnis nahm. »Ich hatte mir schon Sorgen gemacht, Doc. Schön, daß Sie aufgetaut sind.«

Judy zuckte lächelnd mit den Achseln, als wäre sie daran gewöhnt, dem Tod so knapp zu entrinnen. »Sie haben aber komische Vorstellungen von einem Familienausflug.«

Don grinste anerkennend und etwas wehmütig. *Zu schade, daß sie Ärztin ist,* dachte er. *Sie wäre bestimmt eine verteufelt gute Pilotin geworden.*

Er stand auf und trat vor die Navigationskonsole, um das reparierte System wieder in Betrieb zu nehmen. Über dem Pult erschien das holografische Abbild der *Jupiter Two.* »Computer, Positionsbestimmung«, befahl er.

Die holografische Anzeige flimmerte, und als die Berechnungen beendet waren, erschien rings um die *Jupiter Two* ein Sonnensystem, von dessen Existenz er mit Sicherheit zuvor nicht im entferntesten etwas gewußt hatte. »Suche nach bekannten Systemen beginnt«, meldete der Computer tonlos. Allmählich wurde der abgetastete Bereich größer und größer. Die *Jupiter* schrumpfte gleichzeitig, bis sie im Gewimmel der Lichter nicht mehr auszumachen war.

»In der Datenbank sind Sternenkarten der gesamten bekannten Galaxis abgelegt«, erklärte Robinson schließlich.

»Ich kann allerdings kein einziges System wiedererkennen«, sagte Don achselzuckend und kopfschüttelnd.

»Wir sind gestrandet, nicht wahr?« meinte Penny Robinson. Ihre Stimme klang verzagt. Waren sie irgendwo in einer noch unerforschten Region der Galaxis gelandet?

John antwortete nicht; es war nicht nötig.

10. Kapitel

Judy zupfte behutsam ein weiteres Stückchen von Don Wests verkohltem Kryoanzug von seinem nackten Rükken. Ihre Blicke wanderten mit höchst unprofessionellem Vergnügen über seine Muskulatur. *Er sieht wirklich nicht übel aus,* dachte sie. Dann rief sie sich zur Ordnung. Ein Glück, daß sie hinter ihm stand. *Was ist nur los mit mir?*

Sie hatte doch von Anfang an sehen können, daß er gut gebaut war. Und ein hübsches Gesicht hatte er, irgendwie beinahe kindlich-komisch und trotzdem nicht albern, und dann diese blauen Augen – schönes Haar und Lippen, die zum Küssen geradezu einluden. Sie hatte kein Auge von ihm wenden können – bis er den Mund aufgemacht hatte.

Danach war er dann auf einmal ein ganz normaler, frecher Pilotenbengel gewesen. Ein aufgeblasenes Ego, außerdem schien er mit den falschen Körperteilen zu denken. Typen wie er waren ihr schon viel zu oft begegnet, als daß sie noch auf einen von der Sorte hereinfallen würde. Nein, mit so jemandem würde sie sich bestimmt nicht einlassen.

Sie hatte schon eine Menge Männer gesehen, und nicht wenige davon waren nackt gewesen. Immerhin war sie Ärztin. Und sie hatte ja auch nicht gerade wie eine Nonne gelebt. Aber seit sie für die Mission zu arbeiten begonnen hatte, seit ihr klargeworden war, daß die Zukunft des ganzen Planeten von ihrer Mission abhing – seitdem hatte sie kaum noch bewußt registriert, ob sie mit Männern oder Frauen zusammenarbeitete. Sie konnte nicht an ihr Vergnügen denken, solange die Mission derart wichtig war.

Aber warum nur hatte sie auf einmal solche Lust, Don Wests Schultern zu streicheln, die starken, muskulösen Arme anzufassen und zu spüren, wie sich diese Arme um sie legten? Sie löste das nächste Stück seines Anzuges.

Vor ein paar Stunden wäre sie beinahe gestorben. Und jetzt? Was war jetzt mit ihr los?

Wenn er doch nur den Mund halten würde.

Don stand so still wie möglich in der Krankenstation, während Judy ihm den verschmorten Kryoanzug von der Haut pellte. Bis gerade eben hatten seine Kampfreflexe die Oberhand gehabt. Das Adrenalin hatte alle Schmerzen unterdrückt. Erst jetzt, als er die Zeit fand, tief durchzuatmen und zu sich zu kommen, wurde ihm klar, daß er so schnell wie möglich aus dem Anzug heraus mußte. Doch das hätte er ohne Hilfe nicht schaffen können. Er fühlte sich wie durch den Wolf gedreht, nachdem ihm der Roboter einen elektrischen Schlag verpaßt hatte. Und er konnte von Glück reden, daß nichts Schlimmeres passiert war und er überhaupt noch lebte. Daß sie alle noch lebten.

Er blickte wieder zum Lagerraum, wo John Robinson den Verräter Smith eingesperrt hatte. Ein Ausstellungsstück hinter Glas, genau wie sie alle. Smith hämmerte mit den Fäusten an die bruchsichere Scheibe und rief etwas, doch sie konnten nichts hören. Judy Robinson ließ sich nicht bei der Arbeit stören. Sie schien Smith überhaupt nicht zu bemerken, als wäre es etwas völlig Normales, einen verrückten Mörder ins Loch zu sperren. Don sah die Wut in Smiths Augen, und er grinste gehässig.

»Halten Sie still«, murmelte Judy.

»Das versuche ich doch«, protestierte er. Er kratzte sich hilflos an der noch vom Anzug bedeckten Schulter. »Könnten Sie sich nicht etwas beeilen?« Inzwischen tat ihm die ganze Haut weh, und seine überreizten Nerven vermittelten ihm den Eindruck, er hätte auch dort Verletzungen, wo er ganz bestimmt nichts abbekommen hatte. Mal abgesehen von der Tatsache, daß er ganz, ganz dringend pinkeln mußte.

Judy gab ein kleines, mitfühlendes Geräusch von sich und berührte seine Schulter. »Der Kryoanzug hat den größten Teil des Stromschlags abgehalten«, sagte sie. »Sie hatten Glück, daß es nicht Ihre bloße Haut erwischt hat.«

Er drehte sich um und sah ihr tief in die Augen. »Doktor, höre ich da etwa echte Sorge in Ihrer Stimme?« fragte er hoffnungsvoll.

Judy riß ihm ein besonders widerspenstiges Stück des verkohlten Anzugs wie einen Klebstreifen von der Schulter.

»Autsch!« protestierte Don. »Sie sind aber grob.«

Judy sah ihn an, und was sie in seinen Augen sah, ließ ihr Herz schneller schlagen. Dann fiel ihr Blick auf die Narbe auf seinem Oberarm. »Was ist das denn?« fragte sie, indem sie leicht mit dem Finger darüberstrich. »Im Kampf verwundet?«

Als sie ihn berührte, lief ihm eine Gänsehaut über den ganzen Körper. Er hoffte, sie würde es nicht bemerken. »Gewissermaßen«, sagte er lächelnd. »Das war eine Tätowierung. Von einer Ex-Freundin. Ich habe sie entfernen lassen.«

Judy schürzte die Lippen, dachte einen Augenblick nach und hob eine Augenbraue. »Wäre es nicht besser gewesen, gleich einen Filzstift zu nehmen?«

Schon wieder ein Volltreffer. Immer wenn er dachte, sie käme ihm näher, verpaßte sie ihm eine Breitseite. *Sie war unglaublich treffsicher.* Er grinste schief, eine Mischung aus Verlegenheit und Arroganz. »So bin ich eben«, sagte er.« In jedem Hafen ein Mädchen.«

Judy starrte ihn lange an und wußte nicht recht, wie sie auf den Scherz reagieren sollte. »Dann haben Sie keine Familie, Major?« fragte sie schließlich, als sie sich wieder ihrer Arbeit zuwandte. Sie machte sich nicht über ihn lustig, sie wußte selbst nicht, wohin ihre Gedanken wanderten. »Nichts, was Sie auf der Erde gehalten hätte? Nichts, was Sie vermissen?« Noch einmal sah sie ihm in die Augen, wandte aber sofort wieder den Blick ab. Sie schälte ein weiteres Stück Anzug ab. Dieses Mal war sie etwas vorsichtiger.

Er wußte zuerst nicht, was er ihr sagen sollte, welche Antwort sie erwartete. Also sagte er die Wahrheit. »Ich bin einfach nicht der Typ, der sich anpaßt und ein beschauliches Leben führt. Früher oder später sehen mich die Leute am liebsten von hinten, wenn ich zur Tür hinaus gehe.«

Plötzlich erinnerte er sich an sein Elternhaus, an den Knall, mit dem die Tür zuflog, daß die Scheibe sprang, an die alte Farbe, die sich von der Hauswand schälte, an den roten Staub an seinen Hosenbeinen, als er fortging … Er wollte ihr sagen, was ihm durch den Kopf ging, aber sie schien sich wieder vor ihm verschlossen zu haben, und der Moment verging in betretenem Schweigen.

»Sie halten das vielleicht für romantisch«, murmelte Judy, als sie den letzten Rest des zerstörten Kryoanzugs von seiner Brust schälte.

Jetzt erwiderte sie seinen Blick. »Nein«, sagte er. »Überhaupt nicht.«

Sie sah ihn fragend an.

»Und wie ist das bei Ihnen, Doktor?« Er wehrte den durchdringenden Blick mit einer persönlichen Frage ab, bevor sie ihn zu sehr festnageln konnte. »Gibt es einen glücklichen kleinen Trottel, den Sie zurückgelassen haben?«

Fast hätte er es vermasselt, fast hätte sie seine Abwehr durchdrungen. Das mußte daran liegen, daß in den letzten Tagen viel zu viele Dinge viel zu schnell geschehen waren. Aber die hektische Phase der Vorbereitungen war vorbei, und jetzt saß er mit diesen Leuten auf dem Schiff fest. Er war hier gefangen, vielleicht für immer.

Irgendwie war das noch schlimmer, als ganz allein zu sein. *Nein, wir sind nicht verloren,* sagte er sich trotzig. *Ich werde schon den Weg nach Hause finden. Ich bin der beste Pilot, den es gibt …*

»Die letzten drei Jahre habe ich mit den Vorbereitungen für diese Mission verbracht«, sagte Judy. Sie verschränkte die Arme vor der Brust. Ein Stück weit hatte sie sich ihm geöffnet, aber das war jetzt vorbei. Sein Ablenkungsmanöver hatte gut, viel zu gut funktioniert. »Wir versuchen, die Erde zu retten, Major. Fürs Vergnügen hatte ich keine Zeit.«

Er hörte Untertöne, die ihm nicht gefielen: Frustration und Verlust. Gefühle, die ihr anscheinend selbst nicht ganz bewußt waren.

Nachdenklich streifte er sich das sauber gefaltete graue T-Shirt über, das sie ihm bereitgelegt hatte. Der Stoff rieb wie Sandpapier auf der Haut. Er hatte sich einige Verbrennungen zugezogen.

Er wollte zur Tür, dann blieb er mitten im Raum stehen, drehte sich noch einmal zu ihr um. Sie hatte sich nicht bewegt, stand verkrampft und unerbittlich neben dem Behandlungstisch. Es war ihr ernst – vor zwei Stunden wäre sie für die Mission fast gestorben. »Wenn es keine Zeit fürs Vergnügen gibt, Doktor«, sagte er langsam und mit leichtem Lächeln, »wozu retten wir die Erde dann überhaupt?«

Sie regte sich nicht, starrte ihn nur an. Sie sah ihm schweigend nach, als er sich umdrehte und hinausging.

Will Robinson stand auf Zehenspitzen im Roboterhangar und versuchte, eine große Kugeldiode aus der Wand zu lösen. Er sah sich überrascht um, als er plötzlich Pennys Arme neben sich auftauchen sah. Sie griff nach oben und half ihm, das Bauteil aus der Wand zu ziehen.

»Danke.« Will lächelte und setzte sich, die Kugeldiode vorsichtig im Schoß haltend. Er schaute traurig zu ihr auf. »Ich hasse es, klein zu sein.«

Penny hielt ihm ihre CamWatch hin. »Ich glaube, die ist kaputt.«

Will nahm sie ihr ab und drehte sie hin und her. Auf einmal kam er sich doch nicht mehr ganz so klein und nutzlos vor. Im Gegenteil, sobald er ein elektronisches Gerät in Händen hielt, wurde er selbstbewußt und stark. Er wußte beinahe schon, allein durch den äußeren Augenschein, wie das Ding funktionierte und wo der Fehler aufgetreten sein mußte, wenn das Gerät nicht mehr arbeitete. Er nahm einen Schraubenzieher aus dem Werkzeugkasten und fummelte am Recorder herum.

»Warum bist du nicht oben bei Mom und Dad?« fragte Penny.

Wieder schaute er zu ihr auf. »Hast du denn nicht gesehen, wie mies die drauf sind?« gab er düster zurück.

Penny rümpfte die Nase. »Richtig, richtig.« Sie seufzte und starrte ins Leere.

Will drückte auf den Wiedergabeknopf der CamWatch und grinste, als er Pennys Stimme hörte: »Popcorn. Orchideen. Wellen. Billy. Küsse.«

Penny riß ihm den Recorder aus der Hand und schaltete ihn ab. Sie war rot angelaufen. »Das ist eine Liste«, sagte sie, seine unausgesprochene Frage beantwortend. »Eine Liste der Dinge, die wir aufgeben mußten.« Sie hätte fast geweint, aber sie gab dem Gefühl nicht nach, sondern starrte ihren Bruder mit wäßrigen Augen an. »Du darfst niemals etwas lieben, Kleiner«, sagte sie zornig. »Denn wenn du das tust, mußt du damit rechnen, daß man es dir wegnimmt.« Sie drehte sich auf dem Absatz um und marschierte hinaus.

Will sah ihr schweigend nach.

Maureen und John Robinson arbeiteten auf der Brücke an den Kontrollen der Lebenserhaltungssysteme. Sie versuchten, das System, so weit es möglich war, wieder zum Funktionieren zu bringen. Maureen beobachtete ihren Mann aus den Augenwinkeln und gab hin und wieder kurze Anweisungen, was als nächstes zu tun war. Die meiste Zeit konzentrierte sie sich jedoch auf ihre eigene Arbeit. Irgendwo im Hinterkopf nahm sie zur Kenntnis, daß ihr Mann endlich einmal in einer Situation war, in der er ihr zuhören mußte.

Nicht, daß das unter diesen Umständen noch eine große Rolle gespielt hätte.

»Was habe ich mir nur dabei gedacht?« murmelte er. »Meine ganze Familie in den Weltraum zu schleppen.«

»Was hätten wir denn tun sollen, John?« gab sie zurück. Sie überbrückte eine defekte Schaltung. »Hätten wir die Kinder auf der Erde zurücklassen sollen? Ihnen die Eltern rauben? Nicht mit ansehen dürfen, wie sie heranwachsen?«

Er antwortete nicht, wühlte schweigend in den Trümmern herum und suchte sich die Teile zusammen, die noch funktionierten. »Smith«, sagte er nach einer Weile. Ihr wurde klar, daß er nicht wirklich eine Antwort erwartet hatte. Er hatte laut nachgedacht, und er hatte sich durch ihre Antwort nicht von seinem Brüten abbringen lassen. »Er kann uns immer noch gefährlich werden. Eigentlich dürfte ich ihn nicht am Leben lassen, verdammt. Aber ...«

»Aber«, führte sie seinen Gedanken weiter, während sie einige Drähte abisolierte, »wie können wir die Zivilisation zu den Sternen bringen, wenn wir uns nicht zivilisiert verhalten? Nicht wahr, Professor?« Sie wußte, daß er die Worte wiedererkennen würde, denn es waren im Grunde seine eigenen. Er hatte oft etwas ähnliches gesagt, wenn er die Nachrichtensendungen angesehen hatte.

John hob den Kopf aus den Eingeweiden des Schaltpults. Er wirkte gereizt. »Ist dir eigentlich schon einmal aufgefallen, daß du zu allem, was ich sage, die jeweils gegenteilige Position einnimmst?«

»Ist doch klar, warum ich das mache«, sagte sie trokken. Sie staunte, daß er es jetzt erst bemerkt hatte. »Weil wir verheiratet sind.«

»Was, zum Teufel ...« rief John.

Sie sah ihn überrascht an, dann bemerkte sie, warum er den Ruf ausgestoßen hatte. Er hatte nicht sie gemeint, sondern das, was sich auf den großen Bildschirmen der Brücke abspielte.

Der unbekannte Planet im Zentrum der Bildschirme

hatte zu glühen begonnen. Eine Art Energiefeld griff von seiner Oberfläche hinaus und verzerrte die Darstellung auf den Bildschirmen. Es sah aus, als würde der mit Sternen besprenkelte Weltraum zur Seite gedrückt. Ein strahlendes Portal entstand.

Und im Innern des Tors tauchte der langgestreckte, glänzende Rumpf eines Sternenschiffs auf, dessen Hülle das Licht der beiden Sonnen reflektierte.

Don West, der auf der Brücke arbeitete, wußte auch nicht mehr zu sagen als John Robinson: »Was, zum Teufel …«

Mit einiger Mühe riß Don sich vom Anblick des Feldes los, das einen Feuerkranz erzeugt und ein Loch ins Universum gestanzt hatte. Er drehte sich zu seiner zusammengewürfelten Mannschaft um. *Seine Crew.* Das Wort wollte auf sie überhaupt nicht passen. Aber die Robinsons waren an der Arbeit, sie hatten sich kompetent um die ihnen zugewiesenen Aufgaben gekümmert, bis da draußen dieses Ding aufgetaucht war. Widerstrebend mußte er einräumen, daß diese Leute fähiger waren, als er anfangs vermutet hatte. Und es würde mit Sicherheit kein gemütlicher Familienausflug werden.

»Es sieht aus, als wäre da ein Riß im Weltraum«, sagte John Robinson.

»Aber wohin führt er?« fragte seine Frau.

»Eine interessante Frage«, murmelte Don. Er drehte sich wieder zu seinem Steuerpult um und schaltete die Düsen ein.

»Major, warten Sie …«, rief Robinson.

Don gab die Koordinaten ein und lenkte die *Jupiter* in Richtung des Lochs.

»Warten kann ich später noch.« Sein Puls wurde schneller, als er das riesige silberne Schiff im Sichtfenster beobachtete.

»Machen Sie kehrt«, sagte Robinson scharf. Er ging zu ihm hinüber. »Das ist ein Befehl!«

»Es werde Licht«, sagte Don, als hätte er ihn nicht gehört. Er schaltete die vorderen Suchscheinwerfer der *Jupiter* ein, und als sie aufflammten, riß er vor Schreck den Mund auf.

Auch Robinson, der inzwischen neben ihm stand, konnte nur fassungslos staunen.

»Wenn das ein Traum ist«, sagte Don wehmütig, »warum kommen dann nicht mehr Mädchen darin vor?«

Von den Scheinwerfern voll erfaßt, ragte der Rumpf des unbekannten länglichen Schiffs vor ihnen auf. An der Seite stand der Name: PROTEUS. Darunter war das gleiche Abzeichen zu sehen, das er auch selbst am Ärmel seiner Uniform trug: ASOMAC.

»Das ist eins von unseren Schiffen«, sagte Don West schließlich. »Aber so ein Modell habe ich noch nie gesehen. Gott, das Schiff war riesig – und es war wunderschön. Aber wie konnte es ...?

»Es reagiert nicht auf unsere Funksprüche«, sagte Judy.

»Ich bekomme unregelmäßige Lebenszeichen herein«, meldete Maureen Robinson, »aber das könnten auch Reflexe der Sensoren sein.«

»Vielleicht ist der Computer noch in Betrieb.« John arbeitete bereits an der Konsole des Copiloten. Seine Einwände waren vergessen. »Ich versuche es mal mit dem Standard-Andockverfahren.«

Direkt vor ihnen wurde der Andockring des riesigen

Schiffs aktiviert. Scheinwerfer beleuchteten den Stutzen, der zur Luftschleuse des Schiffs führte.

Don lenkte die *Jupiter* darauf zu und steuerte das Schiff an einem weiteren, erheblich kleineren Schiff vorbei. Die unregelmäßig gekrümmten Konturen des Schiffs waren ihm völlig fremd. »Das ist mit Sicherheit keines von uns.«

»Kinder«, sagte Maureen, »das ist kein menschliches Raumschiff.«

11. Kapitel

Als Don durch den Hauptgang des unteren Decks lief, hörte er Penny schon von weitem. Während sie einen Monitor reparierte, sprach sie in ihre CamWatch: »Als Teil ihrer Versklavung wird Penny Robinson, die tapfere Gefangene im Weltraum, gezwungen, ihre überragenden Fähigkeiten ausbeuten zu lassen.« Sie brach ab, als sie seine Schritte hörte, und wandte sich abrupt zu ihm um. »Identifizieren Sie sich, Soldat«, sagte sie, ihre Verlegenheit mit der ironischen Bemerkung überspielend.

Er ging auf ihr Manöver ein und nahm Haltung an. »Major West, United Global Space Force, bittet um Erlaubnis, den Gefangenen besuchen zu dürfen.«

In diesem Augenblick war ein gedämpftes Geräusch zu hören. Offenbar war etwas Hartes gegen eine Wand geworfen worden. Smith rastete in seiner Zelle allmählich aus.

Penny trat zur Seite, ohne eine Miene zu verziehen. »Sie dürfen passieren, Major West.«

Don lächelte und zwinkerte ihr zu, als er eintrat. Er war froh, daß die Kinder sich so tapfer hielten. Als er an ihr vorbei war, hörte er sie noch murmeln: »Au, das ist aber wirklich ein schmucker Soldat.«

»Du kannst jetzt wieder ausatmen, Penny«, sagte ihr kleiner Bruder, der gerade vorbeiging.

Dons Lächeln verschwand, als er Smiths Zelle betrat. Die Einrichtung des Raumes war völlig zertrümmert. Es sah aus, als wäre der Roboter hier gewesen. Er war überrascht, daß Smith überhaupt kräftig genug war, um die Möbel derart zu zerlegen.

Smith saß auf einem Stuhl und gab sich unbeteiligt, als wäre das Zerstörungswerk die Schuld von Poltergeistern. »Diese Unterkunft ist völlig unzulänglich«, sagte er.

Don ignorierte ihn und warf den zusammengerollten Anzug, den er mitgebracht hatte, vor seinen Füßen auf den Boden. »Wir werden jetzt das Forschungsschiff untersuchen. Vielleicht können wir herausfinden, wie es hergekommen ist, und vielleicht finden wir dabei sogar einen Weg, nach Hause zurückzukehren.«

Smith machte es sich auf seinem Stuhl demonstrativ bequem. »Dann wünsche ich Ihnen eine gute Reise.« Er nickte in Richtung der Tür.

»Sie kommen mit«, sagte Don. Smiths Sarkasmus ging ihm an die Nieren, auch wenn er sich nichts anmerken ließ.

Smith lachte. »Kommt nicht in Frage«, sagte er. »Ich bin Arzt, kein Forscher.«

Don durchquerte den Raum mit zwei großen Schritten, packte Smith am Kragen und zog ihn auf die Füße. »Sie sind ein Saboteur, und Sie wollten uns umbringen«, fauchte er. »Ich werde Sie ganz bestimmt nicht auf diesem Schiff zurücklassen, wo Sie noch mehr Unheil anrichten können.«

Smith wich zurück und schob trotzig das Kinn vor. »Ich weigere mich strikt ...«

Don zog ihn wieder zu sich heran. »Geben Sie mir einen Vorwand, Sie umzubringen. Bitte.« Er ließ ihn los und sah Smith in die Augen, bis er sicher war, daß Smith ihn verstanden hatte.

Smith glättete seine verknitterte Kleidung. Er lächelte, als hätten sie sich nur über das Wetter unterhalten, und hob den Anzug auf. »Schwarz steht mir glücklicherweise recht gut«, sagte er. Sein Lächeln war schmierig wie ein Fettfleck.

John betrat den Roboterhangar und nahm ein Plasmagewehr aus dem Waffenschrank. »Sicherung deaktivieren«, sagte er.

»Stimmabdruck bestätigt«, antwortete der Mikroprozessor der Waffe. »Geladen und entsichert.« Ein kleines Licht wechselte von Rot auf Grün.

»Zerquetschen!«

John fuhr herum, das Gewehr schußbereit angelegt. Sein Herz tat einen Sprung, als er den Roboter, der die Arme wie ein Berserker kreisen ließ, durch die Tür kommen sah.

»Zerquetschen, zerstören, töten!« blökte der Roboter.

John hob das Gewehr und zielte auf die Steuereinheit der Maschine. Doch im letzten Augenblick zögerte er und wartete ab. Er hatte eine hervorragende Ausbildung genossen und war unter anderem ein ausgezeichneter Schütze geworden. Sein Vater hatte sich mit ihm in dieser Hinsicht sehr viel Mühe gegeben.

Er wartete ab, ohne das Ziel aus den Augen zu lassen,

und tatsächlich, der Roboter blieb stehen. Mit seiner kleinen Tastatur bewaffnet, trat Will hinter dem Ungetüm hervor.

John ließ das Gewehr sinken, als wäre es plötzlich eine Tonne schwer. Er starrte ungläubig seinen Sohn an. Will löste ein winziges Mikrofon von seiner Tastatur und hob es an den Mund.

»Zerquetschen, töten, zerstören«, sagte Will.

»Zerquetschen, töten, zerstören«, sagte der Roboter.

Will lehnte sich lässig an seinen neuen Spielgefährten und deutete auf einige Veränderungen, die er inzwischen vorgenommen hatte. »Ich habe mich in die CPU eingeklinkt und das Betriebssystem abgeklemmt. Dann habe ich mir die Subroutinen vorgenommen.« Er sah seinen Vater beifallheischend an. »Das Ding läuft jetzt nur noch mit Fernbedienung.« *Ich habe euch das Leben gerettet, und ihr habt euch nicht einmal bei mir bedankt! Seht doch, was ich geleistet habe! Schau mich an, Dad!* Will sah ihn herausfordernd an, bis John den Kopf wegdrehen mußte.

»Will«, sagte John. Er versuchte zu lächeln. »Ich weiß, ich habe nicht ...« Ihm fehlten die Worte.

Don West kam herein und sagte: »Professor, wir sind bereit.«

John runzelte die Stirn, blickte kurz zu West, sah wieder seinen Sohn an. Will trug es mit stummer Resignation. *Ich weiß, daß du mich brauchst, mein Junge, aber ich darf die Mission nicht vergessen. Ich muß dich beschützen, ich muß das Leben unserer Familie schützen. Das ist doch das Wichtigste, wenn man Vater ist.* Er schüttelte den Kopf. »Wir werden uns später unterhalten, mein Junge«, sagte er müde.

Die Waffe geschultert, ging er an Will und dem Roboter vorbei. Sie mußten jetzt als erstes das fremde Schiff untersuchen.

Will sah ihnen schweigend nach.

Warum war er nicht groß genug, um eine Waffe zu tragen und seinen Vater und Don West zu begleiten? Warum konnte er sich nicht den gleichen Gefahren stellen wie sie und seinen Vater beschützen? Etwas tun, damit Dad einsah, daß er seinen Sohn brauchte, so daß er ihn nie wieder stehenließ? *Er haßte es, so klein und hilflos und nutzlos zu sein.* Er biß sich auf die Unterlippe.

Dann wandte er sich wieder dem Roboter zu, der riesig, schwer und stumm neben ihm wartete. Er gab über die Tastatur einen Befehl ein.

»Du mußt auf meinen Dad aufpassen, Robot, okay?«

Der Roboter rollte gehorsam zur Tür hinaus, um Robinson und West zu folgen.

Im großen, hallenden Roboterhangar hatte sein Kinderstimmchen dünn geklungen. *Er haßte es, wenn er sich klein und nutzlos fühlte.* Aber jetzt hatte er ja den Roboter – und deshalb würde er sich nie wieder klein und nutzlos fühlen.

12. Kapitel

Als sich die Luftschleuse der *Proteus* geöffnet hatte, lag ein langer, dunkler Flur vor ihnen. Don schaltete die Lampe seines Anzugs ein. Er sah sich noch einmal über die Schulter zur jetzt versperrten Luftschleuse der *Jupiter* um, bevor er den ersten Schritt ins Unbekannte tat. Judy folgte ihm dichtauf, hinter ihr kam Smith. John

Robinson bildete den Abschluß. Er sollte dafür sorgen, daß Smith keine Mätzchen machte und sich ordentlich benahm.

Und hinter ihnen allen folgte der Roboter, der für ihre gefährliche Lage verantwortlich war.

Nein, das war nicht richtig. John Robinson schüttelte den Kopf. Der Roboter war nicht für ihre Situation verantwortlich. Er war nur eine Maschine. Smith hatte die Programmierung verändert. Aber jetzt gehorchte der Roboter nur noch ihnen, und über ihn hatten sie sogar Verbindung mit den Analysesystemen der *Jupiter*.

»Sauerstoffanteil ist normal«, sagte Judy. Er hörte ihre Stimme im Lautsprecher seines Helms, nachdem sich die Luftschleuse hinter ihnen wieder geschlossen hatte. »Mikroben sind nicht feststellbar. Die Luft ist sauber.«

Er hob eine Hand, um den Helm zu lösen und in die Falte seines Anzugs zurückzuschieben. Die anderen folgten seinem Beispiel.

Judy schnüffelte ein paarmal, als sie weitergingen. »Die Luft ist abgestanden«, sagte sie. »Es riecht alt.«

»Der Dunst von Gespenstern«, sagte Smith.

Don bemerkte ein Steuerpult, das in die Wand eingelassen war. Der Aufbau war etwas ungewöhnlich, aber Don brauchte nur ein paar Sekunden, um sich über die Funktionsweise Klarheit zu verschaffen. Nachdem er ein paar Sicherheitscodes probiert hatte, die er auswendig kannte, meldete sich die CPU des Schiffs, als hätte sie nur auf seine Befehle gewartet. Er grinste. »Ich habe den Bordcomputer aktiviert. Mann!« schnaufte er, als er die Anzeigen ablas.

»Ist etwas nicht in Ordnung?« fragte Robinson, der neben ihn getreten war.

»Doch, alles funktioniert einwandfrei. Es ist nur – ich weiß auch nicht, das geht alles verdammt schnell.« Er schüttelte den Kopf, als weiter unten im Gang die Beleuchtung aufflammte. Der Roboter rollte an ihnen vorbei, und die Menschen folgten ihm.

Will, der an Bord der Jupiter geblieben war, beobachtete fasziniert seinen Monitor. Er konnte durch die Augen des Roboters verfolgen, wie der Erkundungstrupp tiefer ins das fremde Schiff vordrang. Als das Lämpchen, das die akustische Verbindung überwachte, auf seiner Tastatur aufleuchtete, stellte er die Lautstärke höher. Er lauschte mit gerunzelter Stirn, als er etwas vernahm, das wie fallende Wassertropfen klang. »Dad«, sagte er ins Mikrofon ...

»... kannst du das hören?« übermittelte der Roboter seine Stimme. Der Roboter drehte sich kurz um, dann ging er, von den Menschen gefolgt, weiter. Das Tropfgeräusch wurde lauter.

»Wie das Tropfen von Blut«, murmelte Smith.

Don drehte sich zu ihm um, und Smith grinste gehässig.

»Sie sollten wirklich den Mund halten«, murmelte Don. Der Kerl schaffte es doch immer wieder, ihn wütend zu machen.

»Dort«, sagte Robinson. Er deutete nach oben.

Es war ein Loch, das aussah, als wäre die Decke des Ganges von irgend etwas, das gewaltige Zähne besaß, herausgebissen worden. Darüber lag ein Wartungsgang, der durch eine Art zäher Membran, die das zackige Loch lückenlos bedeckte, nur verschwommen zu erkennen war.

Von der Membran fielen in regelmäßigen Abständen Tropfen auf den Boden.

Judy trat näher heran und hob ihr Meßgerät. Nachdem sie die Daten auf der Anzeige überprüft hatte, erklärte sie: »Das scheint biologisches Material zu sein.«

Smith grunzte. »Das hat nichts Gutes zu bedeuten«, sagte er.

Don starrte ihn böse an. »Sie sind natürlich hier der Fachmann für Weltraumerkundung.«

Smith erwiderte ernst seinen Blick. »Glauben Sie mir, Major. Jemand wie ich erkennt das Böse, wenn er es sieht.«

Don ging abrupt weiter. Er verfluchte Smith, und er verfluchte sich selbst, daß er sich von diesem Psychopathen derart an der Nase herumführen ließ. Die anderen folgten schweigend. Sie machten einen weiten Bogen um die Membran und die Lache auf dem Boden.

Wie erwartet, flammten vor ihnen die Lichter auf, sobald sie einen neuen Abschnitt des Ganges betraten. Die Drucktür am Ende des Flurs öffnete sich mit einem Zischen und erlaubte ihnen den Eintritt in einen gut beleuchteten, leeren Raum. »Die Bewegungsmelder funktionieren offenbar noch«, flüsterte Judy.

Am anderen Ende des Raumes sah Don eine weitere Drucktür, die halb offen stand, als wäre sie verklemmt. Ihr Metall war verzogen und versengt, als wäre die Tür von Energiewaffen getroffen worden. Don betrachtete sie nachdenklich und sagte: »Plasmastrahlen.«

Niemand antwortete darauf, nicht einmal Smith machte eine Bemerkung.

Don zwängte sich durch die halb geöffnete Tür, die anderen folgten nacheinander. Der Roboter bildete den Abschluß. Er zog mit seinen mächtigen Armen die Tür ganz auf.

Im Gang hinter der Tür waren Schränke untergebracht, und in jedem Schrank stand ein Roboter. Don blieb stehen und betrachtete ihren eigenen Roboter, dann die eingelagerten Modelle, die wie leblose gepanzerte Ritter an den Wänden des Ganges standen. Es waren hochmoderne Versionen, vielseitiger und komplizierter gebaut als alles, was er bisher gesehen hatte.

Smith betrachtete geringschätzig ihren eigenen Roboter. »Tja, dann wären wir wohl die armen Verwandten, was?« Der Roboter reagierte nicht auf Smiths verletzenden Ton. Vielleicht hatte Smith aber auch gar nicht den Roboter treffen wollen.

Robinson ging den Gang hinunter und betrachtete die Roboter. »Neue Modelle von Rambler-Krane …« Er sprach mit sich selbst. »Aber anders gebaut als diejenigen, die ich kenne.«

Don ging bis zum Ende des Flurs voraus, wo die nächste Drucktür weit offenstand. Er blickte hindurch, und endlich sah er, was er die ganze Zeit gesucht hatte: einen Kontrollraum. »Hierher«, rief er, bevor er eintrat.

Der Raum war zu klein, um die Brücke zu sein. Es mußte sich um eine sekundäre Steuerzentrale handeln. In einem Schiff dieser Größe mußte es mehrere davon geben. Er hätte sein Leben dafür gegeben, wenn er hätte sehen dürfen, wie die Anlage vor den Kämpfen ausgesehen hatte.

Die Wände waren von Lasertreffern vernarbt, einige Steuerpulte waren explodiert. Seine Gefährten schlossen zu ihm auf und starrten genau wie er die Anlage an.

»Das ist ein Kommandoposten, von dem aus bestimmte Systeme des Schiffs ferngesteuert werden«, erklärte er. »Ich vermute, daß es sich um eine Art Feuerwache handelt.«

Robinson ging zum Kommunikationspult und inspizierte die Instrumente. »Ob das Schiff ein Prototyp ist?« murmelte er. Er berührte die Scheibe eines Monitors, und die Anlage erwachte zum Leben. »Das Logbuch des Kapitäns ist zerstört, aber vielleicht kann ich noch ein paar lesbare Reste herausholen.« Er nahm einige Schaltungen vor. »Wartet mal … so, da kommt es.« Er schaute auf, als der Hauptmonitor eingeschaltet wurde.

Zuerst war nur Schnee zu sehen, dann schälte sich allmählich ein Gesicht heraus, als der Computer mehr und mehr Daten übertrug. Im Hintergrund war jetzt die Brücke der *Proteus* zu erkennen. Offiziere bewegten sich, in normale Dienstgeschäfte vertieft, hin und her. Dann wechselte das Bild, und sie sahen die Oberfläche des Planeten, den sie umkreisten.

Als Don das Gesicht des Kapitäns genauer betrachtete, blieb ihm die Luft weg. »Jeb«, flüsterte er. Es war Jeb, daran gab es keinen Zweifel. Er beugte sich dicht vor den Bildschirm, vergaß alles um sich. Aber es war doch völlig ausgeschlossen …

»Der Hyperraumscanner scheint zu funktionieren«, sagte Jeb jetzt. Sein Abbild flackerte, und ein Teil seiner Worte ging in statischem Rauschen unter. »Keine Spur von der *Jupiter Two.*« Das Bild fiel in sich zusammen. »Haben unseren Zeitplan überzogen …« Wieder ein Flackern. »… bin aber nicht bereit, jetzt aufzugeben.«

Einen Moment lang wurde das Bild wieder völlig klar, und Don hatte das Gefühl, sein Freund blickte ihm direkt in die Augen. »Ich glaube, daß Don mich jetzt braucht.« Eindeutig, das war Jeb.

Aber der rasierte Kopf, den er so gut gekannt hatte, war jetzt mit vollem schwarzem Haar bedeckt, das an den Schläfen ergraut war. Als wäre Jeb um fünfundzwanzig oder dreißig Jahre gealtert.

Don wandte sich ab und rieb sich die Augen. Die Übertragung war beendet, auf dem Bildschirm war nur noch Schnee zu sehen.

»Das war's«, sagte Robinson. »Die übrigen Daten sind zerstört.«

Robinson hatte Don Wests inneren Aufruhr nicht bemerkt. Er hatte Jeb ja nicht gekannt, hatte nicht mit ansehen müssen, wie ein Mann binnen weniger Tage um dreißig Jahre gealtert war.

Aber das war doch unmöglich! Es konnte einfach nicht sein. »Wieso haben die eine Rettungsmission abgeschickt, obwohl wir erst seit einem Tag vermißt werden?« fragte Don. Seine eigene Stimme kam ihm fremd vor.

Niemand antwortete ihm, Robinson schüttelte nur ratlos den Kopf.

»Es sieht so aus, als hätten sie etwas von der Oberfläche des Planeten mitgebracht«, meldete Judy sich zu Wort. Sie hatte sich inzwischen mit den Lebenserhaltungssystemen beschäftigt. »So, jetzt habe ich es.«

Über dem Pult erschien eine verschwommene Holografie, das verzerrte Bild eines eigenartig verdrehten, ledrigen Sacks. Er schien lebendig zu sein und zu zittern. Irgendwie erinnerte er an die Membran, die sie im Gang gesehen hatten. Don sah sich über die Schulter in die Richtung um, aus der sie gekommen waren, und bemerkte jetzt erst, daß Smith verschwunden war. »Smith!« brüllte er wütend. Er rannte zur Tür. »Kommen Sie sofort zurück!«

Smith tauchte in der Türe auf, noch bevor Don sie ganz erreicht hatte. »Aber sicher doch, Major.« Smith lächelte, sah nach oben. »Nur denke ich, Sie sollten sich nicht meinetwegen Sorgen machen, sondern eher deshalb.« Er deutete zur Decke.

Über ihnen gab es in der Decke mehrere Reihen von Löchern, die genauso aussahen wie das Loch im Gang; auch sie waren mit Membranen bedeckt.

Der Roboter meldete sich. »Ich entdecke eine Bewegung. Hinter Ihnen ...«

Don drehte sich sofort um und sah aus den Augenwinkeln einen riesigen Schatten an der zweiten Tür vorbeihuschen.

»Hinterher!« sagte Robinson. »Los! Und du bringst Smith mit«, befahl er dem Roboter. Dann rannten sie hinaus.

Don stürmte den Gang hinunter und stand nach wenigen Schritten in einer anderen Welt. Blühende Ranken wucherten an den Wänden empor. Das Unterholz wurde immer dichter, je weiter er vordrang. Auch über den Boden zogen sich die Ranken und dämpften seine Schritte.

Immer dichter wurde das Blattwerk, bis er sich, kurz vor der nächsten Tür, durch dichtes Gebüsch drängen mußte. Er brach durch und betrat einen Regenwald. Er blieb stehen und starrte die Fülle der Natur an, die mitten in einem verlassenen Schiff, Lichtjahre von der Erde entfernt, entstanden war.

»Das muß das Hydroponik-Labor gewesen sein«, erklärte Don, als die anderen ihn eingeholt hatten.

»Es dauert Jahrzehnte, bis so eine Vegetation entsteht«, murmelte Judy.

Don dachte an Jeb, der um Jahrzehnte gealtert war.

Und das Schiff – neben dieser Technik wirkte die *Jupiter* wie ein altmodischer Zeppelin. Die ASOMAC, die er kannte, verfügte nicht über eine derartige Technologie. Nur ein Sternenschiff, das auf langen interstellaren Reisen von einer Crew gesteuert wurde, die sich nicht im Kälteschlaf befand, brauchte ein Hydroponik-Labor. Wie hatte das Forschungsschiff sie überhaupt aufspüren können, wenn sie noch nicht einmal selbst wußten, wo sie gestrandet waren? Dann erinnerte er sich an ein Wort, das der ältere Jeb ins Logbuch seines Schiffs gesprochen hatte: »Hyperraumscanner.«

Das bedeutete also, daß die *Proteus* eine Möglichkeit besaß, ohne Hyperraumtor durch die Wurmlöcher des Hyperraums zu fliegen.

Mein Gott. Er sagte nichts, als der Roboter das Labor erreichte, Smith mit einer Klaue hinter sich herziehend.

»Laß mich los, du Ungetüm«, knirschte Smith.

Don mußte unwillkürlich lächeln. Doch dann erregte eine kleine Bewegung im Blattwerk seine Aufmerksamkeit. »Seid still«, sagte er.

Er stieß die mit einem Handschuh geschützte Hand ins Blattwerk und spürte etwas, das kein Blatt und keine Ranke war – etwas Lebendiges, das sich wehrte. Blätter flogen zur Seite, als er das Wesen aus dem Gebüsch ans Licht zog.

Das Geschöpf, das er festhielt, hatte riesige, dunkelblaue Augen. *Es sieht fast wie eine Katze aus … oder wie ein Teddybär. Nein, eher wie ein Affe. Nur die Haut fühlt sich an wie Leder, als wäre es ein winziger Drache.* Und die Haut verfärbte sich. Wo sie vorher grün gesprenkelt gewesen war, nahm sie nun die schwarze Farbe seines Anzugs an. *Wie ein Chamäleon.*

»Ausgezeichnet«, sagte der Roboter, als Will über

Funk das Ergebnis der Fernanalyse des kleinen Wesens durchgab. Der Roboter ließ Smith los.

Das Wesen, das sich in Dons Händen immer noch heftig wehrte, hatte inzwischen ganz und gar die Farbe des Anzugs angenommen, als wollte es sich unsichtbar machen, weil es Angst vor ihm hatte.

Don drehte es vorsichtig herum. »Immer mit der Ruhe, kleiner Kerl«, murmelte er. »Dir wird niemand etwas tun.« Er streichelte den Kopf des Wesens, als wäre es eine Katze. Mit Tieren konnte er gut umgehen. Besser jedenfalls als mit Menschen.

Zu seiner Überraschung hörte das Wesen auf, sich zu wehren, und begann leise zu schnurren. *Es mag die Berührung.* Dann reckte es sich etwas, wie eine Katze es getan hätte. Wieder wechselte die Farbe, und das Tier wurde quittengelb.

»Sieht so aus, als hätten Sie einen neuen Freund gefunden«, sagte Judy lächelnd.

Don West strahlte erfreut.

Sie hob eine Augenbraue. »Aber warten Sie lieber ein paar Wochen, ehe Sie sich den Namen auf den Arm tätowieren lassen.« Sie ging an ihm vorbei und untersuchte einen Farn.

Verlegen betrachtete er das Geschöpf, das sich jetzt an seinen Anzug klammerte. »Tut euch einen Gefallen«, murmelte er. »Verzichtet auf die Evolution.«

»Wie charmant«, warf Smith höhnisch ein. »Der Dr. Doolittle des Weltraums.«

»Möglicherweise ist das Wesen vom fremden Schiff herübergekommen«, bemerkte Robinson. Er zupfte sich nachdenklich am Bart, als hätte er die vorangegangene Unterhaltung überhaupt nicht gehört.

Das fremdartige kleine Wesen kletterte mit vierfingrigen, flinken Händen und Füßen an Dons Arm hinauf. Auf der Schulter angekommen, hielt es sich fest und schmiegte das winzige Gesicht an Dons Hals. Er lachte überrascht und streichelte es weiter. »Es sieht aus wie ein Kind.«

Smith verzog das Gesicht. »Wenn das zutrifft, mein lieber Major, was ist dann wohl aus seinen Eltern geworden?«

Alle starrten ihn an. »Wir müssen zu den Steuerpulten zurück«, sagte Robinson.

Als sie durch die Tür wieder in den Gang traten, zögerte John einen Augenblick. Aufmerksam betrachtete er das dichte Blattwerk über ihnen. Nein, dort oben war nichts zu sehen. Er zuckte mit den Achseln. Das leichte Rascheln, das sie begleitete, verursachten sie selbst. Oder vielleicht doch nicht?

Robinson aktivierte sofort die Kontrollen, als sie den Leitstand erreicht hatten, und überprüfte die Anzeigen. »Ich habe die Biosensoren abgefragt«, erklärte er. »Außer uns ist das Schiff völlig verlassen.«

»Ein Geisterschiff«, murmelte Smith noch einmal.

Dieses Mal ignorierte Don seine Bemerkung. Er war mit dem Eidechsenaffen beschäftigt, der auf seiner Schulter hockte. War es wirklich ein Kind, eine Waise? Oder nur ein Haustier? Wie lange hatte es sich schon allein hier aufgehalten? Und wie konnte man die Intelligenz einer außerirdischen Lebensform bestimmen, die wahrscheinlich ganz anders funktionierte als die menschliche?

Er setzte sich und öffnete mit der freien Hand eine Brusttasche seines Anzugs. Ob Baby oder nicht, es gab gewisse Dinge, die jedes Lebewesen brauchte. Er fischte einen Riegel Kraftnahrung aus der Tasche und drehte ihn herum. »Heute auf dem Speiseplan: Banane/Rindfleisch.« Er verzog das Gesicht. »Wer denkt sich nur diese Kombinationen aus?«

Das Wesen sah ihm aufmerksam zu, als er die Folie aufriß. Es hatte riesige Augen, die ihn an irgendeine Figur aus einem Märchen erinnerten, das er als Kind gehört hatte. »Hmm, gut«, sagte er. Aus dem Augenwinkel sah er, wie Judy lächelte.

Don bot dem kleinen Wesen das Nahrungskonzentrat an. Es betastete den Riegel, gab ein leises Geräusch von sich und biß zögernd hinein. Dann wurden seine Augen größer, als Don es je für möglich gehalten hatte, und es fraß den ganzen Riegel mitsamt der Hülle auf. »Es war wohl hungrig«, sagte er mit einem zufriedenen Lächeln.

»Guter Gott, kann man uns diese Gefühlsduselei nicht ersparen?« Smith wandte sich ab, als könnte er den Anblick nicht länger ertragen.

Irgendwo begann etwas zu heulen. Das Geräusch schien die Wände zu durchdringen, und sie glaubten sogar, ein leichtes Vibrieren zu spüren.

»Das Geräusch gefällt mir überhaupt nicht«, bemerkte Judy.

Don blickte zur Konsole, auf der einige Anzeigen in Bewegung geraten waren. *Was war mit der Crew der Proteus geschehen?*

Das kleine fremde Wesen begann zu schreien. Mit einem Sprung verließ es Dons Armbeuge und landete auf Smiths Rücken. Es klammerte sich an den Hals des Arztes und schrie erbärmlich.

»Schafft mir dieses Biest vom Hals«, rief Smith und versuchte es mit einem Schlag abzuwehren.

Judy nahm ihm das kleine Tier ab, und sofort drückte es das Gesicht gegen ihre Brust, wechselte die Farbe und versuchte, mit ihrem Anzug zu verschmelzen.

Das Heulen wurde lauter.

Das Geräusch schien jetzt vor allem über ihnen zu entstehen. Don sah nach oben. Die Membranen vor den Löchern zitterten und beulten sich aus, als etwas – nein, als viele, viele Wesen versuchten, sich durchzudrängen.

Ein Geisterschiff? Don griff nach seiner Pistole.

13. Kapitel

Auf der Brücke der *Jupiter Two* wischte Maureen Robinson sich den Schweiß von der Stirn. Dann wandte sie sich wieder den Innereien der Konsole zu, an der sie gearbeitet hatte. Nachdem der Erkundungstrupp aufgebrochen war, hatte sie zusammen mit Penny versucht, die restlichen beschädigten Informationssysteme wieder zum Arbeiten zu bringen. Will, der in ihrer Nähe saß, beobachtete unterdessen durch die Augen des Roboters die Fortschritte, die ihre Späher machten. Maureen mußte die Anlage in Ordnung bringen, um die Signale verarbeiten zu können, die hereinkamen, und die Arbeit brachte sie auf andere Gedanken.

Warum hat man eigentlich niemals eine Haarnadel zur Hand, wenn man eine braucht? dachte Maureen gereizt. Sie hatte schon alles mögliche versucht, um eine defekte Stelle in einer Schaltung zu überbrücken. Vielleicht wäre es besser, gleich das ganze Bauteil auszutauschen. Wenigstens war das Schiff gut mit Ersatzteilen ausgerüstet. Wie die Pioniere in den Holzschiffen, die vor Jahrhunderten über die Meere der Erde gesegelt waren, mußte auch die Crew der *Jupiter* für alle nur denkbaren Notfälle gerüstet sein. *Ha, jetzt hab ich's.* Sie lächelte zufrieden.

Penny, die an der Verkabelung eines Monitors gearbeitet hatte, war anscheinend auch gerade fertig. »Wir können es jetzt probieren.«

Maureen aktivierte das Pult, und tatsächlich meldete es sich und zeigte an, daß alle Systeme einwandfrei funktionierten. Sie lächelte ihre Tochter an und nickte zufrieden. Dann überflog sie die Anzeigen, als die Daten, auf die sie gewartet hatten, auf den Bildschirmen angezeigt wurden. »Das ist aber eigenartig ...« Maureen studierte das Infrarotbild der *Proteus.* Die seltsamen Schuppen, die sie auf der sonst glatten Metallhülle bemerkt hatten, schienen ungewöhnliche Eigenschaften zu besitzen. »Die Schuppen strahlen Wärme ab.«

Penny kam sofort zu ihr. Als sie die Anzeigen sah, runzelte sie die Stirn.

»Gib mir mal die Außenansicht«, sagte Maureen. Penny schaltete um, und ihre Mutter konnte nun die ganze *Proteus* und den größten Teil der *Jupiter Two* überblicken. Die silbernen Flächen auf der Hülle des Forschungsschiffs bewegten sich wie Schalentiere, die sich in einer unsichtbaren Brandung wiegten. *Sie lebten.*

Nacheinander erhoben sie sich auf dürren Krabbenbeinen. *Nein, das waren nicht die Beine von Krabben. Eher wie Spinnen. Gepanzerte Spinnen.* Maureen sah entsetzt zu, wie die fremden Wesen über die Hülle der *Proteus* huschten.

Dann verschwanden sie nacheinander. Sie erkannte jetzt, daß die scheinbar makellose Außenhülle des Schiffs von Löchern übersät war, die jeweils mit einer

Art lebendiger Membran verschlossen waren. Die Spinnenwesen drangen ins Innere des Schiffs ein. »John«, keuchte sie, »macht, daß ihr da rauskommt.«

»Mom ...« Penny zupfte an ihrem Ärmel und deutete auf den Hauptbildschirm.

Was Maureen dort sah, verschlug ihr den Atem. Nicht alle der Spinnenwesen verschwanden im Innern der *Proteus.* Einige überwanden die Lücke zwischen den Schiffen mit einem Sprung und landeten auf der *Jupiter Two.*

Das Kreischen des Eidechsenaffen wurde immer lauter, als sich der erste Angreifer durch die Membran in der Decke drängte.

Don zog die Pistole, als ein halborganisches Ungeheuer durch die Folie kroch. Es fiel vor ihnen auf den Boden: eine lebendige Maschine auf dünnen Beinen, die in Klauen ausliefen. Vorspringende Okulare auf dem Teil, der wohl den Kopf darstellen sollte, wurden in seine Richtung gedreht. Unwillkürlich erinnerte Don sich an die 3D-Kameras. Augen ...

Mehr und mehr metallische Spinnen drangen durch die Decke. Das Biest, das direkt vor ihm saß, sprang ihn auf einmal an; in seiner Brust öffnete sich ein Maul mit rasiermesserscharfen Zähnen. Als wollte es unbedingt das erste sein ...

Don zielte und schoß, doch der Laserstrahl prallte ohne Schaden anzurichten vom Metallkörper ab. Immerhin wurde das Biest durch den Aufschlag von den Beinen gerissen. Es überschlug sich und rollte rückwärts den anderen Spinnen entgegen.

»Raus hier!« rief John. »Wir müssen sofort hier raus!«

Sie flohen den Gang hinunter zur Luftschleuse. Die

Spinnen strömten hinter ihnen in den Flur, sprangen zwischen den Wänden hin und her, als existierte die Schwerkraft nicht. Immer mehr Spinnen kamen aus der Decke herunter.

Will arbeitete auf der *Jupiter Two* hektisch mit der Tastatur, um den Roboter als letzte Verteidigung hinter das fliehende Team seines Vaters zu bringen. »Die Steuerung ist zu langsam!« Er wandte sich von der Tastatur ab. »Holografische Steuerung aktivieren«, befahl er. Im Zentrum des Raums erschien ein holografisches Abbild des Roboters. Er trat in das Bild hinein, und das Abbild synchronisierte sich mit seinen Bewegungen. Er drehte sich herum, wandte sich nach hinten und feuerte die simulierten Waffen ab.

An Bord der *Proteus* folgte der Roboter seinen Bewegungen. Er drehte sich auf den Laufketten herum und nahm die Spinnen, die ihnen dicht auf den Fersen waren, unter Beschuß. Die Laserstrahlen der Schweißgeräte waren wirkungsvoller als Dons Pistole. Die Spinnen zerplatzten, Fleischbrocken und Bauteile flogen durch die Gegend. Aber durch die Sensoren konnte Will erkennen, daß immer mehr Spinnen aus der Decke drangen, um die Gefallenen zu ersetzen.

Und er sah, wie ein paar von ihnen zurückblieben und neben verletzten Spinnen warteten, die hilflos am Boden lagen. Halfen sie sich gegenseitig, wie es Menschen getan hätten?

Doch wie er durch die Augen des Roboters sehen konnte, fielen die Spinnen über ihre verletzten Kameraden her und zerfetzten sie ganz und gar, um sie bei lebendigem Leib zu verschlingen.

Will stieß einen gequälten Schrei aus. Seine Mutter

und seine Schwester drehten sie zu ihm herum. »Die fressen ihre Verletzten auf.«

»Die fressen ihre Verletzten auf.«

War das der Roboter gewesen? Don blieb stehen und drehte sich um. Es war schwer, an dem großen Gehäuse des Roboters vorbei zu überschauen, was weiter hinten im Gang geschah.

»Kopf runter!« rief Judy plötzlich. Er sah wieder nach vorn. Sie zielte direkt auf ihn. Er sprang durch die Tür, als sie ihr Impulsgewehr abfeuerte. Sie traf den Feuermelder direkt neben der offenen Drucktür. Die Tür knallte knapp hinter dem Roboter zu und zerquetschte einige Spinnen, die ihm dicht auf den Fersen gewesen waren.

Don rappelte sich wieder auf. Die Notbeleuchtung tauchte den Gang in blutrotes Licht. Er sah, wie die anderen vor ihm langsamer wurden. Dann blieben sie stehen. Die Drucktür am anderen Ende des Ganges war zur gleichen Zeit heruntergefallen und schnitt sie von der Luftschleuse ab.

Sie saßen in der Falle.

Er lehnte sich keuchend an die Wand. Wie die anderen suchte er mit nervös herumirrenden Blicken nach einem Ausweg aus ihrem Gefängnis.

Die Spinnen fraßen ihre Verletzten. Bei lebendigem Leib. Er wußte jetzt, warum sie keine Spur von der Crew der *Proteus* entdeckt hatten. *War auch Jeb auf diese Weise ums Leben gekommen?*

»Wir müssen die Tür dort aufbrechen«, sagte Robinson. Er wandte sich zum anderen Ende des Ganges. Die anderen folgten ihm wortlos.

Don ging langsamer. Er wußte, daß es sinnlos war.

Blieb bloß die Frage, wann sie es bemerken würden. Niemand konnte eine Drucktür öffnen, wenn die Verriegelung aktiviert war. Aber die Spinnen konnten sich durch die Schiffswände fressen. Es war nur eine Frage der Zeit, bis sie in diesen Gang vordrangen. Er blieb mitten im Gang stehen, schloß die Augen und sah Jebs Gesicht vor sich.

Und dann wußte er, was er zu tun hatte.

Er hockte sich auf ein Knie und wandte sich wieder in die Richtung, aus der sie gekommen waren. »Ich trage Waffen, die Millionen kosten«, murmelte er, während er den Impulsverstärker auf den Lauf seiner Waffe setzte, »und ich würde alles weggeben für eine Dose Bier.« Er klappte die Stütze heraus, die das Zielen erleichterte.

Dann drückte er auf einen Knopf auf der Tastatur seiner Anzugsteuerung. Der Druckschild fuhr wie eine Kobra aus der Falte und legte sich vor sein Gesicht. Die Metallstreifen klappten wie ein Fächer auseinander, bis ein stabiler Schutzschild sein Gesicht abschirmte.

Kniend wartete er, die Augen auf die Drucktür gerichtet. Das Metall gab bereits nach.

Am anderen Ende des Ganges sah Judy ihrem Vater zu, der eine elektronische Debatte mit der Steuerung der Drucktür führte. Wenn irgend jemand die Tür überzeugen konnte, sie durchzulassen, dann war es ihr Vater.

Das fremde Wesen klammerte sich wie ein erschrecktes Kleinkind an ihren Hals und zupfte an ihrem Haar. Sie zuckte zusammen, löste die winzigen, klammernden Finger aus ihren Haaren und setzte das Wesen auf den Boden. Sie mußte sich beherrschen, um nicht ihre Wut an dem kleinen Tier auszulassen. Es war ja nicht seine

Schuld, daß sie die verdammte Tür mit einem unüberlegten Schuß blockiert hatte.

Als es hinter ihr laut krachte, drehte sie sich erschrokken um. Da war eine schwere Impulswaffe abgefeuert worden. Don West kniete im Schein der Notbeleuchtung mitten im Tunnel und feuerte in die Richtung, aus der sie gekommen waren. Und dann sah sie die Spinnen.

Das winzige außerirdische Tier, das vor ihren Füßen kauerte, rollte sich zu einer Kugel zusammen.

»Ich kann die Brandsicherung nicht abschalten«, sagte ihr Vater.

Judy wollte sich gerade umdrehen und ihrem Vater antworten, als der Roboter sich meldete. »Weg da.« Sie hob das kleine Wesen auf und zog die anderen mit sich, fort von der Tür.

Der Roboter schien Anlauf zu nehmen wie ein Weitspringer und hob die Arme. Die Ladung baute sich auf, zwischen den Polen knisterten Funkenbögen. Es war nicht der Roboter selbst gewesen, sondern ihr Bruder Will, der sie aus dem Weg haben wollte. Ihr Bruder, der den Roboter aus der *Jupiter Two* steuerte!

Jetzt stürmte die Maschine mit Höchstgeschwindigkeit los und feuerte im letzten Augenblick, bevor sie auf die massive Tür prallte, einen Energiestoß ab. Und tatsächlich, im Metall entstand ein qualmendes, zackiges Loch. Die anderen rannten sofort los, doch Judy drehte sich noch einmal um und rief zurück: »Don!«

Don drehte sich zu ihr um. Er hatte die Explosion gehört, und er sah das Loch in der hinteren Tür. Jemand schien ihm zu winken.

Dann drehte er sich wieder zurück und fuhr damit fort, die Spinnen zu erledigen.

Irgendwie war ihm sogar bewußt, daß die anderen geflohen waren, und irgendwie war ihm auch klar, daß er sie eigentlich begleiten sollte. Aber er konnte hier noch nicht weg.

Immer mehr Spinnen kamen heran. Sie hatten sich durch die Tür gefressen, und der Strom ihrer Körper riß nicht ab. Vor ihm türmten sich tote Spinnen auf, aber es waren zu wenige. *Er würde niemals genug von den Biestern erledigen können, und wenn er bis ans Ende der Zeit weiterschoß. Sie hatten seinen besten Freund umgebracht, und dafür mußte er sich rächen!«*

Er war allein. Die anderen waren fort, und auf einmal kamen keine Ungeheuer mehr durch die Tür.

In der plötzlichen Stille kam er schwankend auf die Beine. Er ließ die schmerzenden Arme sinken. Mit tauben Händen konnte er kaum noch die Waffe halten. Blauschwarzer Schleim rann ihm von Anzug und Helm. Er hob den Kopf und überblickte den verschmierten, stinkenden Gang. Knietief war der Boden von Eingeweiden und Trümmern der Spinnen bedeckt.

»So einfach kann das doch nicht gewesen sein«, murmelte er kopfschüttelnd. Er blickte den leeren Gang hinunter zur anderen Tür. Dort war der Ausgang, in diese Richtung mußte er jetzt.

Und dann drehte er sich ein letztes Mal um und sah, wie sich direkt hinter ihm der Boden wellte, wie er sich hob und wie die Trümmer der Spinnen links und rechts herunterrutschten – und dann fiel der Schatten eines Riesen auf sein geschütztes Gesicht. Wie versteinert stand er da und sah ungläubig an, was sich direkt vor ihm erhob: die Großmutter aller Spinnenmonster aus billigen Horrorfilmen.

»Oh, verdammt.« Don hob die Waffe und beförderte

auch dieses Biest in die Hölle, während er rückwärts taumelte.

Also gut, das wäre erledigt. Aber im Boden klaffte jetzt ein großes Loch, und aus dem Loch kamen unzählige halborganische Viecher hervor, die sich wie eine Flutwelle in seine Richtung bewegten. Ohne Unterbrechung strömten sie hervor und umgaben ihn, wollten ihn einkreisen und ihn rösten und ihm das Fleisch von den Knochen reißen …

Don sprang zurück, als sie auf ihn eindrangen, rollte sich über die Schulter ab und jagte unzählige weitere Wesen in die Luft, während er langsam zurückwich. Dann drehte er sich endgültig um und rannte den Gang hinunter. Endlich konnte er den Blutrausch abschütteln, der sein eigenes Überleben bedeutungslos gemacht hatte.

Einer einzigen, rasch strömenden Woge gleich, folgten ihm die Spinnen. Sie krochen über die Decke und den Boden und die Wände und holten rasch auf. *Mein Gott, sind die schnell – verdammt, warum hatte er sich nicht vorher ausgerechnet, wie lang der Gang war?*

Sie hatten ihn fast eingeholt, ihm blieben nur noch Sekunden, aber er hatte die Drucktür fast erreicht, beinahe …

Als er durch die Öffnung sprang, wollte ihn die erste Spinne schon mit einer Kralle greifen. Er wich aus und konnte mit knapper Not dem scharfen Fanghaken an der Spitze ausweichen. Doch er verlor das Gleichgewicht und stürzte.

Maureen rannte zur Sprechanlage, als sie ihren Mann rufen hörte. Sie sah ihn durch die Augen des Roboters. Er stand an der Luftschleuse und gab den Code ein, während die anderen nervös in der Nähe warteten. Wenn sie die Luftschleuse erreicht hatten, waren sie so gut wie in Sicherheit.

John blickte auf, schüttelte den Kopf, zuckte hilflos mit den Achseln. Die Luftschleuse reagierte nicht. »Maureen, kannst du mir die Codes überspielen?«

Sie fragte die CPU der *Proteus* ab und fand rasch den Grund für die Blockierung. »Da läuft ein Vakuumcheck. Ich schalte ihn ab. Versuch es jetzt noch einmal, John. John?« Er antwortete nicht. Der Bildschirm, auf dem sie ihn gerade noch gesehen hatte, war leer.

Don stürzte durch die zerstörte Drucktür in das letzte Gangstück vor der Luftschleuse. Er kam hart auf und keuchte, als ihm der Aufprall die Luft aus den Lungen drückte.

Sein Verfolger drang sofort wieder auf ihn ein, klappte das Maul auf, als er ihn hilflos am Boden liegen sah. Frischfleisch …

Aber plötzlich schob sich eine massive blaue Wand zwischen ihn und die Spinne. Der Roboter baute sich vor ihm auf und sperrte mit dem Rücken die Tür ab.

Metall klapperte gegen Metall, der Roboter bebte, als hätte er geschaudert wie ein Mensch, doch er wich nicht zur Seite, als die Spinnen auf der anderen Seite der Tür heranstürmten. Don hörte das Kreischen, als sich die Zähne, die ein Raumschiff aufreißen konnten, in den Rücken des Roboters gruben, als würde eine Dose Fisch geöffnet. Don mußte wieder auf die Beine kommen und sich von der Tür und den Angreifern entfernen, aber seine Knie waren weich wie Gummi.

Plötzlich spürte er Hände unter den Achseln, die ihm beim Aufstehen halfen. Er drehte sich um. Es war Judy, die ihn gestützt hatte, und in ihren Augen war Erleichterung zu sehen, und außerdem …

»Los jetzt!« rief Robinson. Die Lampen wechselten auf Grün, und die Schleusentür ging auf.

Don hatte keine Zeit mehr, etwas zu Judy zu sagen, aber er hätte sowieso nicht die richtigen Worte gefunden.

Judy ließ ihn los, und sie rannten den anderen hinterher.

14. Kapitel

Maureen und Penny saßen auf der Brücke der *Jupiter One* und versuchten, den Antrieb in Gang zu bringen. Hinter ihnen kämpfte Will mit virtuellen Monstern, wischte unsichtbare Spinnen vom Rücken seines Roboters und steuerte die Maschine im Kampf gegen die Angreifer. Der Roboter war beschädigt, und stellenweise begann bereits das holografische Bild zu flackern.

»Will«, rief sein Vater von der Luftschleuse der *Proteus,* »kannst du den Roboter hierher steuern?«

Spinnen saßen auf der Hülle, fraßen sich in den Körper des Roboters hinein, wollten das lebendige Fleisch erreichen, das er vor ihnen abschirmte. Will verzog das Gesicht, als bereiteten ihm die Wunden des Roboters körperliche Schmerzen. Er schüttelte den Kopf, obwohl niemand ihn sehen konnte. »Wenn ich ihn bewege, dringen die Spinnen ins Schiff ein!« Überall wimmelten jetzt Spinnen, sie drangen durch die Löcher im Körper des Roboters vor und versuchten hektisch, die Luftschleuse zu erreichen.

»Laß ihn zurück«, befahl sein Vater, und Will konnte sehen, daß es auch seinem Vater schwerfiel.

»Es tut mir leid«, flüsterte Will. Er schaltete die Steuerung ab.

Die erste Spinne tauchte hinter dem zerfallenden Körper des Roboters auf und stürmte sofort weiter zur Luftschleuse.

»Versiegeln! Jetzt!« rief Robinson, und Don knallte die Faust auf den Knopf. Die Tür schloß sich, als das erste Monster hindurch wollte, und im letzten Augenblick, bevor die Tür sich senkte und sie zerquetschte, fuhr die Spinne einen Fangarm aus, und die Klaue am Ende kratzte über Smiths Rücken.

Das außerirdische Wesen sprang mit einem erschrokkenen Schrei aus Judys Armen, landete auf Smiths Schulter und sprang sofort weiter in den rückwärtigen Teil der Luftschleuse. Die Tür schloß sich mit einem Knall, und der Fangarm der Spinne wurde abgetrennt. Mit einem Klatschen fiel er auf den Boden. Es wurde still.

Smith rieb sich den Rücken und starrte das zitternde kleine Wesen an, das sich wieder in Judys Arme gekuschelt hatte. »Das kleine Miststück hat mich gekratzt.«

Don drückte auf den entsprechenden Knopf seines Anzugs und fuhr Gesichtsschutz und Helm wieder ein. Sein Herz hämmerte wie eine Faust in seiner Brust, als er den Spinnenarm sah, der zuckend auf dem Boden lag. Langsam öffneten sich die Verschlüsse der inneren Schleusentür.

Wieder an Bord der *Jupiter Two,* drängte Don sich sofort an den anderen vorbei und nahm seinen Platz auf der Brücke ein. Er ließ sich auf den Pilotensitz – *seinen*

Sitz – fallen. Er war dankbar, daß sie es geschafft hatten. Dann sah er auf die Bildschirme. Er hatte keine Zeit, sich über ihre Rettung zu freuen. Unmengen von Spinnen tauchten aus der *Proteus* auf und schwebten zur *Jupiter* herüber.

Robinson saß schon auf dem Platz des Copiloten. »Start vorbereiten«, sagte er.

Will betrachtete das sich auflösende Hologramm des Roboters, als sein Vater und Major West ohne einen Blick zurück zum Steuerpult rannten. Stück um Stück löste sich sein Roboter auf.

Will trat aus dem Hologramm heraus, er konnte es nicht mehr ertragen. »Mach's gut, Roboter«, flüsterte er.

Penny kam zu ihm. Sie legte ihm den Arm um die Schultern. »Du hättest ihn nicht retten können, Junge«, murmelte sie. Sie umarmte ihn fest.

Will riß sich los, er hatte eine Idee. »Ihn retten?« sagte er. »Aber natürlich kann ich das!« Er rannte zu einem freien Pult und schob eine Mikrodisk in die Tastatur. Dann lud er die Speicher des Roboters herunter. Seine Finger tanzten hektisch auf der Tastatur. Der Monitor leuchtete auf und zeigte an, wie weit die Datenübertragung abgewickelt war. 75 %, 80 % – dann wurde der Schirm leer bis auf eine knappe Meldung: ÜBERTRAGUNG UNVOLLSTÄNDIG. Will ließ traurig den Kopf hängen. Penny seufzte, schüttelte den Kopf und wandte sich wieder ihrer Arbeit zu.

Als sie sich setzte, schoß etwas Kleines an Will vorbei und landete auf ihrer Stuhllehne, um mit einem zweiten Satz auf ihren Kopf zu springen. Dort verhedderte es sich, kämpfte sich frei und landete schließlich in ihrem Schoß.

»Bist du verrückt?« fauchte Penny. »Schau dir nur meine Haare an!« Als sie sich das Haar aus den Augen gewischt hatte, sah sie das außerirdische Tier in ihrem Schoß. Wellen liefen über die schuppige Haut, bis das Muster des Tiers genau ihrem Kleid entsprach. Sie lachte leise und erstaunt und streichelte es sachte.

Don löste den Andockring, und die *Jupiter Two* trieb langsam von der Flanke des Forschungsschiffs weg. Auf der Oberfläche der *Jupiter* hockten bereits zahlreiche Spinnen, und ein endloser Strom weiterer Ungeheuer kam aus der *Proteus* heraus. Der Anblick drehte ihm den Magen um. »Das ist aber ein lustiger Picknickausflug«, murmelte er. »Zuerst schuppenhäutige Außerirdische, jetzt diese Riesenspinnen.« Der verängstigte Eidechsenaffe schmiegte sich an Pennys Brust.

»Schon gut, es wird alles wieder gut.« Doch man konnte ihrer Stimme anmerken, daß sie ihrer Sache selbst nicht ganz sicher war.

»Wir haben die Verbindung gekappt«, meldete Don. »Festhalten.« Er gab Schub auf die Düsen der *Jupiter*, und mit einem Satz entfernten sie sich ein gutes Stück von der *Proteus*. Die Spinnen liefen hektisch auf der Außenhülle der *Proteus* herum, als die Lücke zwischen den Schiffen größer wurde.

Don grinste zufrieden, als er ihre Enttäuschung sah. »Da dreht ihr durch, was?«

»Erinnern Sie sich an die Alpträume Ihrer Kindheit, Major«, sagte Smith. »Monster lassen sich nicht so leicht abschütteln.«

Don betrachtete seine verschmierte Uniform. Er drehte sich zu Smith herum. »Warum gehen Sie nicht raus und reden mit Ihren Verwandten?«

Smith grinste hämisch. »Ich glaube, sie kommen gleich rein.« Er nickte in Richtung der Bildschirme.

Don drehte sich wieder zurück. Unmengen von Spinnen rannten auf der Außenhülle der *Proteus* hin und her, und die ersten stießen sich bereits ab, um mit eingezogenen Beinen durch den Weltraum zu fliegen und die *Jupiter* doch noch zu erreichen. Wie silberne Scheiben schwärmten sie heran.

»Ich mache die Torpedos scharf«, sagte Don, während er die entsprechenden Befehle eintippte. »Und ab.«

Eine Serie von Raketen fuhr zwischen die Phalanx der Spinnen. Mit angehaltenem Atem sah Don zu und wartete auf die große Explosion.

Doch die Torpedos flackerten nur kurz auf und erloschen wie zerschmolzene Geburtstagskerzen. Nutzlos trieben sie durch das Meer von Spinnen und verschwanden hinter ihnen, ohne auch nur eine einzige zu zerstören.

»Der Roboter muß die Zünder beschädigt haben«, sagte John. »Sie explodieren nicht.«

Don wandte sich wieder den Bildschirmen zu. Er geriet beinahe in Panik, als er sah, wie die Armee der Spinnen auf das Schiff eindrang. Einige hatten zuviel Schwung und verfehlten es, aber andere erreichten es, fuhren die Gliedmaßen wieder aus und begannen, sich in die Hülle zu fressen.

Und dann schossen diejenigen, die bereits auf dem Schiff saßen, Netze in den Weltraum und holten ihre hilflos treibenden Kollegen ein.

Maureen kam, das abgetrennte Glied in einer Zange haltend, auf die Brücke. Sie brachte es zur Konsole, die die Lebenserhaltungssysteme steuerte.

»Ungefähr so ein Gesicht hast du auch gemacht, als

meine Mutter angekündigt hat, sie würde uns besuchen«, sagte John.

Sie sah ihn empört an. »Die ersten DNA-Werte kommen gerade rein«, sagte sie.

Der Computer berechnete das Aussehen des kompletten Körperteils und projizierte das Ergebnis auf einen Bildschirm.

»Silikonstoffwechsel«, sagte Maureen. »Hülle aus Adamantium, kein Atmungssystem. Sie können im freien Raum überleben. Winziges Gehirn, was darauf schließen läßt, daß sie eine kollektive Intelligenz besitzen. Wie Bienen.«

Oder wie eine Ameisenarmee. Nichts konnte sie aufhalten, nicht einmal das Vakuum. Don sagte: »Professor, wenn Sie mit der Biologievorlesung fertig sind, könnte ich etwas Hilfe gebrauchen.«

Maureen warf ihm einen raschen Blick zu. »Wenn Sie nichts finden, was den Feind verletzt«, sagte sie ruhig, »dann finden Sie etwas, das er liebt.« Sie quittierte die Anzeigen, die sie auf ihrem Pult sah, mit einem Nicken. »Womöglich werden sie von Wärme und Licht angezogen.«

Wärme und Licht. Deshalb folgten sie der *Jupiter* in den Weltraum. Deshalb griffen sie lebendes Fleisch an.

Er drehte sich wieder zu seinen Kontrollen herum und tippte Befehle ein. Die *Jupiter* war nicht das einzige Schiff, das über einen Antrieb verfügte. Der Bordcomputer war noch mit dem der *Proteus* verbunden. Wenn er etwas Glück hatte …

Er konnte seinen Bildschirmen entnehmen, daß die *Proteus* reagierte. Die Maschinen liefen hoch, die Düsen schimmerten rot, als die Maschinen vorgewärmt wurden. »Die Fernsteuerung funktioniert«, sagte er. »Ich lasse sie mal ein bißchen fliegen.«

»Warnung«, sagte der Computer. »Außenhülle beschädigt.«

Er blickte auf. Die Bildschirme zeigten Spinnen, die eifrig ihre Außenhülle verspeisten.

Der Antrieb der *Proteus* zündete, und ein paar Spinnen lösten sich von der *Jupiter* und sprangen zur *Proteus* zurück. Die meisten blieben jedoch, wo sie waren.

»Dann wollen wir ihnen mal etwas einheizen.« Er lenkte die *Jupiter* zur *Proteus* zurück, um unmittelbar hinter den Schubdüsen des anderen Schiffs vorbeizufliegen.

»Warnung«, sagte der Computer. »Innere Hülle in zwanzig Sekunden zerstört.«

Don blickte nervös zu Robinson. »Haben Sie das auch erfunden?«

»Äh, ja. Im Grunde schon«, sagte Robinson.

»Könnten Sie das vielleicht abstellen?« Don drehte sich wieder zu seinen Kontrollen herum und wischte sich den Schweiß von der Stirn.

Er fuhr direkt durch den Rückstoßstrahl der *Proteus* und war erleichtert, als die Spinnen die *Jupiter* in hellen Scharen verließen. Sie sprangen zur *Proteus* hinüber und ließen sich auf den heißen Antriebsdüsen nieder. Er sah auf die Anzeigen. *Alle weg. Ich habe sie erwischt.*

Jetzt waren sie da, wo er sie haben wollte. Don gab weitere Instruktionen an die CPU des anderen Schiffs.

»Was machen Sie da?« fragte Robinson, der irgendwann den Anschluß verloren hatte. »Welche Befehle geben Sie der *Proteus?*«

»Eine feindliche Festung muß man zerstören, wenn man die Gelegenheit dazu bekommt«, sagte Don. »Eine der ersten und wichtigsten Regeln Ihres Vaters für die Kampfführung.« Er drückte auf einen Knopf. Auf den Bildschirmen, die ihm den Zustand der *Proteus* übermittelten, begann etwas zu blinken: FUSIONSANTRIEB ÜBERHITZT. Er schenkte sich eine weitere Erklärung.

»Major hören Sie auf ...« sagte Robinson. Seine Stimme klang wütend.

Don hörte nicht auf ihn, sondern gab weitere Befehle ein. *Jeb, von diesem Schwarm von Ungeheuern verschlungen und in Stücke gerissen ... Kiefer, die nach ihm schnappten ...* Die Bilder gingen ihm wie stumme Schreie im Kopf herum.

Die Spinnen mußten sterben. Er mußte sie töten, keine einzige durfte entkommen. Das war seine Pflicht. Er mußte dafür sorgen, daß sie nie wieder einem anderen unschuldigen Wesen das antun konnten, was sie Jeb angetan hatten. Was sie beinahe auch ihm angetan hätten.

»Das ist ein Befehl!« Robinsons Hand legte sich wie ein Schraubstock um Dons Arm, aber der Pilot schüttelte sie einfach ab. »Möglicherweise müssen wir aus dem anderen Schiff die Dinge bergen, die wir ...«

Don drückte auf einen Knopf. Das Wort ÜBERLASTUNG war auf einem seiner Bildschirme zu sehen. »Ich hasse Spinnen«, sagte er.

Die Düsen der *Jupiter* sprangen an und brachten sie außer Reichweite der *Proteus*, während die Maschinen des Forschungsschiffs hochgefahren wurden. Don drehte auf und versuchte, so viel Platz wie möglich zwischen sich und die *Proteus* zu bringen. Bald wurde die *Proteus* auf den Bildschirmen kleiner, und dann begann der Rumpf zu glühen, als sich die Energie des überlasteten Atomantriebs im ganzen Schiff ausbreitete.

Das Schiff strahlte Plasma ab wie eine kranke Sonne.

Heiße Gase wehten in Spiralen in den Weltraum davon. Don wandte den Blick keine Sekunde von den Bildschirmen, er sah nichts anderes mehr und bemerkte nicht einmal, wie sich sein Gesicht in grimmiger Zufriedenheit verzerrte.

Die *Proteus* explodierte wie eine Nova in lautloser Pracht. Er stellte sich vor, wie unzählige Spinnen in ihrem Innern im Plasma zerschmolzen.

Don blinzelte, als ihm der Blick verschwamm. Dann kehrte er allmählich in die Gegenwart zurück, auf die Brücke der *Jupiter.* Die *Proteus* war verschwunden. Er blickte zu den Monitoren hoch und erwartete, daß sie leer wären bis auf die Schwärze des Weltraums und die Sterne.

Doch er sah eine glühende Kugel überhitzten Plasmas, die sich nach der Explosion rasch ausdehnte. Nicht mehr lange, und sie selbst würden von ihr erreicht werden. Er sah auf seine Instrumente. »Das Ding kommt ziemlich schnell näher, was?«

Robinson starrte ihn an, als hätte er den Verstand verloren. Dann drehte er sich wütend um und rief: »Beschleunigungsgurte anlegen. Sofort!«

Die Schockwelle traf die *Jupiter Two,* als hätte eine Fliegenklatsche eine Fliege erwischt. Das Schiff wurde steuerlos auf den namenlosen Planeten hinuntergedrückt.

Don konnte hinterher nicht mehr sagen, wie lange es dauerte, bis er die Benommenheit abschütteln und sich darum kümmern konnte, ihren Sturz hinab zur Oberfläche des Planeten abzufangen. Die *Jupiter* versuchte tapfer, seine Kommandos auszuführen, aber er wußte, daß sie keine Chance mehr hatten. Der Explosionsdruck hatte sie ins Schwerefeld des Planeten gedrückt. Die *Jupiter*

Two war nicht dazu gebaut, in eine Atmosphäre einzudringen, sie war nicht aerodynamisch konstruiert. Sie flog wie ein Stein.

Das Schiff würde nie wieder ins Vakuum zurückkehren. Der Campingausflug würde vorbei sein, wenn sie auf den Boden schlugen. Er konnte jetzt nur noch darüber entscheiden, ob sie alle zusammen an der gleichen Stelle zerschmettert würden, oder ob sie sich schon vorher in der Atmosphäre verteilen sollten.

Die *Jupiter* stürzte durch die Wolkendecke, ein Gewitter nahm ihnen die Sicht.

»Ziehen Sie hoch, ziehen Sie doch hoch«, brüllte Robinson ihm ins Ohr. Der blinde Haß auf die Spinnen, die seinen Freund zerfetzt hatten, verflog, und Don erinnerte sich daran, daß er nicht allein war. Es gab Menschen, für die er als Pilot verantwortlich war.

»Oh, wirklich? Was Sie nicht sagen. Danke für den Rat.« Er sah Robinson etwas verlegen an.

Dann blickte er wieder nach vorn, und was er sah, ließ ihn halblaut fluchen. Die Wolken teilten sich, und vor ihnen lag ein Gebirgszug wie ein glitzerndes Sägeblatt. Die Gipfel waren dem Himmel erheblich näher als sie selbst.

Er legte die *Jupiter* schräg und flog eine Kurve. Das Schiff reagierte quälend träge. Es kam ihm vor, als manövrierten sie in Zeitlupe. Mit knapper Not konnte er das Schiff zwischen zwei steinernen Zinnen hindurchlenken, dann flogen sie über einem Gletscher entlang.

»Vor uns ist eine freie Stelle«, sagte er heiser. »Haltet euch fest, es wird eine holprige Landung.«

Die *Jupiter Two* fegte über etwas hinweg, das aussah wie ein verschneiter Wald. Die höchsten Bäume strichen unter dem Bauch des Schiffs entlang und gingen hinter ihnen, vom Strahl der Düsen erfaßt, in Flammen auf. Die *Jupiter* verlor bereits Teile ihrer Außenhaut.

Höchstens noch in fünfzig Meter Höhe fliegend, erreichten sie die freie Fläche hinter dem Wald, die er zuvor auf seinen Schirmen gesehen hatte. Es war ein riesiger, mit Wasser gefüllter Meteorkrater.

Nein, das hatte er sich anders vorgestellt. Aber es war die einzige Landemöglichkeit, die es hier überhaupt für ihn gab. Er mußte es irgendwie schaffen ... Er stellte einige Kontrollen nach und hielt sich am Armaturenbrett fest. Beinahe hätte er trotzig und wild geschrien, als er die Wasserfläche auf sich zurasen sah.

Die *Jupiter Two* prallte auf das Wasser und sprang wieder ab, einmal, zweimal, dreimal, doch sie wurde kaum langsamer. »Festhalten!« rief Don, und er befolgte seinen eigenen Rat, als das Schiff das gegenüberliegende Ufer erreichte, zwischen schneebedeckten Felsblökken und Pflanzen hindurchrutschte und schließlich knirschend zum Stehen kam, eingeklemmt zwischen den Felsen unter der Kraterwand.

Es war schon dunkel, als John die Augen wieder öffnete. Im trüben Schein der Notbeleuchtung konnte er sehen, daß die automatischen Löschsysteme arbeiteten und die Brandherde mit gezielten Schaumstößen eindeckten. *Wenigstens funktionieren sie jetzt,* dachte er.

Er hob die Hand an den Kopf, brauchte einen Augenblick, um sich zu orientieren. Alles, was sie mit ihrer Mission hatten erreichen wollen, ihre Zukunft – alles war jetzt dahin. Sie hatten in weniger als einem Tag unglaubliche Dinge gesehen und überlebt. Er mochte kaum glauben, daß er wirklich noch am Leben war.

Er drückte sich hoch, sein Blick wanderte durch den

Raum, er mußte sich vergewissern, wie es seiner Familie ging. *Mein Gott,* dachte er. *Als ob uns nicht schon genug passiert wäre.* Einen Augenblick lang drohte ihn die Verzweiflung zu übermannen.

Aber nein, er durfte sich nicht unterkriegen lassen. Er war für alles verantwortlich, was geschehen war. Er mußte stark sein, er mußte seine Schwäche und seine Angst überwinden. Seine Familie verließ sich auf ihn.

Und nicht nur seine Familie. Die ganze Mission, das Überleben der Menschheit, alles hing von ihm ab.

Er mußte sich beherrschen. Sein Vater würde es von ihm erwarten.

Don West richtete sich gerade auf und rieb sich das Gesicht. Auch die anderen regten sich jetzt. »Statusmeldungen«, rief er. Er hoffte, das Notfalltraining, das sie gemeinsam absolviert hatten, könnte ihm selbst und seinen Angehörigen etwas Stabilität geben.

Maureen rieb sich den Nacken, richtete sich auf und meldete sich. »Lebenserhaltung, ich atme noch«, sagte sie trocken.

»Medizin«, sagte Judy. »Ich bin da.«

»Ich auch«, rief Will. »Robotik, meine ich.«

»Videoübertragung, alles klar.« Penny war anscheinend unverletzt, und das kleine fremde Tier auf ihrem Schoß gab ein zustimmendes Quaken von sich.

»Ich lebe auch noch«, sagte Smith. John hatte ihn nicht gemeint, er hatte ihn demonstrativ nicht einbeziehen wollen. »Obwohl Major West nicht gerade ein Meisterpilot ist«, fügte Smith hinzu.

»Dann wollen wir mal sehen ...« erwiderte dieser. John ignorierte sie beide und drehte sich wieder zu seiner Konsole herum. Er wußte genau, wie sein Vater mit jemandem umgesprungen wäre, der sich so aufsässig verhielt wie West. Er biß ohnmächtig die Zähne zusammen.

West drückte auf einen Knopf, um die Sichtscheibe des Schiffs vom Eis zu befreien, so daß sie sich in ihrer neuen Heimat umsehen konnten.

»O meine Liebste«, sagte Smith beißend, »ach wärst du doch jetzt hier bei mir.«

Vor ihnen erstreckten sich der schneebedeckte Boden des Kraters und der See, der sich im Krater gesammelt hatte. Sie folgten mit Blicken dem dreißig Meter hohen Kraterrand bis zu einem Punkt am Horizont, wo gerade die beiden Sonnen untergingen.

Eine neue Welt, eine neue Heimat. Aber nicht die, die sie hatten ansteuern wollen.

John wandte den Blick ab. Er konnte die Schönheit des Anblicks nicht genießen, er konnte sich nicht darüber freuen, überlebt zu haben. Er wandte sich wieder an West.

Der Pilot starrte unverwandt in den Sonnenuntergang. John fragte sich, was der Mann jetzt dachte und ob er überhaupt eine Vorstellung hatte, in welche Lage er sie mit seinem unbedachten Handeln gebracht hatte.

Und wenn er es nicht weiß, dann wird er es bald herausfinden.

16. Kapitel

»Sie haben meine Befehle mißachtet ...«

Don sprang von dem Felsblock herunter, auf dem er gesessen hatte. Er ließ Robinson einfach stehen und ging davon. Über ihnen waren im mondlosen Himmel völlig fremdartige Sternbilder zu sehen. Der Schnee der fremden Welt knirschte unter Dons Stiefeln, als er zum Wrack der *Jupiter Two* marschierte, die wie ein gestrandeter Wal vor der Kraterwand lag.

Aus der Ferne sah der große Rumpf der *Jupiter* seltsam klein und verletzlich aus. Eine winzige, Leben bergende Hülle, die sich gegen die leblose Dunkelheit des Universums behaupten mußte. Don stieß die tauben Hände tiefer in die Taschen seines Parkas.

Er mußte sich bücken, um durch die offene Einstiegluke ins Innere zu klettern. Dann wandte er sich in Richtung der technischen Abteilung. Robinsons schnelle Schritte kamen rasch näher. Er wußte, daß er die unausweichliche Konfrontation nur unwesentlich aufgeschoben hatte.

Seine Schritte hallten laut, als er den großen Maschinenraum betrat. Er wurde langsamer und blieb vor dem Hauptantrieb stehen. Der Treibstofftank war freigelegt, die Anzeige stand auf halb.

John trat neben ihn. Schweigend starrten sie die Anzeigen an. Don wußte, daß John bei diesem Anblick das gleiche denken mußte wie er. Und es waren keine angenehmen Gedanken.

»Ungefähr die Hälfte des Treibstoffs ist verbraucht«, sagte Don schließlich. Er bemühte sich, ruhig und sachlich zu sprechen. »Wir haben nicht mehr genug Schub, um in eine Umlaufbahn zu kommen.«

»Ich habe Ihnen den Befehl gegeben, die Reaktoren des Forschungsschiffs nicht zu überladen«, sagte Robinson. Er wollte sich nicht länger ignorieren lassen und trat dicht vor den Piloten.

Don schlenderte langsam weiter, wich ihm aus. »Die Klimakontrolle funktioniert fast nicht mehr.« Er deutete auf die entsprechenden Anzeigen. »Es wird heute nacht kalt werden.« Wieder ging er weiter und deutete zu den Beibooten. »Pod und Chariot sind Schrott.« Er zuckte mit den Achseln, wich Johns Blicken aus, als er sich wieder zum Eingang bewegte.

Robinson holte ihn ein, hielt ihn fest und riß ihn zu sich herum. »Lassen Sie mich nicht einfach stehen, wenn ich mit Ihnen rede.« Plötzlich war in Johns Augen noch etwas anderes zu sehen. Ein Mann, der niemals nachgab und der nichts und niemanden fürchtete.

Was glaubt der eigentlich, wer er ist? Mein Vater? Don löste sich aus Robinsons Griff. Er wich zurück und schüttelte sich. »Nun hören Sie doch auf, Professor«, sagte er. Etwas von oben herab musterte er den älteren Mann. Zu diesem Spiel gehörten zwei, und seit seinem fünfzehnten Lebensjahr beherrschte er es meisterhaft. »Genaugenommen hatte ich sogar selbst das Kommando.«

»Kommen Sie mir nicht damit!« fauchte Robinson. »Ich bin der Kommandant dieser Mission.«

Don grinste. »Hören Sie, ich will Ihnen ja nicht zu nahe treten, aber Sie sind ein Theoretiker, dem man einen Ehrentitel gegeben hat. Es war nicht die Rede davon, daß Sie Kampfeinsätze befehligen sollten.«

Robinsons Gesicht lief rot an, und Don wußte, daß er einen Treffer gelandet hatte. »O sicher. Sie haben das brillant hinbekommen, die Bruchlandung auf diesem Planeten.«

»Die Spinnen waren eine latente Bedrohung.« Dons Stimme überschlug sich fast. Auf einmal sah er wieder Jebs Gesicht vor sich. *Jeb, der dreißig Jahre gealtert war. Jebs Gesicht, aufgerissen und blutend … Jeb war gekommen, um ihn zu retten, und Jeb war gestorben. Jeb war ihm fast wie*

ein Bruder gewesen, und er hatte es ihnen heimzahlen wollen.
»Ich mußte eine Entscheidung treffen«, sagte er, und seine Stimme war kalt, obwohl seine Augen brannten. »Und wenn ich noch einmal in der gleichen Situation wäre, dann würde ich es wieder tun. Mann, ausgerechnet Sie müßten das doch sehr gut verstehen, mit einem Vater, der ein Kriegsheld war und einer Familie, die Sie lieben. Wenn Ihr Vater hier wäre …«

»Mein Vater ist tot«, sagte Robinson tonlos. »Er wurde bei einem jener Kampfeinsätze, die Sie so sehr zu lieben scheinen, getötet. Meine Familie ist hier auf dem Schiff, und Sie werden meine Befehle befolgen, ob Sie damit einverstanden sind oder nicht. Ist das klar, Major?«

»Ersparen Sie sich die Vorträge«, erwiderte Don. »Ich mag Sie zwar …« Er war selbst überrascht, als er es sagte. Aber es war die Wahrheit: Er mochte sie alle. »Aber ich werde tun, was ich für richtig halte, um den Erfolg der Mission sicherzustellen. Mit oder ohne Ihre Hilfe. Ist das klar, Professor?« Er ballte die Hände zu Fäusten, trat einen Schritt vor. Robinsons Gesicht spannte sich.

Maureen Robinson, gerade zur Tür hereingekommen, sagte: »Störe ich euch?«

Männer. Maureen schüttelte den Kopf, als die beiden erschrocken zu ihr herumfuhren. Sie waren einander sehr ähnlich, wie sie da dicht voreinander standen. Sie hätten sich fast küssen können, aber sie sahen nicht so aus, als hätten sie Lust dazu. Maureen hatte die Hälfte der ›Diskussion‹ mitgehört. Noch einen Augenblick später, und sie hätte die beiden mit einem Wasserschlauch abspritzen können, ohne daß sie es überhaupt bemerkt hätten.

»Also wirklich«, sagte sie lächelnd, obwohl ihr überhaupt nicht nach Lächeln zumute war. »Vielleicht solltet ihr es wirklich auskämpfen.« Mit einer kleinen Handbewegung forderte sie die Männer auf. »Ich meine, wir sind gerade auf einer fremden Welt gestrandet, und euch fällt nichts Besseres ein, als einen Wettkampf im Weitpinkeln abzuhalten. Also bitte, wenn ihr unbedingt wollt.«

Sie lehnte sich an den Türrahmen und beobachtete die Männer, die am liebsten im Erdboden versunken wären.

Und dann verschwand ihr Lächeln, und sie sagte: »Dann kann ich nämlich Judy herholen und euch beide für untauglich erklären, und dann werde ich die Leitung der Mission übernehmen.« Sie sah die beiden an. »Und jetzt will ich nichts mehr von euch hören. Ist das klar?«

»Maureen ...« begann John.

»Aber ...« sagte Don.

»Kein Wort mehr.« Sie stemmte die Hände in die Hüften.

Die Männer verstummten.

»So, das gefällt mir schon besser.« Sie nickte. »Nachdem ihr jetzt euer Testosteron versprüht habt, würde ich vorschlagen, daß ihr mich begleitet. Es kann sein, daß ich eine Möglichkeit gefunden habe, von diesem Planeten wieder wegzukommen.«

Sie drehte sich um und verschwand im Gang, und die beiden Männer starrten einander betroffen an. Im Gehen hörte sie noch, daß Don etwas wie »O Mann« schnaufte, worauf ihr Gatte mit »Uff« antwortete.

Dann folgten sie ihr.

Will saß zufrieden lächelnd vor dem Steuerpult im Roboterhangar. Vor ihm in der Luft erschien gerade ein holografischer Baseball. Sachte bugsierte er das rotierende Bild zum Hauptmonitor, wo es vom Computer aufgenommen wurde. Er warf einen kurzen Blick zur Statusleiste der Robotpersönlichkeit. Wieder stieg der Balken ein Stückchen höher. Noch eine Weile, und die Anzeige war wieder bei 100 %.

Es knackte in seinem Kopfhörer.

»Kannst du mich hören?« fragte er begeistert. »Robot?« Er stellte ein paar Regler nach und versuchte eine andere Frequenz, und dann auf einmal …

»Systemfehler«, meldete die synthetische Stimme des Roboters. »Robot nicht fähig, motorische Steuerung zu aktivieren. Nicht möglich.«

»Immer mit der Ruhe«, sagte Will. Er mußte sich zwingen, ganz ruhig zu bleiben. »Dein Körper wurde beim Angriff der Weltraumspinnen zerstört, weißt du noch?«

Nach einer kleinen Pause erwiderte der Roboter: »Bestätigt.«

»Aber ich habe deine Software gerettet«, erklärte Will.

»Warnung!« blökte der Roboter. »Penny, gib mir das zurück! Meine Schaltkreise sind unausgeglichen. Mom!«

Will gab hektisch einige Kommandos ein, bevor die Stimme des Roboters endgültig überschnappte. »Ich hatte nicht genug Zeit, den Download abzuschließen …«, rief er.

»Ich will noch Nachtisch!« klagte der Roboter. »Frage: Will Robinson, was passiert mit mir?«

»… und deshalb mußte ich dich mit einer anderen

Persönlichkeit auffüllen. Ich habe dir ein Stück von meinem Bewußtsein überspielt.«

»Ah«, machte der Roboter zufrieden. »Das erklärt dieses warme, verschwommene Gefühl, wenn ich an Baseball denke. Und SCHLAG!« brüllte er begeistert. »He, das war AUS!«

Will grinste. »Warte, ich habe noch mehr für dich.« Er zauberte eine holografische Eiswaffel in die Luft und musterte sie kritisch. »Streusel drauf«, befahl er, und sofort legten sich Schokoladenkrümel über die grüne Kugel. »Nein«, sagte er kritisch. »Bunter Streusel.« Die Körnchen wurden bunt. Er lächelte fröhlich, als er den Roboter mit der virtuellen Eiswaffel fütterte.

»Hmm!« machte der Roboter erfreut. »Pistazie. Ausgezeichnet.« Will nickte, sein Grinsen wurde breiter. Seines Wissens war er früher immer der einzige Junge gewesen, der Pistazieneis mochte. Jetzt hatte er einen Freund, der seine Vorliebe teilte.

»Aber …« Der Roboter brach ab.

»Was denn?« fragte Will begierig.

»Robot hat versucht, die Robinsons zu vernichten«, sagte er. Obwohl es eine künstlich erzeugte Stimme war, schienen echte Verwirrung und Trauer durchzuklingen. »Warum hat Will Robinson Robots Persönlichkeit gerettet?«

Will starrte verblüfft das Pult an. Schließlich sagte er: »Ich glaube, Freundschaft bedeutet manchmal, daß man auf das Herz und nicht auf den Kopf hören muß.« Er stand auf und nahm den kaputten Kugelgleichrichter in die Hand, den Penny mit ihm zusammen ausgewechselt hatte. »Ich werde dir einen neuen Körper bauen«, sagte er. Das Grinsen war wieder da. »Mom sagt ja auch immer, ich müßte mir ein paar neue Freunde suchen.« *Und jetzt,* dachte er, *werde ich mir sogar einen bauen, der meine Witze versteht.*

Maureen stand, von John und Don West flankiert, vor dem Steuerpult der Lebenserhaltungssysteme. Die beiden Männer hörten artig zu, während sie ihre Idee erklärte.

Sie waren ihr hier herauf gefolgt, ohne ein weiteres Wort zu sprechen, und hatten sich wie zwei störrische Schuljungen gesetzt, als Maureen sie aufgeklärt hatte, daß die beiden sich aussprechen und ihren Streit beilegen sollten, bevor Maureen bereit wäre zu erläutern, was sie herausgefunden hatte.

Sie kannte Don West so gut wie gar nicht, und sie war keine Psychologin, aber sie war alt genug, um seine Mutter zu sein, und sie hatte drei Kinder großgezogen. Sie war mit einem Mann verheiratet, der nur wenige Worte machte, und sie hatte einen Blick dafür, wenn jemand verletzt war und Angst hatte, es zuzugeben.

Außerdem war sie sicher, daß das Raumfahrtkontrollzentrum ihnen keinen Piloten zugewiesen hätte, der beinahe ein Wunder wirken konnte, um sie vor dem sicheren Tod zu retten, nur um sie im nächsten Augenblick durch ein tollkühnes Manöver doch noch umzubringen.

Ein freundliches Wort hier und etwas aufrichtige Anteilnahme dort waren genug, damit er, zögernd zuerst, zu reden begann. Er sah die ganze Zeit nur sie an und würdigte John keines Blickes, während er berichtete, daß er das Hologramm seines besten Freundes gesehen hatte. Das Hologramm seines *einzigen* Freundes, der als Kapitän das Forschungsschiff geführt hatte, das zu ihrer Rettung ausgesandt worden war – und daß sein Freund um dreißig Jahre gealtert war.

Er erzählte ihr von den Spinnen: Wie er gesehen hatte, daß sie ihre eigenen Verwundeten angriffen und bei lebendigem Leibe auffraßen … was sie mit der Crew der *Proteus* gemacht hatten und was sie beinahe auch mit ihm getan hätten.

Er starrte seine Hände an und mied ihren Blick, als er endlich zugab, warum er die *Proteus* zur Explosion gebracht hatte.

Sie legte ihre Hand sanft auf seine Hände, die er aufs Pult gelegt und vor Anspannung verflochten hatte. Seine Haut war eiskalt.

Dann blickte sie wieder zu John, der, benommen schweigend, nur den Kopf schütteln konnte.

Schließlich stand John auf und trat neben sie. Er legte West einen Moment lang tröstend eine Hand auf die Schulter, dann nahm er seine Frau in den Arm und küßte sie aufs Haar.

West schaute heftig zwinkernd zu ihnen auf, und einen Augenblick lang wurden seine Augen feucht. Sie sah den Schmerz und die Trauer um den Freund, seine Verwirrung, und auch seine Erleichterung, nachdem er sich ausgesprochen hatte – und dann blinzelte er noch einmal, und der Ausdruck verschwand.

Don West schüttelte den Kopf, und sein Gesicht war wieder die übliche Maske des harten Mannes.

Aber immerhin, der Streit war beigelegt, und sie konnten sich an die Arbeit machen.

»Wir wissen, daß die Atmosphäre hier für Menschen atembar ist.« Maureen nickte in Richtung ihrer Datenschirme und fragte sich, ob sie einfach nur unglaubliches Glück gehabt hatten, oder ob dies ein Beweis für die Hypothese war, daß es eine große Zahl bewohnbarer Planeten in der Galaxis gab. »Ich habe fünf Meilen westlich von hier eine radioaktive Strahlungsquelle mit einer Intensität von 500 rad ausgemacht.«

»Das wäre mehr als genug, um den Treibstoffvorrat wieder aufzufüllen«, sagte John begeistert. Er blickte durch die Sichtluke in die Nacht hinaus. »Wir brechen im Morgengrauen auf, das ist sicherer.« Und mit einem Lächeln wandte er sich an West und fügte hinzu: »Das ist ein Befehl, Major.«

West grinste ihn breit an und gab zurück: »Ich akzeptiere Ihren Vorschlag, Professor.«

Maureen verschränkte die Arme vor der Brust und strahlte die beiden Männer an. »So ein Waffenstillstand ist doch was Wunderbares.«

In der Krankenstation war Judy unterdessen damit beschäftigt, den kleinen Außerirdischen zu untersuchen. Penny streichelte dem Wesen den Rücken, damit es ruhigblieb. Die gesprenkelte Drachenhaut fühlte sich warm an, überhaupt nicht rauh und kalt. Das Baby quakte zufrieden.

»Wie lautet die Diagnose, Doc?« fragte Penny. Sie versuchte, sich unbefangen zu geben, als wäre es bei ihr und dem kleinen Wesen nicht Liebe auf den ersten Blick gewesen. »Ist das die Krone der Schöpfung oder nur ein Männchen?«

»Im Augenblick ist es ein Mädchen«, erklärte Judy. »Aber ich glaube, deine kleine Freundin kann sich aus sich selbst heraus fortpflanzen. Ich nehme an, daß diese Wesen, ähnlich wie manche Tiere auf der Erde, in verschiedenen Entwicklungsstadien ein unterschiedliches Geschlecht haben.«

Penny hob belustigt die Augenbrauen. »Wenn man sich vorstellt, was man da an Geld für die Disco sparen kann«, sagte sie. Das kleine Tier krabbelte über den Untersuchungstisch, als sie es losließ, und begann mit einem Scanner zu spielen.

»Sie ist wirklich interessant, was, Doc?«

»Faszinierend«, stimmte Judy zu. »Zum Beispiel ist die Öffnungsweite der Retina …«

»Kann ich sie behalten?«

»… anscheinend über Reflexe mit den Greiforganen verbunden, so daß …«

»Judy?«

»Was?« gab Judy ungeduldig zurück. Die Frage hatte sie aus dem Konzept gebracht.

»Kann ich sie behalten?« wiederholte Penny.

Judy seufzte. »Penny, das ist kein Spielzeug, das man aufheben und wieder wegwerfen kann.« Ihre kleine Schwester war eine Träumerin, und wenn Mom sich nicht immer noch tagein, tagaus um sie kümmern würde, wäre sie wohl längst verhungert.

»Bitte, ich will sie behalten.« Penny schien wirklich viel daran zu liegen. »Sie ist so allein, und ich verspreche auch, daß ich mich gut um sie kümmern werde. Sie braucht mich wirklich.«

Und du brauchst sie auch.

Judy nickte und setzte zu einem Vortrag an. »Aber wenn du sie vernachlässigst oder zu füttern vergißt, dann …« Sie unterbrach sich, als Penny ein schiefes Grinsen aufsetzte. *Mein Gott, ich rede schon wie meine Mutter,* dachte Judy. »Hör auf zu grinsen, Penny, ich meine es ernst.«

»Danke, Doc.« Pennys Grinsen wurde noch breiter, wenn das überhaupt möglich war. Sie setzte sich neben das Wesen auf den Tisch und begann, den mit weichen Schuppen überzogenen Kopf zu streicheln.

»Wir zwei sind weit von zu Hause weg, nicht wahr?« sagte Penny leise.

Das kleine Geschöpf sah sie aufmerksam an und antwortete mit einem leisen Quaken.

»Genau, so werden wir dich nennen«, entschied Penny. »Quak sollst du heißen.«

Quak streckte eine winzige Pfote aus und zupfte an einem roten Band, das Penny sich um den Arm geschlungen hatte.

»Gefällt dir das?« Sie nahm das Band ab und wickelte es um Quaks Handgelenk. Quak sah sie begeistert an. Penny streichelte dem Wesen sachte mit einem Finger die Wange. »Braves Mädchen«, murmelte sie. »Braves Mädchen.«

Quak streckte einen Arm aus, um umgekehrt auch Pennys Wange zu streicheln, und zirpte leise. Ihre winzige Zunge fuhrwerkte im Mund herum, als wollte sie antworten.

Judy, die in der Tür stehengeblieben war, sah den beiden noch einen Augenblick zu, wie sie sich gegenseitig trösteten. Dann wandte sie sich ab, schlang die Arme um den Oberkörper und ging nachdenklich zur Brücke. Ihr war kalt.

Smith blickte auf, als West seine Zelle betrat, um ihm eine Essensration und Bettzeug zu bringen. Den Gefangenen finster anstarrend, warf West das Bettzeug und die Nahrungsmittel auf die Pritsche und wandte sich wieder zum Gehen.

»Äh, Major …«, begann Smith. »Wie ich sehe, haben Sie endlich einen Beruf gefunden, der Ihren Fähigkeiten entspricht. Wären Sie so nett, mir noch das Kopfkissen aufzuschütteln, bevor Sie gehen?«

West bekam Lust, den Kerl einfach zu verprügeln. »Ich habe versprochen, Sie nicht zu töten«, sagte er bissig, »aber ich habe nicht gesagt, wie lange ich Sie leben lasse.«

Braver Junge, dachte Smith. *Wütend auf mich, wütend auf Robinson, und jetzt auch noch wütend auf dich selbst.* Wut macht dumm, und West war ohnehin nicht besonders helle. Er mußte ein kindischer, impulsiver Trottel sein, daß er die *Proteus* in die Luft gejagt hatte, woraufhin sie auf dieser unbekannten Welt gestrandet waren. *Dummköpfe konnte man leicht manipulieren.*

Smith baute sich vor Don auf. »Das Picknick ist vorbei, Major«, sagte er grob. »Wir werden hier sterben.« Er deutete mit einem Kopfnicken zur dunklen Sichtscheibe, wo der nächtliche Planet lag.

Wests Hand wanderte unwillkürlich zu seiner Pistole.

Smith wich, durch Wests Gesichtsausdruck gewarnt, ein wenig zurück. »Robinson ist ausgeflippt«, fuhr Smith fort. »Sehen Sie sich nur seine Augen an. Sie werden sofort erkennen, daß er große Angst hat.«

West schnaubte wütend und ging zur Tür.

Mit einem raschen Sprung versperrte Smith ihm den Weg. »Ich habe im Jahrtausendkrieg gekämpft, Major«, sagte er. Er stand jetzt mit dem Rücken zur Tür. »Das Überleben ist für einen Soldaten das Wichtigste, wir zwei wissen das. Dieser Zivilist da vorne lotst uns auf geradem Weg in die Hölle. Robinson braucht unsere Hilfe, ob er sie will oder nicht. Es wäre nicht schwer, das Schiff zu übernehmen und dafür zu sorgen, daß die Mission zu Ende gebracht werden kann, und zwar unter *Ihrem* Kommando.«

West klatschte sich die flache Hand auf die Stirn, als

wäre ihm gerade eine Erleuchtung gekommen. »Meine Güte, Smith«, sagte er, »Sie haben völlig recht. Wie konnte ich nur so blind sein? Ich laufe sofort los und hole Ihnen eine Waffe, damit wir das Schiff übernehmen können. Ist Ihnen das recht?«

»Sarkasmus ist die letzte Zuflucht eines schwachen Geistes.« Smith gab mit resigniertem Achselzucken die Tür frei. Also gut, dann war West doch nicht so dumm, wie er geglaubt hatte.

»Er hilft aber, die Schmerzen in Schach zu halten.« West ging hinaus und knallte hinter sich heftig die Tür zu. Smith hörte, wie die Verschlüsse ansprachen.

Er wartete noch einen Augenblick, wie er geduldig gewartet hatte, seit sie von der *Proteus* zurückgekehrt waren. Er wartete, bis er sicher war, daß West nicht noch einmal hereinschauen würde. Dann griff er in den Ärmelaufschlag seines Anzugs und nahm den Steuerknochen heraus.

Als West an Bord der *Proteus* noch unter dem Eindruck des von Robinson aufgerufenen Logbuchs gestanden und versucht hatte, den Anblick seines um dreißig Jahre gealterten Freundes zu verdauen, hatte Smith in einem unbemerkten Augenblick einem der Roboter, die inaktiv im Gang gestanden hatten, den Steuerknochen abgenommen.

Der von ihm umprogrammierte Roboter der *Jupiter*, der sie in diese mißliche Lage gebracht hatte, war kurz danach von den Spinnen gefressen worden – wie passend, dachte er. Aber es mußte in diesem Schiff noch ein paar weitere Exemplare geben. Sobald er den Knochen umgerüstet hatte, würde er eine unüberwindliche Waffe in Händen halten. Und beim zweiten Versuch würde er keine Fehler mehr machen.

Er wanderte in seinem primitiven Quartier herum, hob hier etwas auf und sah sich dort etwas an, untersuchte verschiedene Dinge, die er in der ersten Wut nach seiner Gefangennahme zerstört hatte. Irgendwo mußten doch ein paar Trümmer herumliegen, die er zurechtbiegen konnte, bis er das richtige Werkzeug hatte, um den Knochen umzubauen.

Immerhin hatte er im Jahrtausendkrieg gekämpft. Und auch wenn er nur bei der Waffenforschung und nicht als gemeiner Soldat gedient hatte, er hatte während des Krieges ebenso wertvolle wie entsetzliche Lektionen gelernt, von denen keiner hier auf diesem Schiff auch nur hätte träumen können. Anders ausgedrückt, hatten diese Leute nicht den leisesten Schimmer, wozu er fähig war. *Schließlich hatte er fünfzig Millionen Menschen auf dem Gewissen.*

Er war damals noch ein junger Mann gewesen, getrieben von selbstgerechten Idealen. Er hatte einen ungeheuer wirkungsvollen biologischen Kampfstoff entwickelt. Falsche Freunde hatten ihn überzeugt, das Gift sei das richtige Mittel, um den Krieg zu beenden. Man brauchte nur dafür zu sorgen, daß beide Seiten es in die Hände bekamen. In seiner grenzenlosen Dummheit hatte er den Versicherungen geglaubt, daß man diese Waffe niemals einsetzen, sondern lediglich als Druckmittel bei Verhandlungen benutzen würde. Sie hatten ihm Geld angeboten, und als er ablehnen wollte, hatten sie ihn gedrängt, es wenigstens als Zuschuß zu seinen Forschungen anzunehmen. Und er hatte es genommen und sich eingeredet, er könnte einen Beitrag dazu leisten, die Menschheit vor sich selbst zu beschützen.

Der Feind hatte die Waffe benutzt und fünfzig Millionen Menschen umgebracht.

Man sagt, der Weg zur Hölle sei mit guten Vorsätzen gepflastert. Er wußte, daß das Sprichwort zutraf.

Er hatte die Wahrheit erkannt: Das Universum war im Grunde genommen nichts weiter als ein schlechter Scherz. Die Menschheit war unendlich böse, da ließ sich nichts ändern. *Und er war der böseste Mensch, der in diesem Augenblick lebte.*

Alles, was ihm vorher wichtig gewesen war, hatte danach seinen Wert verloren. Alles außer seinem eigenen Leben. Er hatte seinen unverhofften Reichtum benutzt, um alle Beweise zu vernichten, die darauf hindeuten konnten, daß er mit diesem Verbrechen zu tun gehabt hatte. Er hatte alle Spuren seiner früheren Existenz verwischt und sich eine neue Identität geschaffen, er hatte ein neues Leben begonnen.

Nur vor sich selbst hatte er natürlich nicht fliehen können.

Idealistische Jammerlappen wie die Robinsons hatten im Universum keine Chance – in dem Universum, dessen Natur er inzwischen so gut kannte. Sie hatten so wenig eine Chance wie dieser arrogante, dumme Pilot. Es war ganz allein Wests Schuld, daß er, Smith, jetzt auf dieser gottverdammten fremden Welt festsaß, statt sich irgendwo in einem privaten Paradies auf der Erde zu vergnügen.

»Es hilft, die Schmerzen in Schach zu halten«, hatte West gesagt. West hatte ja keine Ahnung, was echte Schmerzen bedeuteten. Keiner von ihnen hatte eine Ahnung, keiner.

»Ihre Schmerzen, Major«, murmelte Smith, als er begann, den Knochen umzubauen, »haben gerade erst begonnen.« Um die Kinder würde er sich auch noch kümmern müssen. Und es gab noch einige andere Roboter.

Er hielt inne und kratzte sich am Rücken. Die Verletzung, die er sich auf der Flucht vor den Spinnen zugezogen hatte, brannte und juckte. *Und wenn er die Menschen erledigt hatte, dann würde er ganz zuletzt ihr kleines Schoßtier umbringen.*

In eine Thermodecke gepackt, saß Judy allein auf der Brücke im Pilotensessel. Sie trank kaltes Wasser und starrte durch die Luke zu den fremden Sternbildern am Nachthimmel hinaus. Sie konnte sich nicht erinnern, wann sie das letztemal gegessen hatte, aber aus irgendeinem Grund hatte sie keinen Appetit.

Nachdenklich wickelte sie eine Strähne ihres ungekämmten Haars um einen Finger, immer wieder. Sie hatte ihr Haar gelöst, weil es zusätzlich ein wenig wärmte und weil sie sich hinter den Haaren geschützt fühlte, fast wie ein kleines Mädchen.

Jemand kam auf die Brücke. Sie drehte sich um und sah Don West, der in der Tür stehengeblieben war. Er sah an ihr vorbei und betrachtete die Sterne. »Leuchte, leuchte, kleiner Stern«, zitierte er.

»Eine Million fremde Sterne, und nur ein einziger Wunsch«, murmelte sie. Ihr Atem stand als kalte Wolke vor ihrem Mund. »Ich wünschte, wir wären daheim.«

Don setzte sich neben sie auf den Sitz des Copiloten. Er nickte, denn er empfand wie sie. Sie betrachtete sein Profil. Lange Wimpern hatte er, die sich vor dem Licht der Sterne deutlich abzeichneten. Ihr Herz schlug schneller wie immer, wenn sie ihn sah. Als wäre ihr Herz oder irgendein anderer Teil in ihr sehr eigensinnig.

Aber es war doch das Gesicht eines Fremden. Sie wandte den Blick ab und sah wieder hinaus. »Ich hätte nie gedacht, daß der Sternenhimmel so fremd aussehen kann.« Sie hielt inne. »Wir sind wirklich verloren.«

West drehte sich zu ihr herum, doch er sah durch sie hindurch. »Als die ersten Seeleute die Erdkugel umrundeten und den unbekannten Nachthimmel sahen, glaubten sie, sie wären vom Rand der Erde heruntergefallen«, sagte er leise. In seiner Stimme schwang ein Unterton mit, den sie noch nie bei ihm gehört hatte. »Aber sie waren nach unseren Maßstäben nicht einmal besonders weit von zu Hause entfernt.«

Sie lächelte dankbar und überrascht. »Also hissen wir einfach die Segel und lassen uns vom Wind nach Hause treiben? Meinen Sie, das wäre so einfach, Major?«

Er lächelte, beinahe verlegen, und blickte wieder zu den Sternen hinaus. »Mit der Zeit glaubten die Seeleute, vertraute Konturen in den Sternen auszumachen, so daß der Himmel in ihren Augen freundlicher wurde und ihnen sogar den Heimweg zeigen konnte.« Er stand auf und trat dicht vor die Sichtluke. »So sind die Sternbilder entstanden.«

Er zeichnete mit dem Finger Punkte in den feuchten Film auf dem beschlagenen Fenster und verband die Punkte mit Linien, bis ein Bild entstand, wie man es manchmal in Rätselbüchern findet. Fasziniert sah sie zu. Sie konnte das Abbild nicht sofort einordnen.

»Porky«, verkündete er, als er fertig war. »Das kluge und tapfere Schweinchen.«

Sie lachte begeistert und stand auf, um zu ihm ans Fenster zu treten. Sie hauchte die Fläche an und begann ebenfalls zu zeichnen. »Der großartige Bugs Bunny mit den riesigen Ohren.« Sie betrachtete lächelnd ihr Werk. Dann drehte sie sich zu ihm herum. »Wie Sie uns trotz allem lebendig hier herunter bekommen haben, das war wirklich eine erstklassige Leistung.« Ihre Mutter hatte ihr den Rest der Geschichte erzählt, und sie wußte jetzt, was Don West durchgemacht hatte. Sie wollte noch etwas sagen, aber sie zögerte, war sich ihrer Sache nicht sicher.

Dons Lächeln verschwand, und sie war froh, daß sie nicht weitergesprochen hatte. Gedankenverloren schwieg er eine Weile, dann wurde sein Gesicht freundlicher, und er drehte sich wieder zu ihr herum. Er stand jetzt sehr dicht und leicht vorgebeugt direkt vor ihr.

Sie wollte sich umarmen lassen, spürte, wie ihr Körper ihm entgegensank, bis ihre Lippen fast vor seinen waren. Er zog sie an wie ein Magnet.

»Zu dir oder zu mir?« fragte er.

Judy wich zurück und riß erschrocken den Mund auf. »Wie bitte?«

Don grinste, zuckte mit den Achseln und reckte sich. »Spielen Sie nicht die Schüchterne. Wir sind in dieser Galaxis der einzige Mann und die einzige Frau im heiratsfähigen Alter. Gibt's da noch was zu überlegen?«

Sie suchte in seinen Augen nach einer Spur des Menschen, den sie nur Sekunden zuvor dort entdeckt zu haben glaubte. Doch jener Mensch war verschwunden wie eine verschreckte Katze; der freche Pilotenbengel hatte wieder die Kontrolle übernommen.

Judy lehnte sich an die Konsole. »Ach so – Sie meinen wohl, Sie können sich die üblichen Aufmerksamkeiten schenken und gleich zur Sache kommen?« fragte sie mit leisem Spott.

Er trat wieder näher an sie heran, und sie widerstand dem Drang, fluchtartig auszuweichen. »Sie können aber verdammt schnippisch sein, Doc.«

Sie lächelte verführerisch. »Möchten Sie mir jetzt Ihre Briefmarkensammlung zeigen?«

Er grinste. »Yeah«, meinte er.

Sie neigte den Kopf, und ihr Haar rutschte seitlich über ihre Schulter. Ihr Lächeln warf ihn fast um. »Gleich hier? Auf dem Pult?«

Sein Gesicht war jetzt dicht vor ihrem, ihre Lippen noch Millimeter voneinander entfernt. »Oh, das wäre schön«, flüsterte er. Er schloß die Augen, und seine Lippen – oh, dieser Kußmund!- teilten sich für sie.

Sie tastete nach dem Wasserglas und kippte es über seinem Kopf aus. Zeit für eine kalte Dusche.

Don keuchte und riß die Augen auf, als ihm das Wasser in die Augen lief und ihm die Sicht nahm.

Als er sich die Augen gerieben hatte und wieder etwas sehen konnte, prostete sie ihm mit dem leeren Glas ironisch zu.

»Bei stürmischer See sollten Sie sich gut an Ihrer Ruderpinne festhalten«, sagte sie. Sie tippte ihm auf die tropfende Nase, zwinkerte ihm zu und verließ die Brücke.

»Das hast du ja hervorragend hingekriegt, Major«, schimpfte er halblaut mit sich selbst. Er wischte sich die Stirn ab. »Wirklich hervorragend.«

John aktivierte die Sicherheitssysteme und gesellte sich zu seiner Frau. Maureen saß bereits – in ihren Thermoanzug gekleidet – auf dem Bett und bürstete sich das Haar. Sie war fast fertig für die erste Nacht auf einer fremden Welt. Die Redewendung von einem ›langen Tag‹, den sie hinter sich hätten, wurde ihrer Situation kaum gerecht, dachte er. Die Worte, mit denen man wirklich beschreiben konnte, was sie erlebt hatten, waren noch nicht erfunden.

»Will hat dich gesucht«, sagte Maureen.

John nickte. Unendlich müde ließ er sich neben ihr aufs Bett sinken. »Ich habe ihn ins Bett geschickt.« Er rieb sich die Augen, spürte wieder Kopfschmerzen. »Er ist sicher, daß er den Roboter nachbauen kann. Er wollte die ganze Nacht aufbleiben und mir seine Entwürfe zeigen.« Er seufzte und wünschte, Will wäre alt genug, um selbst auf sich achtzugeben.

Maureen legte die Bürste fort. »Männer sind schon komische Wesen«, sagte sie ironisch. »Ihr versucht krampfhaft, euren Vätern nicht ähnlich zu werden, und am Ende macht ihr doch immer wieder die gleichen Fehler.«

Die Worte trafen ihn, als hätte man ihn angeschossen. Er ließ den Kopf hängen, als alles, was an diesem schrecklichen Tag geschehen war, auf ihn einstürzte. »Wir kommen nicht wieder von diesem Planeten weg, ganz zu schweigen davon, daß wir niemals den richtigen Kurs finden würden«, sagte er wütend. »Ich habe keine Zeit für diese ...«

Maureen wandte den Blick ab. Sie mußte sich beherrschen, um ihn nicht ebenfalls anzufahren. Sie wartete, bis sie sich wieder beruhigt hatte, ehe sie sich an ihn wandte. Dann hob sie eine Hand und begann, langsam seinen Nacken zu massieren. »John, hör ihm einfach nur eine Weile zu«, sagte sie. »Es spielt keine Rolle, was er sagt. Hör einfach nur zu. Manchmal müssen kleine Jungs das Gefühl haben, daß sie für ihre Väter das Wichtigste auf der Welt sind.«

John nahm sie in den Arm und zog sie an sich. Er wußte so gut wie sie, daß ihre Bemerkung über Väter ihn nur deshalb so getroffen hatte, weil sie der Wahrheit entsprach. Er hatte sich immer geschworen, daß er nicht so werden würde wie alle anderen Väter, daß seine Familie an erster Stelle käme, daß er seine Versprechen halten würde. Aus diesem Grund hatte er ja auch darauf bestanden, die Reise mit seiner ganzen Familie zu unternehmen.

»Sobald wir wieder im freien Raum sind«, murmelte er, »werden wir Zeit füreinander haben. Das verspreche ich.«

Maureen sah zum Bullauge hinaus. Sie antwortete nicht. Er spürte, wie sie mutlos die Schultern sinken ließ. Es wäre besser gewesen, er hätte überhaupt nichts gesagt. Er zog sie noch näher an sich und wollte sich einreden, sie wäre nur zu müde, um ihn wirklich zu verstehen, oder …

Plötzlich sah sie ihn lächelnd an.

»Was ist?« fragte John verwirrt.

Das Lächeln wurde breiter. »Es ist schön, die Familie unter einem Dach versammelt zu haben. Auch wenn wir durch den halben Kosmos reisen mußten, um so weit zu kommen.«

Wieder allein auf der Brücke, bereitete Don das Schiff für die Nachtruhe vor. Er legte die Schutzschilde vor die Luken, fuhr einige Systeme herunter und brach verschiedene Programme ab. Dann verließ er die Brücke und wollte in seine Unterkunft, wo er allein schlafen würde.

Als er durch den stillen, düsteren Gang lief, hörte er Maureen Robinson sagen: »Gute Nacht, John.« Ihr Mann antwortete: »Gute Nacht, Maureen.«

Er machte drei weitere Schritte.

»Gute Nacht, Judy«, rief Will.

»Gute Nacht, Will«, rief Penny.

»Gute Nacht, Penny«, rief Judy.

West blieb abrupt stehen. Er schüttelte den Kopf. »Ihr habt sie ja nicht alle«, sagte er laut. Dann ging er weiter.

»Quak«, machte Quak.

17. Kapitel

Will Robinson saß auf dem Sitz seines Vaters. Er rieb sich die Augen, denn er war in aller Frühe als erster aufgewacht. Irgendwie hatte er das Gefühl, sein Unterbewußtsein hätte die ganze Zeit im Schlaf weiter an den Plänen für seinen neuen Roboter gearbeitet. Er konnte es kaum erwarten, seine Ideen in die Tat umzusetzen. Und es war niemand da, der es ihm verbieten konnte.

Die schmerzhafte Erinnerung an die letzte Zurückweisung seines Vaters verblaßte, als er nach und nach die Systeme hochfuhr. Auf dem Hauptmonitor erschien die Anzeige: SOLARBATTERIEN GELADEN. Gut. Er konnte soviel Energie verbrauchen, wie er wollte, ohne daß jemand ihm Vorwürfe machen würde. Er öffnete die Schutzschilde vor den Fenstern, um zu sehen, wie der neue Planet bei Tageslicht aussehen würde.

Er beugte sich vor und blinzelte, als helles Sonnenlicht hereinfiel. Als er draußen etwas erkennen konnte, riß er ungläubig die Augen auf. *O Mann!* »Was ist das denn?«

Ungefähr hundert Meter vor dem Schiff, auf dem grellweißen Schnee hypnotisch schimmernd, schwebte ein von Flammen umgebenes Portal, dem ähnlich, das sie gestern im Weltraum gesehen hatten. Und hinter dem Portal sah er einen Sommertag und eine Welt, in der es knallbunte Blumen und Bäume gab.

Will sprang auf und rannte brüllend hinaus: »Mom, Dad!« Es war höchste Zeit, die Langschläfer zu wecken.

Die Mitreisenden leisteten dem Weckruf erstaunlich schnell Folge. Aber andererseits bekam die Familie ja nicht jeden Morgen zum Frühstück ein interdimensionales Portal statt Müsli und Orangensaft vorgesetzt.

Gähnend und die letzten Reißverschlüsse ihrer Anzüge zuziehend, versammelten sie sich im Aufenthaltsraum. Sie aßen Konzentrate und spülten sie mit Wasser hinunter. Aber niemand beklagte sich. Sie waren viel zu sehr damit beschäftigt, das Portal anzustarren, das auf den Bildschirmen zu sehen war.

Judy saß schon am Tisch, Don kam kurz nach ihr und setzte sich neben sie. Er nahm ihr Wasserglas und schob es demonstrativ so weit wie möglich weg. Judy sah ihm lächelnd zu.

Will, der die beiden beobachtet hatte, fragte sich, was für ein Spiel das war.

Irgendwo unter dem Schiff ertönte ein tiefes Grollen. Sogar die Luft schien zu vibrieren. Will erinnerte sich, daß er den ersten Erdstoß schon kurz nach dem Aufwachen gespürt hatte. Seitdem hatte es einige weitere gegeben. Seltsam, daß sie gestern überhaupt nichts gespürt hatten.

»Okay«, sagte sein Vater. »Dann laßt uns Kriegsrat halten. Maureen?«

Sie stand auf und schaltete ihre Daten auf den Hauptschirm.

Vorsorglich hatte sie zwar die Geologie des Planeten vom Computer abtasten lassen, etwas wie dies hatte bisher aber noch keiner von ihnen gesehen. Auf dem Bild herrschte ein kunterbuntes Durcheinander. Der Planet sah aus, als hätte ein Schimpanse versucht, ein Puzzle zusammenzusetzen.

»Das kann einfach nicht sein«, erklärte Maureen. Sie deutete auf den Bildschirm und sprach aus, was alle dachten. »Die verschiedenen Kontinentalplatten des Planeten passen nicht zusammen.«

»Das hatte ich befürchtet«, murmelte John. Alle drehten sich um und starrten ihn an. Er blickte kurz auf, wich ihren fragenden Blicken aus und machte eine hilflose Geste. »Ich glaube, diese Erschütterungen treten auf, wenn Durchgänge geöffnet und geschlossen werden.«

»Durchgänge? Was für Durchgänge?« fragte Penny. Ihr außerirdischer Freund Quak saß auf ihrem Schoß und spähte über den Tischrand. Es war ein niedliches Vieh, aber Will, der Penny beobachtet hatte, war trotzdem froh, einen Roboter zu haben.

»Durchgänge in die Zukunft«, sagte John Robinson.

Major West machte ein Geräusch, das klang, als hätte eine Katze geniest. »Vielleicht hat der Professor bei der Landung einen Schlag auf den Kopf bekommen«, bemerkte er sarkastisch.

Was für ein Stinktier. Will sah ihn böse an, Judy folgte seinem Beispiel.

John sah Don West mit einem Ausdruck an, den Will genau kannte. So sah Dad aus, wenn er sich sehr viel Mühe gab, ruhigzubleiben. »Denkt doch nach«, sagte er. »Zuerst das Portal, in dem das Forschungsschiff aufgetaucht ist. Dann die Technik, die sie benutzt haben, um uns durch den Hyperraum zu verfolgen. Dons Freund, der um Jahrzehnte gealtert war.« Er wandte sich wieder an den Piloten. »Möglicherweise wurden wir nicht nur räumlich, sondern auch zeitlich versetzt und sind zu einem späteren Zeitpunkt herausgekommen – ein paar Jahre, nachdem die Erde eine Rettungsmission ausgeschickt hat.«

»Das ist doch nicht Ihr Ernst, oder?« meinte Don. Aber es klang längst nicht mehr so überheblich wie vorher. »Zeitreisen sind unmöglich ...«

»Nein, sind sie nicht«, unterbrach Will ungeduldig. »Nur sehr unwahrscheinlich. Genau wie es der Hyperantrieb noch vor hundert Jahren war. Unmöglich ist überhaupt nichts.« Er zuckte mit den Achseln.

Sein Vater nickte, sah ihn jedoch nicht an. »Es kann sein, daß es auf dieser Welt zahlreiche Türen in die Zukunft gibt.«

»Und wenn wir jetzt einfach in den Wald da drüben gehen«, sagte Will, indem er zum Portal deutete, »dann laufen wir eigentlich nur in diesem Krater herum, nur eben ein paar Jahre später.«

»Geologische Platten aus verschiedenen Zeitaltern würden sich stark voneinander unterscheiden«, sagte seine Mutter, die ihn wohlwollend ansah. »Das könnte erklären, warum sie so schlecht zusammenpassen. Aber Tore in die Zukunft?« Sie wandte sich unsicher an John.

John Robinson zuckte mit den Achseln. »Es fällt mir auch selbst schwer, es zu glauben«, sagte er zu ihr. »Aber wenn diese Portale sich wirklich aufgrund irgendwelcher natürlicher Phänomene spontan öffnen und schließen, dann könnte früher oder später der ganze Planet zerrissen werden.«

Will hatte plötzlich eine Idee. »Was ist eigentlich, wenn diese Portale nicht natürlichen Ursprungs sind?«

»Will«, jetzt war Will an der Reihe, von seinem Vater

mit demonstrativer Nachsicht belehrt zu werden, »so ein Phänomen kann nur natürlich entstehen.«

»Nein ...« widersprach Will aufgeregt. »Die Portale sind genau das, was ich mit meiner Zeitmaschine erzeugen wollte. Was ist, wenn jemand auf dieser Welt einen Apparat gebaut hat, mit dem er ...«

John brachte ihn mit einem strengen Blick zum Schweigen. »Mein Junge, es ist schön, daß du dich beteiligen willst, aber wir haben jetzt keine Zeit für deine Fantastereien.«

Will sprang wütend auf. »Du hörst mir einfach nicht zu«, rief er wütend. »Niemals hörst du mir zu!« Er rannte hinaus.

John verzog keine Miene, als Will aus dem Aufenthaltsraum stürmte. Maureen jedoch sah, wie ihr Mann zwischen Liebe und Pflichtbewußtsein hin- und hergerissen wurde. Auch hier siegte wieder die Pflicht. Doch sie sah ihm an, daß er sich dabei nicht wohl fühlte, und es tat auch ihr weh.

»Wir können nicht sagen, wie lange wir Zeit haben, bis der Planet endgültig zerbricht«, sagte John. Er wandte sich wieder an die anderen, als hätte es keine Unterbrechung gegeben. »Der Major und ich werden das radioaktive Material holen, das wir für den Antrieb brauchen. Wir haben nicht viel Zeit.« Er gab West mit einem Nicken zu verstehen, daß sie jetzt aufbrechen müßten, und ging zur Tür.

Will, der mit seiner Tastatur gespielt hatte, schaute traurig auf, als sein Vater den Roboterhangar betrat.

»Ich muß jetzt los, Will«, sagte John.

»Was auch sonst«, gab Will enttäuscht zurück. John

war bereits angezogen, als könnte er es nicht erwarten, endlich nach draußen zu kommen.

Doch bevor er ging, nahm er Will in die Arme. »Will, du bist das Wichtigste, was es für mich auf der Welt gibt«, sagte er leise. »Ich hoffe, du wirst das eines Tages verstehen können.«

Will drehte den Kopf weg und biß sich auf die Unterlippe. Um ein Haar hätte er zu weinen begonnen. »Und wenn du nicht mehr zurückkommst?« sagte er schließlich. Seine Stimme brach.

John konnte ihn nur ansehen, er wußte keine Antwort. Und Will erkannte, daß auch sein Vater Angst hatte, genau wie er selbst. John nahm die Kette mit der Dienstmarke ab. »Wenn dein Großvater einen Einsatz hatte«, erklärte er, »dann hat er mir immer seine Abzeichen dagelassen. Ich mußte auf sie aufpassen. Und wenn er zurückgekommen ist, mußte ich sie ihm immer zurückgeben.«

John hängte Will behutsam die Kette um den Hals, und die Marken klimperten auf der Brust des Jungen. »Ich komme wieder«, sagte John mit mühsam beherrschter Stimme. »Ich verspreche es.«

Will schaute mit großen Augen zu ihm auf, ohne ein Wort zu sagen. John zauste ihm noch einmal das Haar, dann ging er hinaus. Will betrachtete die Kette, betastete die Abzeichen. Er kannte die Geschichte von Großvater, der immer die Kette zu Hause gelassen hatte und der seinem Dad genau das gleiche Versprechen gegeben hatte. *Und er wußte vom letzten Einsatz, von dem Großvater nicht zurückgekommen war.*

Als Judy draußen vor dem Schiff zu ihm stieß, schreckte Don aus seinen Grübeleien hoch. Er trug den Thermoanzug, ein Plasmagewehr war griffbereit neben ihm an die Rampe gelehnt. Sie nahm an, daß er hier auf ihren Vater wartete.

Er schien sich zu freuen, als er sie sah, aber dann gefror sein Lächeln. »Hören Sie«, murmelte er, »was ich gestern abend gesagt habe …«

Nun mach schon, Pilotenlümmel, dachte sie. Sie amüsierte sich über ihn, ließ es sich aber nicht anmerken. »Nur Mut«, sagte sie. »Früher oder später werden Sie es schon schaffen.«

Don sah sie verlegen an, zugleich hoffnungsvoll und verzagt. »Es tut mir leid …«

Ja, dachte sie. *Ja, genau so!* »Sehen Sie? Das war doch gar nicht so schwer.«

Don verzog das Gesicht. »Es hat sich angefühlt, als hätte mir jemand glühende Nadeln durch die Wangen gestochen«, sagte er mit schiefem Grinsen.

Sie nickte wissend. »Dann werden Sie sicher verstehen, wie es sich anfühlt, wenn man folgendes sagt.« Sie trat näher an ihn heran und sah ihm tief in die Augen. »Versuchen Sie, heil zurückzukommen«, murmelte sie. Sie mußte sich beherrschen, ihn nicht einfach in die Arme zu nehmen.

Er strahlte, beugte sich zu ihr. »Ist das nicht die klassische Situation für einen Abschiedskuß, Doc?«

»Das Denken«, sie tippte sich auf die Stirn, »ist nicht gerade Ihre Stärke, was?« Sie lächelte ihn an und sagte: »Küsse muß man sich verdienen.« Genau wie Respekt.

Sein Gesichtsausdruck veränderte sich. Er riß seine Verteidigungswälle ein, ließ sie an sich heran, lud sie ein, in ihn hineinzusehen. Er nickte kurz, verzog den Mund zu einem schiefen, verlegenen Grinsen.

In diesem Augenblick kam ihr Vater heraus, gefolgt

von ihrer Mutter und ihrer Schwester. Nur Will fehlte, wie sie bemerkte. Don schulterte das Gewehr. Er lächelte und konnte den Blick nicht von ihr losreißen.

Maureen gab John ein kleines Peilgerät mit. »Ich habe die Position des radioaktiven Materials bestimmt«, erklärte sie. »Ihr müßt durch das Portal.«

Er nickte. »Wir wollen nur hoffen, daß die Durchgänge stabil sind.« Nicht weit entfernt schimmerte das Portal über dem steinigen, kahlen Boden. Der goldene Sommertag, der dahinter zu sehen war, schien verlockend wie ein Märchenland.

Judy versuchte, sich ihre Sorge nicht anmerken zu lassen. Es ließ sich natürlich nicht vermeiden, daß die beiden gingen. Sie waren die einzigen, die eine militärische Ausbildung hatten. Aber …

»Die Kraterwände stören die Funkverbindungen.« Maureen nickte in Richtung der rostroten Klippen, als hätte sie John nur gebeten, rechtzeitig anzurufen, falls er zu spät zum Essen kommen würde. »Die Verbindung zum Schiff wird also ziemlich schnell abreißen.«

Der Boden unter ihren Füßen bebte, ein lautes Grollen ertönte und verklang wieder. Es war wie eine Warnung, daß sie sich beeilen mußten.

Maureen legte eine Hand auf Johns Wange. »Komm gut wieder nach Hause, Professor.«

»Ich liebe dich«, murmelte er und strahlte sie an.

Von Penny aufgefordert, streckte auch Quak ein Ärmchen aus und imitierte Maureens Geste. *»Braves Mädchen«,* zirpte das Tier. *»Hübsches Mädchen, schönes Mädchen.«*

Judy sah das Tier überrascht an. Penny streichelte ihm den Kopf und lächelte stolz.

Es war Zeit. Auch John schulterte jetzt sein Gewehr,

und die beiden Männer marschierten zum Portal. Don sah sich noch einmal zu Judy um. Er wollte sich die Szene einprägen, wie Judy und Penny und Maureen vor dem Schiff standen. Was auch immer geschah, diesen Anblick wollte er nicht vergessen.

John erreichte das Portal als erster. Er starrte das Phänomen verwundert an, steckte eine Hand durch die wabernde Fläche, spürte nicht mehr als ein leichtes Kribbeln. Seine Hand verzerrte sich. »Oh«, machte er leise und zog sie rasch wieder zurück.

»Oh«, machte West, der neben ihn getreten war. »So funktioniert Wissenschaft.«

John war viel zu fasziniert, um auf die sarkastische Bemerkung mit Empörung zur reagieren. Doch als West das Portal näher in Augenschein nahm, entdeckte John in den Augen des jüngeren Mannes einen Ausdruck, den er dort nie zu finden erwartet hätte.

West starrte das Portal an, als würde er gleich hingerichtet. Wenn es darum ging, das Hyperraumtor gegen Angreifer zu verteidigen, kannte er keine Furcht, denn er war Pilot, und als Pilot wußte er, wo die Gefahren lauerten. Er kannte die Spielregeln.

Aber er war kein Wissenschaftler. Auch John war aufgeregt, doch er empfand eher Erregung und Ehrfurcht, weil er etwas erleben durfte, von dem kein Physiker je zu träumen gewagt hätte. *Dies war die letzte Grenze.* Er konnte es kaum erwarten, den Schritt ins Unbekannte zu tun. »Haben Sie etwa Angst, Major?« fragte er grinsend.

Er trat als erster hindurch.

Don holte tief Luft, als er Robinson durch die Öffnung steigen sah. Das Abbild des Wissenschaftlers verzerrte sich und löste sich auf wie eine Rauchwolke. Don versuchte, durch das Zeitfenster zu lugen und dahinter etwas zu erkennen. Schließlich bemerkte er Robinson, der zurückblickte, mitten in einer Sommerlandschaft stehend. Don schüttelte erstaunt den Kopf. Er schloß die Augen und folgte dem Wissenschaftler.

18. Kapitel

Will kniete im Roboterhangar auf dem Boden und wühlte in seinem persönlichen Gepäck herum, das er erst vor zwei Tagen eingepackt hatte. Er überlegte, ob er das Spielzeug, das er gerade in der Hand hatte, für den Roboter verwenden konnte, der – erst zur Hälfte fertiggestellt – auf der Werkbank lag. Kopfschüttelnd entschied er sich dagegen.

Penny, die ein paar Haarklemmen und andere Gegenstände aus Metall sowie einige elektronische Bauteile besorgt hatte, kam gerade zurück. Sie ließ ihre Beute auf den Tisch fallen. Erstaunlicherweise hatte sie sich freiwillig erboten, ihm zu helfen, als sie erfahren hatte, was er tat. Vielleicht hatte der kleine außerirdische Affe telepathische Kräfte oder so etwas. Jedenfalls war sie, seit sie ihn hatte, viel freundlicher geworden.

»Hier sind noch ein paar Sachen, die nicht unbedingt gebraucht werden«, erklärte Penny. »Ich habe dir sogar meinen Bauchnabelring spendiert.«

»Danke, Pen«, sagte er lächelnd.

Sie sah ihm einen Augenblick zu. »Willst du mit nach draußen kommen?«

Er schüttelte den Kopf, sein Lächeln verschwand. Er

hatte den Roboterhangar nicht verlassen, seit sein Vater sich verabschiedet hatte. Nein, er wollte nicht hinaus. Dies hier war der einzige Platz, wo er wirklich gebraucht wurde. Der Roboter brauchte ihn.

»Was weiß schon Dad«, sagte Penny auf einmal. »Vielleicht hat da wirklich jemand eine Zeitmaschine gebaut.« Sie zauste ihm das Haar, wie Dad es manchmal tat, und ging wieder hinaus.

Wie ein alter Mann seufzend, stand Will auf und ging zur Konsole. »Robot, kannst du mich hören?«

»Robot ist aktiv«, meldete sich das Programm. »Deine akustische Modulation ist verändert. Was ist passiert, Will Robinson?«

Will schluckte schwer und verzichtete darauf, dem Roboter zu erklären, welche Gefühle in ihm tobten.

»Nur Mut«, sagte der Roboter fröhlich, als Will nicht antwortete. »Ich kann dir einen Witz erzählen. Warum ist der Roboter über die Straße gelaufen?« Er wartete einen Augenblick, dann sagte er: »Weil das Huhn Vorfahrt hatte.« Der Roboter lachte laut.

Will verdrehte die Augen. »Da gibt's noch viel Arbeit«, stöhnte er.

Als er sich wieder umdrehte, hörte er irgendwo ein schwaches Pochen. Er blieb stehen und lauschte.

»Das klingt wie der alte Morsecode«, kommentierte der Roboter.

»Was heißt es denn?«

»Gefahr, Will Robinson«, sagte der Roboter.

Will ging hinaus und folgte den Geräuschen.

Sie kamen aus der Zelle, in der Dr. Smith saß. Will lugte durch die Sichtscheibe in der Tür hinein. Smith saß am Tisch und hämmerte den Morsecode mit dem Stiefel auf den Tisch. Er blickte auf, als er Will bemerkte, und hörte sofort zu hämmern auf. Er winkte Will, hereinzukommen.

Will zögerte. Dann nahm er eine Laserpistole aus einer Halterung in der Wand und codierte sie akustisch, damit sie nur auf ihn reagierte. Er öffnete die Tür.

»Sie meinen also, jemand ist in Gefahr«, sagte Will müde und richtete die Waffe auf Smith.

Smiths Blicke wanderten begierig zur Pistole. Er stand auf und ging Will entgegen.

»Die Waffe ist so eingestellt, daß sie nur mir gehorcht, also versuchen Sie keine Tricks«, sagte Will scharf.

Smith zuckte mit den Achseln und ging an ihm vorbei zum Fenster, um die Blende zu öffnen. »William, du schätzt mich ganz falsch ein. Ich will euch doch nur helfen.«

»Uns *helfen?*« gab Will ungläubig zurück. »Sie haben versucht, uns *umzubringen.*«

Smith seufzte genervt, als er sich wieder zu Will umwandte. »Aber jetzt sitzen wir alle hier fest.« Er deutete hinaus, und Will mußte zugeben, daß es der Wahrheit entsprach. »Wenn dein Vater und dieser Idiot West scheitern, dann habe ich keine Chance mehr, nach Hause zu kommen. Es liegt in meinem Interesse, daß sie Erfolg haben. Und ich mache immer das, was meinen Interessen dient.« Er blickte wieder aus dem Fenster, wo sich die fremde Landschaft mit der fremden Flora erstreckte. Irgendwo da draußen heulte ein Tier. Will lief es kalt den Rücken hinunter.

Als hätte der Schrei ihm beigepflichtet, fuhr Smith fort: »Was für Ungeheuer mögen sich hier herumtreiben?« Er nickte schwer. »Diese Narren. Sie laufen einfach durch das gefährliche Land. So ungern ich es auch zugebe, aber es wird alles viel komplizierter werden, wenn sie nicht mehr da sind.«

Will trampelte nervös von einem Bein auf das andere. »Was meinen Sie damit?« sagte er. »Sie werden zurückkommen. Es wird ihnen nichts passieren.« Er war nicht mehr sicher, ob er damit Smith oder sich selbst überzeugen wollte.

Smith sah ihn traurig an. »Wirklich?«

Will biß sich auf die Unterlippe. Der Magen drehte sich ihm um vor Angst und Sorge. Er sah durchs Fenster zum Portal, das gespenstisch flimmerte. »Jemand sollte auf sie achtgeben«, murmelte er.

»Will, das verbiete ich dir«, sagte Smith streng. Er schüttelte den Kopf. »Du bist nur ein kleiner Junge. Ein kluger Junge natürlich, aber du bist trotzdem noch ein Kind. Dieser Planet wimmelt wahrscheinlich vor Raubtieren. Und selbst wenn du sie findest, was ist, wenn sie verletzt sind und im Sterben liegen? Du könntest ihnen doch nicht helfen.«

Will kniff böse die Augen zusammen. Immer war er zu klein, um zu helfen. Und der Roboter war noch nicht fertig. »Aber Sie sind ein Arzt«, sagte er. Smith brauchte sie, um zu überleben, das hatte er doch selbst gesagt. Also mußte Smith ihnen helfen.

Smith drehte sich wieder zu ihm herum, die Hände hinter dem Rücken verschränkt. »Ja«, murmelte er nachdenklich. »Ja, das bin ich.«

Penny hing in einem Geschirr und stemmte die Füße gegen die Außenhülle des Schiffs, um sich etwas abzudrükken und das Schweißgerät anzusetzen. Sie war mit ihrer Schwester und ihrer Mutter dabei, die Schäden zu reparieren, die durch die Bruchlandung entstanden waren.

»Ich brauche die Mikroversiegelung«, sagte Maureen, indem sie ihr Schweißgerät abschaltete und die Brille auf die Stirn hochschob. Sie deutete auf ein Loch, aus dem Kabelstränge und Isolierungen hervorquollen wie Eingeweide.

Penny löste ihre Gurte und glitt am Seil nach unten. Sie liebte diese Arbeit. Werkzeuge holen war in diesem Fall so ähnlich wie Bergsteigen.

Als sie im Werkzeugkasten herumwühlte, fiel ihr Blick auf die CamWatch, die sie daneben auf den Boden gelegt hatte. Sie aktivierte sie und sagte: »Nach einigem Nachdenken hat sich die Gefangene in Raum und Zeit entschlossen, ihre neue Rolle als Mitglied der Crew zu akzeptieren. Offenbar sind die Robinsons auf ihre Hilfe angewiesen, und ...«

Sie unterbrach sich. Wo steckte Quak? Das Tier hatte gerade noch in den Werkzeugkästen herumgeschnüffelt und mit Kieselsteinen gespielt.

Sie richtete sich auf und sah sich um, bis sie ihren kleinen Freund entdeckte. Quak saß direkt vor dem Portal und schnüffelte an der Kante herum.

»Quak!« rief sie. »Quak, komm sofort zurück!«

Quak hörte sie, und es schien, als wollte sie gehorsam zu Penny zurückgerannt kommen. Aber dann blickte sie zu dem fernen Wald, der sie auf der anderen Seite zu locken schien.

Sie sprang durch das Tor.

»Quak!« Penny rannte los und ließ sogar die CamWatch fallen, als sie Hals über Kopf zum Portal stürmte. »Quak, so warte doch.«

Will führte Doktor Smith zwischen den rötlichen, mit Moos bewachsenen Bäumen hindurch zu einer Wiese voller Blumen, wie er sie noch nie gesehen hatte. Violette Blüten wiegten sich im Wind wie ein Meer. »Hmm, das ist Moms Lieblingsfarbe.«

»Wie hübsch«, sagte Smith, der hinter ihm ging, müde.

Will sah sich stirnrunzelnd zu ihm um. Er wünschte, er könnte Mom die Blumen zeigen, und er wünschte noch mehr, sie wäre hier bei ihm. Aber sie hatten sich auf Smiths Wunsch hin aus dem Schiff gestohlen, ohne jemandem etwas zu verraten. Smith sagte, Wills Mutter würde sie sonst zurückhalten, und Will hatte zustimmen müssen. Mom hätte doch nur wieder gesagt, daß er etwas Falsches machte, daß es nicht sicher wäre, daß er zu klein wäre. Nicht einmal Mom hätte ihn verstanden.

Er blickte auf das kleine Peilgerät, das er in der Hand hielt. Es zeigte ihm den Kurs zu dem radioaktiven Material, das Dad suchen wollte. Da er nicht draußen gewesen war, als die Männer aufgebrochen waren, wußte er nicht, in welche Richtung Dad und Major West sich gewandt hatten, nachdem sie durch das Portal gestiegen waren. Ihre Spur aufzunehmen, war viel schwerer, als Will erwartet hatte.

Wieder bebte die Erde, stärker als je zuvor. Smith keuchte vor Angst. Will drehte sich zu ihm um und sah, wie in einiger Entfernung die Luft zu brodeln begann, als würde Wasser in einem Strudel verschwinden. Im Innern des Wirbels blühten binnen Sekunden Blumen auf und verwelkten, Bäume wuchsen und kippten altersschwach um, und die ganze Landschaft alterte binnen weniger Sekunden um Jahrzehnte.

»Lauf weg, Kind«, rief Smith. Er packte Wills Arm und riß ihn mit sich. Sie rannten. Aber einem Zeittorna-

»Gefahr, Will Robinson!«: das sogenannte Teaser-Plakat, mit dem man in den USA warb

Bleibt (fast) immer ganz cool: Raumschiff-Pilot Don West (*Matt LeBlanc*)

Martialisch: Major West in Kampfkleidung

Viele feurige Effekte: Start des Raumschiffs Jupiter (oben), Explosion des Geisterschiffs Proteus (Mitte) und der Beginn eines Fluges durch die Sonne!

Das Raumschiff der Robinsons (oben) versucht, den explodierenden Planeten zu verlassen, auf dem sie gestrandet waren (Mitte und unten).

Vor einem Ausflug durch das All (oben) in ein verlassenes (?) Raumschiff, mit dem Roboter als Bodyguard (unten)

Die Ärztin greift zur Waffe: Judy (*Heather Graham*) verteidigt sich und ihre Familie gegen (hier nicht sichtbare) Angreifer der ekligen Art.

In einer fremden Welt: Will Robinson (*Jack Johnson*) auf dem unbekannten Planeten, auf dem das Raumschiff bruchgelandet ist. Werden sie jemals wieder wegkommen?

do wie diesem konnte kein lebendes Wesen entkommen.

Smith strauchelte und stürzte, Will mit sich ziehend, in die Blumen.

Smith lag auf dem Bauch, das Gesicht in zerquetschte Blumen und feuchte Erde gedrückt. Doch er bemerkte es kaum, hörte und spürte nur das Beben und Dröhnen. Er schloß die Augen, krallte die Hände in den Boden und schickte sich in das Unvermeidliche.

Nach ein paar Augenblicken, die ihm wie eine Ewigkeit vorkamen, öffnete er die Augen wieder. Er hob den Kopf und sah sich langsam um.

Das glühende Portal war unerklärlicherweise zehn Meter vor ihnen stehengeblieben.

Und hinter dem Portal lag eine Landschaft, die sich mittlerweile stabilisiert hatte. Eine ältere, dunklere und stärker bewachsene Landschaft als diejenige, in der er lag. *O Mann,* dachte er. *Wo bin ich hier nur hineingeraten?* Dann fiel ihm auf, daß Will nicht mehr bei ihm war.

»Will?« rief er. »Will!« Der Junge hatte doch gerade noch neben ihm gelegen. Er war doch wohl nicht ...«

Plötzlich tauchte Wills Kopf im Blattwerk auf. »Cool«, meinte Will. Mit glänzenden Augen sah er an Smith vorbei zum Portal. Er machte ein paar Schritte und blieb dicht davor stehen, betrachtete die andere Realität dahinter. Dann stieg er hindurch.

»William, warte!« rief Smith.

Zu spät.

Will winkte ihm von der anderen Seite aus grinsend zu. »Es ist so, als würde man in ein anderes Zimmer gehen«, erklärte er.

»Ich kann vor Freude kaum an mich halten«, murmelte Smith. Er zog eine Grimasse und kam mühsam auf die Beine.

Will sah wieder auf sein Peilgerät und drehte sich dann um. »Dad ist dort hinten«, rief er. Er deutete in die entsprechende Richtung. »Nun kommen Sie schon, Doktor Smith.« Ohne sich noch einmal umzusehen, marschierte er ins Unterholz.

Smith starrte ihm nach. »Ich hasse Kinder«, knurrte er. Sie hatten für ihn nur eine einzige Existenzberechtigung: sie waren Verhandlungsmasse. Wer war es noch gewesen, der gesagt hatte: »Wer Kinder bekommt, schenkt der Zukunft eine Geisel«? Egal. Im Augenblick kam es nur darauf an, die anderen einzuholen. Wenn er sich um West gekümmert hatte, würde Robinson ihm schon gehorchen. Er holte tief Luft und ging zum Portal.

Der Übergang in die weitere Zukunft war weder so unangenehm noch so desorientierend, wie er es sich vorgestellt hatte. Er drang in den feuchten, widerlich wuchernden Wald ein und mußte sich sputen, um mit dem übereifrigen Robinson-Jungen mitzuhalten. Er war ganz gut in Form, aber selbst als Jugendlicher hatte er nie die Hyperaktivität besessen, die dieses Kind entwikkelte.

Die Pflanzen dieser Welt erinnerten stark an Pilze. Sie zu berühren war so unangenehm, als hätte man schimmeliges Brot angefaßt. Neben einem plätschernden Bach stolperte Smith im stinkenden Unterholz über eine Wurzel. Danach ging er vorsichtiger weiter und gab besser acht, wohin er die Füße setzte.

Nicht lange, und etwas erregte seine Aufmerksamkeit – etwas Künstliches. Eine Art Metallplatte. Er blieb stehen und schob das Blattwerk weg, bis er den Fremdkörper sehen konnte. Er runzelte die Stirn.

Plötzlich erschien Will zwischen den Bäumen. »Was haben Sie da gefunden?« fragte er.

Smith ließ die Blätter wieder zurückfallen und eilte weiter. Er faßte Will an den Schultern, der sich gerade an ihm vorbeidrängen und es sich ansehen wollte. »Komm schon, Junge, wir haben keine Zeit zum Trödeln«, sagte er rasch. »Laß uns weitergehen.« Er gab Will einen Stoß und schob ihn tiefer in den Wald, bevor der Junge die Grabsteine sehen konnte. Es waren drei, und sie trugen die Namen von Maureen, Penny und Judy Robinson.

»Quak? Quak!« Penny tappte jenseits des Portals durch den mit Moos überwucherten, feuchten Wald. Sie machte sich schreckliche Sorgen. Wie sollte sie die Kleine in diesem Gelände nur finden?

Plötzlich hörte sie irgendwo ein Stück voraus das leise, vertraute Quaken. Sie rannte weiter und folgte im lichter werdenden Unterholz den Geräuschen, bis sie vor einer roten Felsklippe stand, in die der Zahn der Zeit eine bizarre Landschaft aus Überhängen und Höhlen genagt hatte. Und richtig, da war auch Quak. Sie hüpfte zirpend und quietschend auf einer Lichtung herum. Penny konnte allerdings nicht erkennen, warum das Tier so aufgeregt war.

Vielleicht hat sie einfach nur Angst, weil sie sich verlaufen hat. »Quak«, schimpfte sie. »Du kannst doch nicht einfach weglaufen.«

Quak kreischte hysterisch, als zwischen ihnen etwas herunterfiel und Penny in eine dichte Wolke hüllte. Penny blieb sofort stehen, hustete und wedelte die

Schwaden vor dem Gesicht weg. Als sich ihre Sicht wieder klärte, sah sie, wie anscheinend aus dem Nichts in der Wolke etwas Riesiges erschien.

Als sie es dann deutlich erkennen konnte, riß sie vor Scheck den Mund weit auf. Es war ein außerirdisches Wesen, beinahe doppelt so groß wie sie. Die riesigen Arme und die Wirbelsäule waren mit Stacheln bewehrt, und das Wesen hatte eine Alligatorhaut wie Quak. Die Schwanzspitze war mit Dornen besetzt wie ein Morgenstern. Das Biest hatte ein Gesicht wie ein Orang-Utan, die Augen traten stark hervor.

Sie starrte es an und dachte, daß sie sich eigentlich fürchten mußte. Aber bevor ihr benommenes Gehirn bereit war, von Schrecken auf Angst umzuschalten, sah sie das zerfaserte, verknitterte rote Band, das sich das Wesen um den Finger geschlungen hatte.

Quak sah das Band im gleichen Augenblick wie Penny. Die Kleine stürzte sich, eifersüchtig kreischend, auf das fremde Wesen.

»Quak, nein!« rief Penny. Sie wollte das kleine Geschöpf zurückhalten, aber es war zu spät.

Quak sprang hoch in die Luft und landete auf dem riesigen Arm des großen Wesens. Sie schnappte das zerfranste Ende des Bandes und zog mit aller Kraft daran.

Doch das riesige Wesen schüttelte Quak nicht etwa einfach ab wie eine lästige Fliege, sondern sah die Kleine zärtlich an.

Quak gab ihren wütenden Angriff auf, als das fremde Wesen nichts unternahm, um sie daran zu hindern. Sie machte es sich in der Armbeuge des Wesens bequem und starrte neugierig zum Affengesicht des Ungeheuers hoch. Dann betrachtete Quak das Band, das sie am

Handgelenk trug, dann wieder das Band am Finger des Wesens. Sie erkannte jetzt anscheinend, was Penny längst gesehen hatte: Die beiden Bänder waren, abgesehen vom Alter, im Grunde ein und dasselbe Band.

Langsam, Schritt für Schritt, kam das riesige fremde Wesen näher. Es blieb vor Penny stehen, und auch Penny rührte sich nicht vom Fleck. Eigentlich hätte sie weglaufen müssen, doch sie blieb wie gebannt stehen, während das riesige Wesen die gewaltige Pranke ausstreckte und Penny sanft an der Wange berührte. »Braves Mädchen«, sagte es. »Hübsches Mädchen, schönes Mädchen.«

Penny sah dem Wesen ins Gesicht, und in ihren Augen sammelten sich die Tränen. *Das würde eine ausgesprochen spannende Geschichte werden.*

John und Don West traten durch ein weiteres Portal; sie folgten den Signalen des Peilgeräts zu der Treibstoffquelle, die sich ihnen jedoch immer wieder zu entziehen schien.

Jede neue Realität, in die sie durch ein Tor eindrangen, schien trostloser als die letzte, und jeder Schritt führte sie weiter weg von den Menschen, die von ihnen abhingen und für deren Sicherheit sie verantwortlich waren.

Und doch hatte John bei jedem Durchgang durch ein neues Tor das Gefühl, seine Gedanken würden klarer, sein Denken schärfer.

»Das ist eigenartig«, erklärte er schließlich. »Jedesmal, wenn wir durch ein Tor treten, bewegen wir uns anscheinend weiter in die Zukunft.« *Immer nur in die Zukunft. Nie in die Vergangenheit. Warum?* Und wenn sie nur die Zeit überwanden, nicht aber den Raum, dann war es durchaus möglich, daß sie sich, ohne es zu bemerken, im Kreis bewegten. Sie konnten immer und immer wieder durch ein und dieselbe Landschaft laufen, die mit jedem Übergang älter wurde.

Zeitreisen führten zu Paradoxa – das besagten jedenfalls die Theorien. Aber mit einer Realität wie dieser konfrontiert, konnten ihm all die Theorien, die er studiert hatte, nicht weiterhelfen.

»Einfach irre«, murmelte West. Er überblickte die rostfarbene Einöde, die sich vor ihnen erstreckte. Er schien sehr beunruhigt.

John sah sich noch einmal zu dem letzten Tor um, das sie durchquert hatten. »Wirklich erstaunlich, in der Tat. Ein Energiefeld, das Raum und Zeit manipulieren und diese örtlich begrenzten Zeitfenster erzeugen kann.« Er schüttelte den Kopf, als sein wissenschaftlich geschulter Verstand sich im Bemühen, das Phänomen zu begreifen, beinahe überschlug. Seit er als begabter Jugendlicher über die mathematischen Bedingungen ihres Universums nachzudenken begonnen hatte, war er nicht mehr so aufgewühlt und begeistert zugleich gewesen. »Einstein und Tamagishi haben spekuliert, daß auf der Ebene der Quanten oder Subquanten …« Er unterbrach sich, als er Wests Gesichtsausdruck bemerkte.

Diesen Gesichtsausdruck kannte er nur zu gut: eine Mischung aus Verständnislosigkeit und Gereiztheit, die er immer wieder in den Gesichtern der Menschen in seiner Umgebung, einschließlich seiner Eltern, entdeckt hatte, sobald er versucht hatte, die erstaunliche Welt seiner Gedanken mit zwangsläufig unzureichenden Worten zu beschreiben.

John senkte verlegen den Blick.

Schweigend liefen sie weiter und erreichten nach einer Weile eine trockene Ebene, auf der behaarte, dreilappige Pflanzen standen. Die gedrungenen bernsteinfarbenen Gewächse erinnerten ihn an Kakteen.

Nach einer Weile brach West das unbehagliche Schweigen. »Das wäre ein schöner Aufstieg.« Er deutete auf die rote, erodierte Klippe, der sie sich näherten. *Er liebt den Kampf,* dachte John. In den Augen des jungen Mannes konnte man dieses gewisse Leuchten sehen. *Er lebt für die Augenblicke, in denen er dem Tod beweisen kann, daß er ganz und gar lebendig ist. Aber das Leben ist keine Kostümprobe, und ob man Fehler macht oder nicht, man bekommt nur diese eine Chance, um Erinnerungen zu erwerben, die zu behalten sich lohnt.*

John mußte auf einmal an seinen Vater denken. Er hatte lange nicht mehr an ihn gedacht: wie sein Vater ihn zum Klettern in die Berge mitgenommen hatte, wie sie gewandert und zum Schilaufen gefahren waren, wie sie sich im Naturschutzgebiet in der Nähe ihres Hauses herumgetrieben hatten. Nicht aus Pflichtbewußtsein, weil der Alte seinen frühreifen kleinen Techniker abhärten wollte, sondern ganz einfach, weil es aufregend war und Spaß machte. Es hatte ihm dort draußen gefallen, in den letzten unzerstörten Freiräumen, die es auf der Erde noch gab. Sie hatten diese Ausflüge beide geliebt. »Wissen Sie«, sagte er zu West, »mein Vater hätte Sie gemocht.«

West mußte unwillkürlich grinsen, erfreut und auch ein wenig stolz.

Es war schon fast dunkel, als sie endlich die Klippe erreichten. John sah noch einmal auf das Peilgerät. »Verdammt«, sagte er.

»Verdammt?« antwortete West. »Das klingt aber gar nicht gut.«

»Ich bin ein Idiot«, sagte John wütend. Sie hatten den Ausgangspunkt der Strahlung erreicht, aber hier war nichts außer einer Steinwand. Sie standen in einer Sackgasse. »Das Signal, das wir verfolgt haben, war die Strahlung der *Jupiter* selbst, die von diesen Felsen hier reflektiert wurde.« Er drehte sich um und deutete in die Richtung, aus der sie gekommen waren.

Als er sich bewegte, bemerkte er aus den Augenwinkeln ein Glitzern. Er blickte hinab.

Er stand auf einer Metallplatte, die mit rotem Staub bedeckt war.

Er trat zur Seite, und West packte an und hob das Blech an. Es war schwer, und er verzog angestrengt das Gesicht. Als es aufrecht stand, wischte er es mit einer Hand ab.

Man konnte die Aufschrift deutlich lesen: *Jupiter Two.*

John fluchte leise. »Das Metall ist Jahrzehnte alt.« Er fuhr mit der Hand über die oxydierte Fläche.

Don ließ die Platte los, als wäre sie glühend heiß, und sie knallte vor seinen Füßen in den Staub. »Was ist das für ein Alptraum?« Sein Blick irrte durch die fremde Landschaft, heftete sich schließlich verzweifelt auf Johns Gesicht. »Wo sind wir nur?«

»Nein, Major.« John schüttelte den Kopf. *Er hatte recht gehabt mit seinem Gefühl, daß sie sich nur im Kreis bewegten.*

»Die Frage ist, *wann* wir sind.«

Die überhitzte Luft knallte wie ein Donnerschlag, als ein Energiestoß Dons Rücken traf und ihn auf den Bauch warf.

John ging sofort in Deckung und rollte sich herum, bis er hinter einem Steinvorsprung Deckung fand. Er nahm das Gewehr von der Schulter und erwiderte das Feuer. Die nächsten Schüsse ließen die Felsen vor ihm platzen. Er duckte sich, richtete sich wieder auf und feuerte ein paar Schüsse ab.

Doch die nächsten Energiestöße trafen ihn, genau wie West, von hinten, und fegten ihn von den Beinen.

Die beiden Männer blieben reglos liegen.

Der Roboter rollte zwischen den Felsen hervor. Der improvisierte Körper war nach langen, arbeitsreichen Jahren zerkratzt und vernarbt. Er hob die Arme und fuhr die Klauen aus.

Will und Doktor Smith setzten ihre Wanderung durch das öde, eintönige Land fort. Immer noch dem Signal folgend, mußten sie nach einer Weile durch ein weiteres Portal treten. Sie hatten den feuchtschwülen Dschungel hinter sich gelassen und bewegten sich jetzt durch eine Wüste, deren roter Boden stark erodiert war. Sie liefen schon lange Zeit durch diese Landschaft, die beiden Sonnen standen inzwischen niedrig am Himmel und warfen lange, verschwommene Schatten. Die Umgebung sah aus wie ein doppelt belichtetes Bild.

Sie liefen nun einen Hang hinunter, der von zahlreichen behaarten, knolligen Kakteen bewachsen war. Manche der Pflanzen waren so groß wie Will, und der Junge bekam das Gefühl, in einer Herde wilder Tiere zu stehen, die ihn, einem unbekannten Schicksal entgegen, mit sich reißen würden.

Er fand diese wilde Landschaft schon lange nicht mehr spannend. Er hatte Angst, und er war deprimiert. Er wollte so sehr zu seiner Familie zurück, daß er sich schon einbildete, die Landschaft käme ihm bekannt vor.

»Ich glaube, wir sind im Kreis gelaufen«, sagte er unglücklich.

»Folge einfach nur dem Signal deines Vaters, William«, sagte Smith, sich mühsam beherrschend.

Will sah gehorsam wieder auf das Peilgerät, dann in die Richtung, in die es wies. »Verdammt«, flüsterte er.

»Ein intelligenter Junge wie du sollte nicht fluchen«, ermahnte Smith ihn.

»Sehen Sie, da!«

Smith sah in die Richtung, in die er zeigte. »Oh«, sagte er. »Oh, verdammt.«

Vor ihnen, im letzten Licht der Abendsonne blinkend wie ein Leuchtturm, lag die *Jupiter Two.* Sie lag immer noch vor der roten Wand des Kraters, aber sie hatte sich stark verändert.

Die *Jupiter Two* war ausgeschlachtet worden. Die unteren Abteile waren ganz verschwunden, und nur das Gerippe war noch übrig. Das Metall war abgeschält, als hätte jemand den Rumpf des Raumschiffs aufgeschnitten wie eine Konservendose.

Mom, Penny, Judy … Will stieß einen Schrei aus und rannte den Hügel hinunter.

19. Kapitel

John regte sich schwerfällig und kam langsam wieder zu sich. Mit seinem Bewußtsein erwachten auch die Erinnerungen. Man hatte sie überfallen und angeschossen, aber er lebte noch.

Er befand sich in einer Art Gebäude, das aber anscheinend stark beschädigt war. Der weitläufige Raum lag zum größten Teil im Dunklen. An einigen Stellen brannten ein paar Lampen, das letzte Tageslicht fiel durch große Löcher in den Wänden herein. Er sah technische Geräte – Computerpulte, Schalttafeln, Bildschirme –, aber die meisten waren tot. Nur hier und dort funktionierten noch einige Anzeigen und überwachten den schwächer werdenden Herzschlag des Systems.

Er lag in einer leeren Ecke des Raumes, als hätte man ihn abgeworfen wie einen nassen Sack. Er rollte sich herum. West lag neben ihm. Der Pilot hatte Brandwunden und Quetschungen abbekommen und war offenbar immer noch bewußtlos. Aber Gott sei Dank war auch er noch am Leben. John fragte sich, ob er genauso elend aussah wie der Pilot. Er fühlte sich jedenfalls so.

»Ja, ja …«, sagte ein Mann. Die Stimme hallte laut im großen Raum. »Am Ende wird belohnt, wer geduldig ist.«

John richtete sich mühsam auf und lehnte sich mit dem Rücken an die Wand. Vor ihm saß ein Mann, dessen Gesicht im Dunklen nicht zu erkennen war. »Wo sind wir hier?« fragte John.

»Der Schock muß dir das Gehirn durcheinandergebracht haben«, sagte der Fremde. »Sieh dich doch um. Erkennst du es nicht? Du bist daheim.«

Daheim? John starrte die dunkle Gestalt an. »Das kann nicht sein.« *O mein Gott,* dachte er dann. Es war nur zu wahr. Er befand sich an Bord der *Jupiter Two.*

»Was hast du mit dem Schiff gemacht?« Er kam auf die Beine, ignorierte die Schmerzen und die Furcht, die plötzlich in ihm aufkam. »Und wo ist meine Familie?«

»Deine Familie ist tot«, sagte der Mann. »Tot und begraben.«

»Nein …«, flüsterte John. Er hatte das Gefühl, man hätte ihm den Boden unter den Füßen weggezogen.

Der Mann stand auf und trat ins Licht. Jetzt erst

konnte John sein Gesicht erkennen. Er war fast in Johns Alter, die Kleidung war schmutzig und abgenutzt, das blonde Haar und der Bart lang und ungepflegt. Er sah aus wie ein Einsiedler, der nach langer Zeit seine Höhle verlassen hatte. Und doch, sie hätten Brüder sein können …

»Ich werde jenen Morgen nie vergessen«, sagte der Mann. »Wann war es? Vor zwanzig, dreißig, vierzig Jahren? Du hast gesagt: ›Ich komme zurück, ich verspreche es dir.‹ Aber ich wußte, daß es nicht wahr war. Du bist nicht zurückgekommen.«

Er ging langsam durch den Raum zu einem der toten Steuerpulte. »Ohne dich hatte deine Familie keine Chance mehr. Ein paar Spinnen hatten die Zerstörung des Forschungsschiffs überlebt. Sie sind bis zum Planeten vorgedrungen und haben angegriffen. Ich höre die Frauen heute noch schreien.«

»Wer bist du?« fragte John mit belegter Stimme.

Der Fremde näherte sich ihm wieder und blieb an einer Stelle stehen, wo es ein wenig heller war. Er hob die Hand zum Hals, nestelte einen Augenblick herum und streckte die Hand aus.

»Erkennst du mich denn nicht, Dad?« Fleckiges Metall blinkte im Licht. Eine Dienstmarke. »Ich bin dein Sohn Will.«

»Penny? Penny?«

Penny blickte auf, als ihre Mutter und Judy durchs Gebüsch brachen und die Lichtung betraten, wo sie mit den beiden Wesen hockte. Sie grinste.

Die beiden blieben stehen, die Pistolen zum Schuß erhoben, und starrten fassungslos das riesige Ungeheuer an, das Pennys Gesicht streichelte.

»Penny?« keuchte Maureen. »Alles klar, Baby?«

Penny nickte und stand auf. »Alles in Ordnung, Mom«, sagte sie energisch und winkte ihnen, die Waffen wegzustecken. »Sie wird uns nichts tun. Sie denkt wohl, ich wäre ihre Prinzessin oder so etwas.«

Sie fragte sich, wie die beiden sie überhaupt gefunden hatten, aber dann fiel ihr die CamWatch ein. Sie mußten gehört haben, wie sie Quak gerufen hatte. Sie nahm das kleine Tier wieder in die Arme und begrüßte ihre Mutter und ihre Schwester. Das riesige Alien hielt sich zurück, das fremdartige Gesicht, soweit man es sehen konnte, ehrfürchtig und verehrungsvoll verzogen.

Ihre Mutter und Judy kamen vorsichtig näher, um das große außerirdische Wesen nicht zu erschrecken, und Penny stellte sie einander vor. Das Wesen ließ sich bereitwillig von Judy untersuchen, fast als erinnerte es sich, daß die Ärztin erst gestern schon einmal das gleiche getan hatte.

»Soweit ich es sagen kann«, murmelte Judy, sich wieder an Penny und ihre Mutter wendend, »ist dieses Wesen schwanger. Aber ...« Sie hob ratlos die Hände.

»Was ist, Doc?« fragte Maureen.

Judy verzog nachdenklich das Gesicht. »Jede Lebensform hat eine ganz einzigartige biologische Struktur. Diese Strukturen sind so individuell wie Fingerabdrükke. Es gibt keine zwei, die identisch wären. Aber ...«

»Aber die Strukturen dieses riesigen Wesens und unserer kleinen Quak sind völlig identisch, nicht wahr?« Maureen vollendete den Satz, während sie die beiden Außerirdischen mit einem seltsamen Gesichtsausdruck betrachtete.

Judy starrte sie an. »Woher weißt du das?«

Maureen, die nachdenklich zum fernen Kraterrand

geblickt hatte, sah zwischen dem großen Wesen und Quak hin und her. »Ich glaube, Quak und unsere neue Freundin hier sind in Wirklichkeit ein und dieselbe.«

Na endlich, dachte Penny. Wenn man sich auf seine Intuition verließ, kam man meist schneller ans Ziel als mit Meßgeräten. *Endlich hatten sie es kapiert.* Sie sah sie stolz an. Das würde eine irre gute Geschichte werden.

Der Roboter stieß John unsanft weiter. Den immer noch bewußtlosen West trug er auf den Armen, während Will sie durch leere Gänge in den ausgeschlachteten Maschinenraum der *Jupiter* führte.

»Vater, ich schenke dir die Ewigkeit.« Will deutete auf das, was früher einmal die Zündung des Hyperantriebs gewesen war. John kam mitten im Raum stolpernd zum Stehen. Er fragte sich, was die Umbauten zu bedeuten hatten, und vor allem, was aus seinem Sohn geworden war. Er fühlte sich wie in einem Alptraum.

Unter dem Zünder schwebte eine glühende Energiekugel. Unzusammenhängende Bilder wirbelten darin herum, doch es war nichts, was John erkennen konnte.

Die Ewigkeit? John erkannte auf einmal, daß er tatsächlich die Ewigkeit betrachtete. Das Gerät war eine veränderte Version der Zeitportale, die ihn hierher geführt hatten. Hatte Will einen Weg gefunden, die Kräfte zu kontrollieren, die hinter ihnen steckten?

Der Roboter ließ West einfach auf den Boden rutschen. Der harte Aufprall weckte den Piloten, der sich stöhnend herumdrehte. »Wo sind wir?« fragte er mit belegter Stimme. Er hielt sich den Kopf und blieb benommen sitzen, nachdem John ihm geholfen hatte, sich aufzurichten.

John warf Will einen fragenden Blick zu. »Ich glaube, wir sind Jahrzehnte, nachdem wir aufgebrochen sind, zur *Jupiter* zurückgekehrt«, murmelte er.

»Schau her, Vater, was ich mit meiner Fantasie erschaffen habe, die du früher immer als bloßen Kinderkram abgetan hast«, sagte Will. Jetzt, da er sie endlich hatte, wollte er Johns Aufmerksamkeit um keinen Preis abirren lassen. »Ich habe deinen Hyperantrieb benutzt, um meine Zeitmaschine zu bauen.«

West riß den Mund auf, als er hörte, daß der erwachsene Mann John mit ›Vater‹ anredete. Nach einem Augenblick, als er es sich zusammengereimt hatte, fluchte er leise.

Will ging durch den Raum zu einem Stuhl, der früher auf der Brücke für John reserviert gewesen war. Das Schaltpult davor, das inmitten eines dichten Kabelgewirrs stand und eine Verbindung zwischen dem Hypermotor und weiteren Geräten auf der oberen Gangway herstellte, sah aus wie eine riesige Spinne.

»Ich habe all die Jahre daran gearbeitet, die gewaltigen Kräfte der Zeit zu bändigen. Immer wieder sind meine Versuche, einen stabilen Durchgang herzustellen, gescheitert. Doch jetzt hatte ich endlich Erfolg.« Er drückte auf einen Knopf, und irgendwo sprang ein Generator an. Der Treibstoffzylinder, der aus dem Antrieb des Raumschiffs ausgebaut worden war, wurde von Scheinwerfern angestrahlt.

»Der Kernbrennstoff«, flüsterte West. Er sprach jetzt wieder völlig normal, und sein Blick war klar. »Wenn wir den zur *Jupiter Two* zurückschaffen könnten …«

John nickte, ohne den Blick von seinem Sohn zu wenden. *Einen stabilen Durchgang schaffen … mein Gott. Will hatte nicht etwa ein natürliches Phänomen gebändigt, son-*

dern er hatte die Phänomene erst verursacht. Wills Zeitmaschine hatte die instabilen Portale geschaffen. Energien, die den ganzen Planeten zu zerreißen drohten.

»Sobald diese Brennstoffzelle in das Steuerpult eingeführt wird«, sagte Will mit erhobener Stimme, »kann ich ein Tor öffnen, das stabil genug ist, damit ein einzelner Mensch nicht nur durch den Raum, sondern auch durch die Zeit reisen kann. Heute werde ich die Geschichte verändern.« Will gab ein weiteres Kommando in die Konsole ein, und John sah, wie die Energiekugel langsam heruntersank, bis sie im Becken des Hyperantriebs versank. Ein Monitor schaltete sich ein und zeigte ein Abbild der Erde.

»Ich werde nach Hause zurückkommen«, sagte Will mit brennenden Augen. »Ich werde zu dem Tag springen, an dem du uns auf diese verfluchte Mission geschickt hast. Ich werde den Start verhindern. Ich werde tun, was du nicht geschafft hast. Ich werde unsere Familie retten, ich werde uns alle retten.« Seine Stimme zitterte.

John sah und hörte seinem Sohn bekümmert zu. *Mein Gott,* dachte er, *Will hat den Verstand verloren. Durch die lange Einsamkeit ist er verrückt geworden.* Er hatte Will im Stich gelassen, er hatte alle im Stich gelassen, die er liebte, und sein Versagen war tausendmal schlimmer gewesen als alles, was er seinem Vater vorwerfen konnte.

Er schüttelte den Kopf und bemühte sich, diese Gedanken abzustreifen. »Will, schau dich doch um …« Er machte eine unbestimmte Geste. »Die Energie deiner Zeitmaschine reißt den Planeten auseinander. Was ist, wenn sie die gleiche Wirkung auf die Erde hat? Wenn du, indem du nach Hause zurückkehrst, die Erde zerstörst?«

Will kehrte ihm den Rücken und ging zum Steuerpult zurück. »Ich gehe nach Hause«, wiederholte er. »Ich muß die Familie retten.«

»Will, ich bin dein Vater«, sagte John verzweifelt. Du mußt mir zuhören …«

Will fuhr herum, sein Gesicht eine haßerfüllte Maske. »Ich will dir etwas über meinen Vater erzählen«, schnappte er. »Mein Vater war ein lebendiges Gespenst. Er hat seine Familie in den Weltraum geschleppt und dort im Stich gelassen. Mein Vater hat nichts getan, um sie zu retten.« Er stieg auf die Plattform über dem Wurmloch, das er in Zeit und Raum gebohrt hatte.

Don stand langsam auf. Widerstreitende Emotionen spiegelten sich in seinem Gesicht. Er starrte John an, dann wieder den vierzig- oder fünfzigjährigen Mann, der Johns Sohn war. Er schüttelte den Kopf.

John aber hatte nur noch einen einzigen Gedanken im Kopf, der ihn lähmte, als hätte ihn die Hand des Todes berührt.

Will kroch durch den im Zwielicht liegenden Wald und näherte sich langsam dem Wrack der *Jupiter Two.* Doktor Smith hielt sich dicht neben ihm, seit sie gesehen hatten, daß im Rumpf Licht brannte.

Smith legte ihm eine Hand auf den Arm und hielt ihn zurück. »Sobald wir drinnen sind«, murmelte Smith, »mußt du alles abknallen, was sich bewegt.«

Will sah ihn überrascht und stirnrunzelnd an. »Aber wir müssen doch herausfinden, was …«

»Will«, sagte Smith und legte ihm einen Arm um die Schultern. »Ich will dir etwas verraten. Hinter jeder Ecke warten Monster. Ich weiß das, ich bin nämlich selbst eines. Und wir Monster …« Will wollte sich aus

Smiths Umarmung befreien, aber der kalte Blick des Arztes hielt ihn fest, als wäre er eine Mikrobe auf dem Objektträger eines Mikroskops. »Wir Monster haben keine Probleme damit, kleine Jungs zu fressen. Wenn du überleben willst, mußt du bereit sein zu töten.«

Will konnte den Arm endlich abschütteln. »Ich kann das nicht machen«, sagte er, viel zu laut. Er wußte, daß Smith ihm nicht glaubte.

»Hör gut zu, Junge«, fuhr Smith ungeduldig fort, »ich bin mit dir quer durch diese Welt gewandert. Ich bin bereit, mein Leben zu riskieren. Aber ich bin nicht bereit, es wegzuwerfen.« Er deutete zu dem dunklen Wald zurück, dann zum Licht, das aus dem Schiff drang. »Wer weiß schon, welche Gefahren dort vor uns liegen? Du kannst uns nicht vor ihnen beschützen, Kind. Aber ich kann es, und ich werde es tun. Deshalb bitte ich dich, mir zu vertrauen. Gib mir die Waffe.« Er streckte die Hand aus.

Will zögerte. Er wünschte, seine Mutter wäre bei ihm und könnte ihm sagen, was er tun sollte. Er wünschte, wie durch einen Zauberspruch würde sein Vater auftauchen und ihm die Entscheidung abnehmen. Langsam hob er die Pistole. Er drückte auf den Verschluß. »Waffe für alle Benutzer freigeben«, sagte er.

»Stimmabdruck bestätigt«, erwiderte die Waffe.

Er gab Smith die Pistole.

»Endlich.« Smith schnappte sie sich gierig, legte Will einen Arm um den Hals, hielt ihn fest und setzte ihm die Waffe an die Schläfe. Will schrie und schloß die Augen.

»Eine kurze Lektion für den Kampf ums Überleben, auf dieser wie auf jeder anderen Welt«, zischte Smith ihm ins Ohr. »Du darfst niemandem vertrauen. Niemals.«

Smith ließ ihn los und gab ihm einen Stoß. »Vergiß das nicht bis in deine alten Tage«, sagte er. Seine Stimme klang verbittert. »Falls du überhaupt alt wirst. Und jetzt geh.«

Will marschierte los. Er kämpfte mit den Tränen.

John stand bei seinem erwachsenen Sohn, betrachtete die Geräte, die Will aufgebaut hatte, und schenkte ihm endlich die ungeteilte Aufmerksamkeit, nach der sich der Junge immer gesehnt hatte. In der hell strahlenden Vertiefung hatten die Dämpfungsfelder bereits begonnen, die amorphe Energiekugel zu einem kohärenten Bild zu komprimieren. Allmählich entstand ein Ring aus Plasma, in dem eine blau und weiß gefleckte Kugel erschien. Nach und nach schälte sich das unverkennbare Abbild der Erde heraus.

Man konnte also durch Zeit *und* Raum reisen und den Zielort mit großer Genauigkeit steuern – und zwar ohne ein Hyperraumtor zu benutzen. Sein Sohn hatte es bewiesen. Die *Proteus* mußte die gleiche Technik verwendet haben. Plötzlich erkannte er, was er die ganze Zeit übersehen hatte: *Ganz egal, ob sie auf die Erde zurückkehrten oder nicht, die Erde war sicher. Die Menschheit war fähig, nach den Sternen zu greifen.*

West ging hinter ihm in Deckung und arbeitete sich langsam zur Steuerung des Hyperantriebs und zur Brennstoffzelle vor. Wenn er dafür sorgen konnte, daß Will sich uneingeschränkt auf ihn konzentrierte, hatte Don vielleicht eine Chance. Schmerzlich berührt dachte er, daß er seinem Sohn noch nie so genau zugehört hatte wie jetzt. Erst jetzt konnte er den brillanten Verstand, der in dem Kind geschlummert hatte, wirklich würdigen – erst jetzt, als er seinen Sohn hintergehen mußte, weil er ein Experiment durchführte, das die Erde vielleicht doch noch zerstören konnte.

»Mir ist etwas gelungen, das du nicht geschafft hast«, sagte Will. Er sprach die Worte in einem seltsamen Singsang, fast klang es wie ein Mantra. »Nur ich bin fähig, uns alle zu retten …«

»Keine Angst!« rief eine sarkastische Stimme. »Smith ist auch noch da.«

John wirbelte herum. Hinter dem Roboter kam Smith mit seinem Sohn herein – mit dem zehnjährigen verängstigten Kind, das er mit der Plasmapistole bedrohte. Smith zog ein Gerät aus der Tasche und steckte es mit einer raschen Bewegung in den Rücken des Roboters. Der Roboter hob die Arme, dann ließ er sie wieder sinken. Ein Steuerknochen.

»Will«, rief John. Er wollte zu seinem Sohn laufen.

»Keine falsche Bewegung, Professor Robinson«, zischte Smith. Er hob die Pistole, und sein Gesicht wurde hart. »Sonst wird dieses eigenartige Familientreffen ein tragisches Ende nehmen.« Er bemerkte Don. »Und Sie, Major, halten sich doch bitte von diesem Pult fern.«

Don blieb gehorsam stehen und starrte Smith und Will an. Dann kehrte er wortlos zu John zurück.

Smith stand nun hinter dem Roboter und tippte auf der Tastatur des Steuerknochens Befehle ein. »Ich wußte doch, daß mir das Ding gelegen kommen würde.« Zufrieden lächelnd nahm er zur Kenntnis, daß der Roboter wieder zu arbeiten begann und die Arme hob. »Dann darf ich jetzt zum Tanz bitten«, murmelte er, als er fertig war. »Ich bin der Puppenspieler, und dieses Mal mache ich es richtig. Roboter, du wirst allein auf meine Stimme hören. Elektrische Unterbrecher abschalten.«

Der Roboter reagierte sofort und baute zwischen seinen Klauen einen Flammenbogen auf. Smith lächelte zufrieden. »Braver Junge.«

Will hatte unterdessen die Zeitmaschine bemerkt. Er riß die Augen auf. »Du hast es geschafft«, murmelte er. »Genau wie ich es mir vorgestellt hatte. Den Kern des Hyperantriebs umlenken, aber die Raumzeitkontrolle – die modifizierte Stromversorgung! Daran hätte ich nie gedacht ...«

Wills ältere Ausgabe lächelte sein jüngeres Selbst freundlich und traurig zugleich an. »Die Zukunft ist nie so, wie du es dir ausmalst, wenn du zehn Jahre alt bist.«

Smith durchquerte den Raum und setzte dem erwachsenen Will die Pistole an die Stirn. »Sag auf Wiedersehen zu deiner Vergangenheit«, sagte er. »Um die Zukunft werde ich mich kümmern. Ich werde an deiner Stelle nach Hause fahren.«

Der ältere Will drehte sich zu Smith herum. Ein amüsiertes Lächeln spielte um seine Lippen.

»Nicht ganz der richtige Augenblick, um amüsiert zu tun«, fauchte Smith. »Was gibt es da zu lachen?«

Der ältere Will zuckte mit den Achseln und deutete auf die anderen Anwesenden. »Sehen Sie sich doch um, Doc. Sehen Sie sich diese lebensfeindliche Welt an. Glauben Sie wirklich, ein kleiner Junge hätte hier ganz allein überleben können?«

Smith kniff die Augen zusammen, als er erschrocken zur Kenntnis nahm, was Will gesagt hatte.

Aus den Augenwinkeln bemerkte John eine Bewegung, und dann sah er etwas wie einen fließenden Schatten herankommen.

Eine Stimme, fremdartig und dennoch schrecklich vertraut, rasselte: »Keine Angst, Smith ist da.« Der

Schatten trat auf klickenden Füßen, die keine menschlichen Füße waren, ins Licht. Er trug einen schwarzen Umhang, der aus zerrissenen Anzügen, Schläuchen und Leitungen zusammengesetzt war. Der Umhang verhüllte den über zwei Meter großen Körper, das Gesicht war mit einer silbrigen Maske bedeckt. Die Haare und der Bart hatten sich in Anhängsel verwandelt, die an Insektenfühler oder an die Beine von Insekten erinnerten. Die Augen spiegelten das Licht wie poliertes Metall. Doch irgendwie war es unverkennbar Doktor Zachary Smith.

»Hallo, Doktor«, sagte der Hybrid, während er sich Smith näherte. »Wie schön, mich nach all den Jahren mal wiederzusehen.« Ein Arm zuckte aus dem Umhang hervor und schlug Smith die Waffe aus der zitternden Hand. Der Hybrid baute sich über Smith auf und sah ihm tief in die Augen, und der Arzt zog den Kopf ein, als wollte er im Erdboden versinken.

»Der Biß der Spinne hatte einige überraschende Nebeneffekte.« Der Hybrid packte Smith und wirbelte ihn herum. Er legte den Riß auf seinem Rücken frei – die Verletzung, die Smith sich zugezogen hatte, als sie vom Forschungsschiff geflohen waren. John sah, daß die Wunde sich entzündet hatte, weil der Technovirus offenbar die Hautzellen angriff.

Smith wurde es im gleichen Augenblick klar. Er riß sich aus dem Griff des Hybriden. Sein Gesicht war vor Angst verzerrt.

»Aber meine einzigartigen Gaben haben mir in dieser gefährlichen Welt einen entscheidenden Vorteil verschafft.« Der Hybrid streichelte sanft die Wange des älteren Will. Erst jetzt konnte John die Hand sehen, die im Grunde keine menschliche Hand mehr war.

»Nachdem die Frauen abgeschlachtet worden waren«, fuhr der Hybrid höhnisch fort, »wurde ich der Vater, den Will nie gehabt hatte.«

John ballte die Hände zu Fäusten. West, der jetzt hinter ihm stand, verzog angewidert das Gesicht.

Plötzlich packte der Hybrid Smith an den Armen und tanzte mit ihm wie mit einer wehrlosen Puppe einen grotesken Walzer. »Zwei Jahrzehnte voller Qualen haben mich gelehrt, welche Fehler ich gemacht habe«, rasselte die schreckliche Stimme. Er bog Smiths Oberkörper zurück, bis dem Arzt fast das Rückgrat brach. »Dein brutaler Ehrgeiz erfüllt mich mit Scham.« Er schüttelte Smith wie ein Kopfkissen und wirbelte ihn wieder herum. »Ich habe in mich geblickt, und dort sehe ich immer noch dich ...«

Plötzlich hob er Smith hoch über den Kopf, und als der Umhang aufklaffte, sah John weitere Spinnenarme, die ihm an den Seiten gewachsen waren. Mit einer gewaltigen Anstrengung warf er Smith quer durch den Raum und durch eine Öffnung hinaus ins Freie, wo Smith weit unten auf den Felsen aufschlug.

»Ich habe mich im Grunde nie gemocht«, murmelte der Hybrid. Die Worte hingen wie eine düstere Wolke über den stummen Menschen. Er wandte sich an den Roboter. »Töte sie alle.«

»Nein«, sagte der erwachsene Will scharf. John schöpfte neue Hoffnung, doch Will achtete nicht auf sie.

Der Hybrid faltete die Arme wie eine Gottesanbeterin. »Sei doch vernünftig, Sohn«, sagte er bittend. »Sobald unsere Tür in die Zeit vollendet ist, wird dieser Planet zerfallen.« Er hob eine silberne Krallenhand zu der silbernen Gesichtsmaske, eine seltsam theatralische Geste. »Oh, die süße Erlösung der Ewigkeit! Ich bin bereit, hier für das edle Werk zu sterben, damit all unser Leiden nicht vergebens war.« Er blickte zu John. »Aber dein selbstsüchtiger Vater würde nur versuchen, dich aufzuhalten.« Er wandte sich wieder an Will.

Doch der ältere Will hielt dem Blick des Hybriden stand, unbewegt und ohne nachzugeben.

Der Hybrid gab ein schweres, sehr menschliches Seufzen von sich. »Nun gut. Roboter, sperre sie im Schiff ein und bewache sie. Wenn sie auch nur eine falsche Bewegung machen, tötest du sie.«

Der Roboter rollte gehorsam herbei.

Maureen blickte vom Bildschirm ihres Testgeräts auf, als ein neuer Erdstoß die ganze Umgebung beben ließ und kleine staubige Erdrutsche auslöste. Vögel oder Tiere, die wie Vögel anmuteten, flohen aufgeregt und erinnerten sie an ihre eigene Situation. »Wir müssen zum Schiff zurück«, sagte sie zu Judy. Judy nickte und suchte Penny.

Penny war nicht da, die beiden Quaks waren ebenfalls verschwunden.

»Penny?« rief Maureen. Die Angst legte sich ihr wie eine eisige Faust ums Herz.

Plötzlich tauchte die kleine Quak auf, kam schlitternd auf die Lichtung und packte ihre Hand, um sie fortzuziehen. Quak hatte bunte Bänder in der Hand – die Art, wie Penny sie immer trug.

»Wo ist sie, Kleine?« fragte Maureen besorgt, als Quak mit den Bändern wedelte. Quak rannte sofort wieder ins Unterholz davon und winkte ihnen, ihr zu folgen.

Maureen sah Judy fragend an, doch Judy zuckte nur mit den Achseln. Sie hatten keine Wahl, also folgten sie dem kleinen Tier.

Im ausgeschlachteten Maschinenraum der *Jupiter Two* erzeugten die Dämpfungsfelder ein immer klareres, stabileres Bild der Erde, während sie die Zeitenergie bändigten. Das Feld wurde präzise eingestellt, bis John die vertraute Skyline von Houston entdecken konnte. Auf dieser Welt hier nahmen die Erdbeben rasch zu, bis das ganze Raumschiffwrack heftig schwankte.

Der Roboter drängte sie aus dem Maschinenraum. John trug den jungen Will auf dem Rücken, während sein erwachsener Sohn das Steuerpult zur oberen Gangway hinauffahren ließ. Der Hybrid kletterte mühelos über das Gerüst hinterher. John sah unter dem weiten Umhang die nichtmenschlichen Arme und die Füße mit den Krallen hervorlugen, als Smith hinaufstieg.

Plötzlich keuchte West. »Er hat einen Eiersack.« Don schnaufte, sein Gesicht war kreidebleich. Vor seinem inneren Auge erschien Jeb Walkers Gesicht, er erinnerte sich an die *Proteus* und an die Spinnen.

»Will!« rief er. »Es ist ein Trick! Smith hat einen Eiersack – wenn er hier auf dieser Welt bleiben und sterben will, warum will er sich dann fortpflanzen?«

Ein Energiefeld baute sich zwischen den Klauen des Roboters auf, als er drohend näherrückte. »Weitergehen, oder Sie werden zerstört«, befahl er.

Seinen zweiten Sohn auf den Schultern tragend, den Sohn, den er vielleicht noch retten konnte, verließ John Robinson hinter dem Piloten den Raum.

Will sah mit zusammengepreßten Lippen zu, wie der Roboter sein jüngeres Selbst zusammen mit seinem Vater und Don West aus dem Raum schob. Die beiden schienen nicht älter zu sein als bei ihrer letzten Begegnung, und tatsächlich waren sie ja auch nicht gealtert.

Sie waren durch ein Tor in der Zeit geschlüpft, das durch die zeitliche Instabilität seiner Maschine entstanden war. Die Zeit war kein Fluß mehr, sondern ein riesiges Meer, und die Brandung nagte an der Stabilität der Welt.

Er hatte vorausgesehen, daß die Zeittore den Planeten zerreißen würden, aber er hätte sich nie träumen lassen, daß er seinen Vater unverändert und lebendig wiedersehen würde. Ob seine Mutter und seine Schwestern irgendwo oder irgendwann dort draußen noch lebten, um früher oder später einen ebenso überraschenden wie entsetzlichen Tod zu finden?

Als die Plattform die richtige Position auf der oberen Gangway erreicht hatte, sprang der Hybrid neben ihn. Zum erstenmal seit Jahren nahm Will den mutierten Körper wieder bewußt zur Kenntnis. Er hatte vergessen, wie sehr sich Smiths Körper verändert hatte. Erst beim Anblick des ursprünglichen Smith war ihm aufgefallen, wie wenig menschlich das Wesen neben ihm war.

Smith sah zum Zeittor hinunter, in dem sich die Erde drehte. Das Tor näherte sich dem richtigen Ort und dem richtigen Zeitpunkt. »Es ist fast Zeit«, sagte er fröhlich und gab ein Geräusch von sich, das bei ihm einem Kichern entsprach. »Wir haben alle Zeit der Welt«, fügte er ironisch hinzu. Doch er schien sich selbst nicht über seine Wortspiele freuen zu können. Immerhin hatte Smith sein jüngeres Selbst die Klippe hinuntergeworfen – und damit auch die letzten Reste seiner Menschlichkeit, so verzerrt sie auch gewesen sein mochten, vernichtet.

Nein, dies konnte kein glücklicher Moment sein. Auch wenn er beinahe drei Jahrzehnte allein verbracht hatte, mit niemandem zur Gesellschaft außer dieser monströsen Karikatur eines Menschen, hatte er nicht vergessen, wie wirkliche Menschen sich benahmen. *Das hatten seine Eltern und seine Schwestern ihn gelehrt.*

Er blickte auf. »Sag es mir noch einmal, du altes Ungeheuer. Wie sind die Frauen gestorben?«

Smith schüttelte den Kopf. »Darüber haben wir doch schon so oft gesprochen, mein Junge.«

»In all den Jahren sind die Spinnen niemals wieder aufgetaucht«, beharrte Will. Er trat einen Schritt vom Steuerpult zurück. »Warum nicht?«

Smith sah ihn lange an, dann verzog er die verzerrten Lippen zu einem Lächeln. »Lassen wir doch die Vergangenheit ruhen«, murmelte er.

Will wandte sich wieder zum Pult und stellte den Umfang des Zeittors nach. Die Dämpfungsfelder legten sich enger um den Plasmastrom und drückten ihn zusammen; gleichzeitig wurde auch das Tor enger.

»Vorsichtig, mein Junge«, ermahnte Smith ihn. »Das Plasma, das das Tor eingrenzt, kann einen Menschen in Stücke reißen. Ist der Durchgang nicht ein wenig schmal?«

»Nicht für mich«, sagte Will kalt. Er drehte sich um und wich Smiths unmenschlichen Augen aus. »Aber andererseits – ich soll ja auch nicht durch das Tor gehen, nicht wahr?« Seine Stimme wurde härter. »Es waren nicht die Spinnen, die die Frauen getötet haben. Du warst es. Ich wollte es nur nicht wahrhaben. Du hast mich am Leben gelassen, weil du mich brauchtest. Weil nur ich diese Maschine für dich bauen konnte.« Er deutete auf das Zeittor.

»Armer, armer Junge.« Smith streifte den Mantel ab, und vier grotesk verwachsene hintere Gliedmaßen kamen zum Vorschein. »Hast du wirklich gedacht, ich ließe dich nach Hause gehen?« Ein zweites Paar unnatürlich verlängerter Arme entfaltete sich an seiner Seite. »Damit alles, was ich geworden bin, verschwindet?« Dann fuhr er auch den Hals aus, der sich verlängerte, bis das Ungeheuer mehr als drei Meter groß war. Jetzt zeigte er die schreckliche Wahrheit, die er so lange verborgen hatte. »Sieh mich an!« befahl er. »Ich bin kein Mensch mehr. Ich bin ein Gott.«

Er öffnete den Eiersack an seiner Hüfte, damit Will die wimmelnden kleinen Spinnen sehen konnte. »In mir wachsen die Keime einer Herrenrasse heran. Wir werden über die schutzlose Erde kommen und den Planeten beherrschen!« Er streckte einen Arm aus und packte Will an der Brust, um ihn zu sich heranzuziehen. Smith sperrte dicht vor Wills Kehle den Mund auf und murmelte: »Ein ganzer Planet steht auf dem Speiseplan.«

20. Kapitel

Wieder erschütterte ein Beben die zerfallende Welt. Will, der neben seinem Vater saß, konnte sehen, wie Bündel von Leitungen zerrissen. Müllhaufen und defekte Geräte klapperten und krachten. Das Lager, in dem sie saßen, schien ein Eigenleben zu entwickeln – genau wie der Roboter, der draußen vor der Tür Wache hielt.

Der Roboter sah fast so aus, wie er ihn hatte bauen wollen, als er mit der Rekonstruktion des Körpers begonnen hatte. Vorn die beiden Arbeitsarme mit den Klauen, zwischen denen elektrische Felder aufgebaut werden konnten, dann der einzelne Greifarm für schwere Lasten. Die Bauteile hatte er in den Kisten mit

Ersatzteilen gefunden. Zur Fortbewegung dienten ihm Laufketten. Die Kugeldiode gab einen großartigen Kopf ab – sie leuchtete sogar, wenn der Roboter sprach. Das einzige, was überhaupt nicht Wills Vorstellungen entsprach, war die Tatsache, daß der Roboter gedroht hatte, sie zu töten.

»Ich kann losrennen und ihn ablenken«, verständigte West sich flüsternd mit seinem Vater. »Sie haben dann vielleicht Zeit, mit Will zu fliehen.« Er deutete auf das Durcheinander kaputter Geräte, in dem sie saßen.

Er hatte zugehört, als sie über mögliche Fluchtpläne sprachen. Doch da der Roboter sie bewachte, wußte er genau, daß jeder Fluchtversuch einem Selbstmord gleichkäme. Smith hatte den Roboter übernommen und sie mit seiner Hilfe festgesetzt. Der Roboter folgte den Befehlen wie ein Sklave, ganz egal, wie seine ursprüngliche Programmierung lautete. Es sei denn …

Will stand leise auf und entfernte sich ein Stück von seinem Vater. Schritt für Schritt arbeitete er sich langsam bis zur Tür vor.

»Halt – oder Roboter zerstört dich!« Der Roboter drehte sich um, und zwischen den Klauen blitzten Entladungen. Don West und John Robinson, die erst jetzt bemerkten, was Will zu tun im Begriff war, sahen erschrocken zu, wie der Roboter die Arme ausstreckte, um Will anzugreifen.

Doch Will blieb stehen und versuchte seine Angst zu unterdrücken. »Roboter, erinnerst du dich an mich?« fragte er. »Erinnerst du dich an das, was ich dich gelehrt habe? Über Freundschaft, meine ich?«

Der Roboter blieb sofort stehen, als müßte er über die Frage nachdenken. »Freundschaft bedeutet, dem Herzen und nicht dem Kopf zu folgen«, sagte er schließlich.

Will nickte. »Ich brauche jetzt deine Hilfe, Roboter. Denn wir sind doch Freunde …«

»Logischer Fehler«, sagte der Roboter. »Freundschaft nicht im Programm vorgesehen.«

»Vergiß die Logik!« sagte Will. »Höre auf dein Herz.«

»Roboter hat kein Herz. Roboter wird von Fusionsmotor angetrieben.«

»Jedes Lebewesen hat ein Herz«, sagte Will leise. Er dachte an den erwachsenen Will, und seine Augen wurden feucht. Er drückte die Tränen blinzelnd weg.

»Meine Programmierung wurde verändert, um alle Emotionen zu beseitigen.« Der Roboter stand unnachgiebig in der Tür. »Jeder Versuch, die Befehle abzuschalten, führt zu einem Zusammenbruch meines neuronalen Netzes.«

Der Planet rumpelte und bebte unter ihnen. »Bitte, Roboter«, flehte Will. »Wenn du uns nicht gehen läßt, dann werden wir alle sterben. Ich frage dich noch einmal, ob du uns helfen willst. Willst du mein Freund sein?« Er hatte dem Roboter einmal das Leben gerettet. Ob er sich jetzt daran erinnerte? Konnte er sich überhaupt daran erinnern?

Der Roboter stand noch ein paar Sekunden reglos in der Tür, dann griff er nach hinten zu dem mit der CPU verbundenen Steuerknochen, den Smith ihm in den Rücken gesteckt hatte. »Roboter versucht, den Steuerknochen zu deaktivieren. Befehle abgeschaltet. Versuche Umleitung. Töte sie, töte sie.« Die Klauen fuhren hoch, die Spannung baute sich auf. Will biß sich auf die Unterlippe. Er mußte sich sehr zusammenreißen, um nicht einfach wegzulaufen, während die Spannung immer weiter stieg und der Roboter auf ihn zielte.

Im letzten Augenblick riß der Roboter die Arme nach

oben, und der Energiestoß schmolz ein Loch in die Dekke. Dann endlich konnte der Roboter mit einem letzten Ruck den Steuerknochen entfernen.

»Du hast es geschafft«, schnaufte Will.

»Roboter wird – ich werde Will Robinson retten«, sagte der Roboter stolz. »Ich werde meinen Freund retten.«

Die beiden Frauen folgten Quak durchs Unterholz, bis Maureen völlig erschöpft war und stehenbleiben mußte, um sich auszuruhen. Dann erkannte sie, daß Quak sie zielstrebig zu einem Portal geführt hatte, hinter dessen Feuerring die *Jupiter Two* zu sehen war.

Sie folgten Quak durch das Tor, und sofort tauchte Penny hinter dem Schiff auf und nahm Quak in die Arme.

»Penny?« rief Maureen ungläubig. Und dann, in hilfloser mütterlicher Verzweiflung: »Penny!«

Penny stand vor der Luke und winkte ihnen aufgeregt, an Bord zu kommen, als wären ihre Mutter und ihre Schwester diejenigen, die plötzlich davongelaufen waren. Sie betraten ohne ein weiteres Wort das Schiff, und erst als sie mit dem Aufzug zur Brücke hinauffuhren, konnte Maureen fragen: »Wohin bist du nur gelaufen?«

»Ich mußte ein Versprechen halten«, erwiderte Penny mit der eigensinnigen Logik eines vierzehnjährigen Mädchens.

Maureen seufzte. Doch bevor sie oder Judy weitere Fragen stellen konnten, durchlief ein Stoß das ganze Schiff und gab ihnen zu verstehen, daß es Wichtigeres gab als Fragen.

John stand neben Don West in der offenen Einstiegsluke und blickte in den Maschinenraum, der von einem gespenstisch bleichen Licht erhellt wurde. Der Boden bebte heftig.

»Ohne den Kernbrennstoff haben wir nicht genug Schub, um die Umlaufbahn zu erreichen«, bemerkte Don grimmig.

John nickte. »Versuchen Sie, zurück zur *Jupiter* zu gelangen. Ich werde sehen, ob ich den Brennstoff bekomme, dann folge ich Ihnen.«

West runzelte die Stirn. »Sie bringen da etwas durcheinander«, sagte er. »Ich bleibe hier. Ich habe lange nicht soviel zu verlieren wie Sie.«

John schüttelte den Kopf, und als er Dons Gesichtsausdruck sah, war er sicher, daß er die richtige Entscheidung getroffen hatte. »Ganz egal, was passiert, wenn der Planet auseinanderfliegt, müssen Sie starten.«

West faßte ihn am Arm. »John, Ihre Familie braucht einen Vater ...«

»Die Crew braucht einen *Piloten*«, sagte John. Er deutete auf die Trümmer, zwischen denen sie standen. »Ich kann das Schiff lange nicht so gut fliegen wie Sie. Wenn Sie es steuern, steigen die Überlebenschancen der anderen.«

»Aber ...« Don unterbrach sich, gab sich dann aber geschlagen.

»Hören Sie zu, Don«, sagte John leise. »Ich weiß, daß Sie diesen Job eigentlich nicht übernehmen wollten. Aber ich denke, Sie werden jetzt am Ende doch noch beweisen können, daß Sie ein erstklassiger Babysitter sind. Also, der Campingwagen gehört jetzt Ihnen.« Er nickte schwer. »Passen Sie gut auf sie auf.«

Don schwieg einen Moment, dann murmelte er: »Alles Gute.« Er gab John die Hand.

Der Händedruck erinnerte John daran, daß seine Hände leer waren. »Ich könnte eine Waffe gebrauchen«, sagte er. Er sah sich suchend um.

Will und der Roboter tauchten hinter ihnen auf.

»Dad«, sagte Will.

»Professor«, sagte der Roboter. »Wir haben einen Plan.«

Der Roboter fuhr einen Arm aus und öffnete eine Platte seines Körpers. Will griff hinein und zog einen Schaltkreis heraus, den er erst gestern zusammengelötet hatte und der daraufhin dreißig Jahre im Roboter funktioniert hatte. Die Leiterbahnen bestanden aus den Goldmedaillen, die er beim Wissenschaftswettbewerb bekommen hatte. Er hatte sich stolz und erwachsen gefühlt, als er sie für diesen Zweck opfern konnte. Und als er die Schaltung jetzt herausnahm und seinem Vater gab, war er noch stolzer. Die scharfkantige, zackige Platine erinnerte beinahe an den Wurfstern eines Samurai.

John sah sie lange an, ohne ein Wort zu sagen. Aber dann auf einmal zuckte John mit den Achseln, und was Will in seinen Augen sah, war das, wonach er sich immer gesehnt hatte.

John ging mit der Platine in den Maschinenraum, und er war endlich der Held, den Will sich immer zum Vater gewünscht hatte.

Don West gab ihm die Hand, und Will nahm sie und ließ sich und den Roboter in Sicherheit bringen.

Im Maschinenraum drückte der Hybrid unterdessen Will gegen das Geländer der Plattform. »Zeit zu sterben, mein Sohn«, flüsterte er und öffnete den Mund noch ein Stück weiter.

»Ich bin nicht dein Sohn.« Will hob zornig die Fäuste und schlug Smith ins Gesicht, so daß dieser zurücktaumelte.

Will riß sich ganz von ihm los und fuhr einen Moment später erschrocken herum, als irgendwo auf dem Kontrollpult ein Alarmsignal anschlug.

Smith ergriff die Chance, die sich ihm bot, und packte Will von hinten. Er hob ihn hoch, um ihn über das Geländer zu werfen und in den Tod stürzen zu lassen.

»Gute Reise«, murmelte Smith höhnisch. Noch ein Schritt, und er konnte Will über das Geländer heben.

Don führte Will und den Roboter so schnell wie möglich vom Schiff weg – nicht nur, weil die Zeit knapp wurde, sondern auch, weil er Will außer Reichweite wissen wollte, falls John Robinson etwas zustieß. Sie liefen den mit Felsen übersäten Abhang vor dem zerstörten Schiff hinunter und stolperten im Zwielicht, als der Boden abermals bebte. Er hoffte, seine Erinnerung war gut genug, um sie zu ihrer eigenen *Jupiter* zurückzuführen. Und er hoffte, daß die Portale noch dort waren, wo er sie vorher gesehen hatte.

Doch die Tore bewegten sich. Don West blieb wie angewurzelt stehen, als direkt vor ihnen ein Portal gleich der Schneide einer Säge durch die Felsen und die Trümmer des Schiffs schnitt. Drüben, auf der anderen Seite, schien eine einladende, jüngere Welt voller Sonnenschein auf sie zu warten. Aber welche Zeit war dort?

»Da!« Will hatte Smith entdeckt, der vom Hybriden die Klippe heruntergeworfen war. Der Arzt lag zusammengekrümmt auf den Steinen. Will rannte zu ihm und kauerte sich neben ihn.

Don folgte ihm widerstrebend. Er kniete sich neben Will und tastete den Puls des Arztes. »Verdammt«, murmelte er. »Er atmet noch.«

Sie alle wären niemals in diesen Alptraum geraten, wenn Smith sie nicht hintergangen hätte. *Warum hatte Smith nicht einfach sterben können? Er hatte den Tod verdient.* Don stand auf und kehrte dem bewußtlosen Arzt den Rücken. Er ging zum Portal. *Ja, wenn jemand den Tod verdient hatte, dann war es Smith.*

»Wir können ihn doch nicht einfach hier liegen lassen«, protestierte Will.

»Doch, wir können«, sagte Don. Er winkte Will, ihm zu folgen. Der Junge sah ihn verwirrt an.

Doch bevor sie einen Schritt tun konnten, bebte wieder die Erde, heftiger denn je zuvor, und ein heulender Wind erhob sich. Direkt über ihren Köpfen tat sich in der Luft ein weiteres Portal auf, das wie der Schlauch eines Tornados zu ihnen herabsank.

Don packte Will und rannte mit ihm los. In großen Sprüngen hetzten sie den Hang hinunter, bis sie ebenen Grund erreichten. Der Riß in der Zeit schwebte in halber Höhe vor der Wand des Kraters. Hinter dem flammenden Loch hatte sich der Fels aufgelöst. Flüssiges Gestein brodelte dort.

Don verlor fast das Gleichgewicht, als von links, begleitet von neuem Beben und Heulen, ein weiteres Portal auf sie zutrieb. Die Erschütterungen kamen jetzt ohne Pause, und Don dachte unwillkürlich, daß so ähnlich der biblische Weltuntergang vonstatten gehen müßte. Er hatte Angst wie noch nie im Leben, er geriet beinahe in Panik, und ihm war schlecht vor Furcht.

Don konnte Will festhalten, bevor der Junge strauchelte und hinfiel. *Nein, er konnte es sich nicht erlauben, in Panik zu geraten.* Wenn er sich jetzt gehen ließ, verurteilte er sie damit beide zum Tode.

»Die Portale führen in unterschiedliche Zeiten«, rief Will.

Das Rumpeln und die Erschütterungen wurden schlimmer, als würde sich gleich der massive Fels unter ihnen auflösen. Don blickte ratlos zwischen den Toren hin und her. »Aber welches ist das richtige?«

Judy konnte kaum die Augen von dem Schauspiel wenden, das draußen vor dem Bullauge zu sehen war. Penny, ihre Mutter und sie selbst hatten beschlossen, das Schiff für den Start vorzubereiten, doch sie wurden oft von der Arbeit abgelenkt, als sich draußen immer wieder neue Portale auftaten und mit ihren brennenden Rändern Löcher in das Raum-Zeit-Gefüge stanzten. Die Landschaft war nicht wiederzuerkennen. Judy konnte nicht einmal mehr sagen, aus welcher Richtung Dad und Will und Don kommen mußten. *Und wenn sie es nicht wußte, wie sollten die drei dann von der anderen Seite aus den Rückweg finden?*

»Penny«, rief sie ihre Schwester. »Mach alle Raketen scharf.«

Penny, die an einem anderen Pult arbeitete, schüttelte den Kopf. »Aber die Sprengköpfe detonieren doch nicht …«

»Mach es einfach«, befahl Judy. Sie gab ein paar Daten ein, und während sie wie besessen tippte, sah sie grüne Lampen aufleuchten, als die Raketen feuerbereit gemacht wurden. »Euch werde ich heimleuchten«, rief sie, als sie die letzten Befehle eingab, um die Flugbahnen festzulegen. »Sollen sie den Schiffbrüchigen den Weg zeigen wie ein Leuchtturm.« Sie legte den letzten Schalter um. BEFEHL AKZEPTIERT, lautete die Anzeige auf ihren Bildschirmen.

Sie fuhr zurück und sah zu, wie die Raketen aufstiegen und Feuerschweife hinter sich herzogen.

»Detonationen sind ausgelöst«, meldete Penny. »Aber es sind nur die Zündkapseln explodiert.«

Hoch droben am Himmel leuchteten winzige Lichtpunkte auf. »Hoffentlich hilft ihnen das, den Rückweg zu finden«, murmelte sie. »Bitte, bitte …«

Und dann lächelte sie, als die Lichtpunkte sich am Himmel zu einem Bild verbanden. Ein riesiger, aus kleinen Punkten zusammengesetzter Daffy Duck erschien vor dem tiefblauen Abendhimmel.

»Die Tore brechen zusammen!« rief Will.

Don, der Wills Drängen nachgegeben und sich, seinem Vorsatz zum Trotz, um den bewußtlosen Smith gekümmert hatte, blickte auf. Das Portal, hinter dem sie gerade noch Sonnenschein gesehen hatten, fiel in sich zusammen.

Will war nicht sicher, ob er sich darüber freuen oder ob er Angst haben sollte. Dann, man sah es seinem Gesicht deutlich an, gewann die Angst die Oberhand.

»Oh … es tut so weh …« stöhnte Smith. Endlich kam er zu sich.

Don half ihm, sich aufzusetzen. *Du weißt doch gar nicht, was Schmerzen sind, du elender …* Er richtete sich rasch auf, bevor er etwas tat, was er gleich wieder bereuen würde. Er war Soldat, Smith war ein Feind. Er hätte ihn ohne weiteres zurückgelassen, wenn Will Robinson ihn nicht so angesehen hätte. Wenn der Junge ihn mit seinem Blick nicht daran erinnert hätte, daß sie auf der Seite der Guten kämpften.

»Don!« rief Will.

Don wandte sich um, blickte nach oben und sah hinter dem winterlichen Portal ein funkelndes Sternbild, das vor einem Augenblick noch nicht am Nachthimmel zu sehen gewesen war: Daffy Duck. Ein Zeichen, damit sie den Heimweg fanden.

»Gefahr, Will Robinson«, sagte der Roboter auf einmal. »Gefahr.«

Hinter ihnen brach ein Teil der Klippe zusammen, die Erde klaffte auf wie ein gieriges Maul. Der Roboter schnappte Will und setzte sich den Jungen auf den Rücken, um so schnell wie möglich das wartende Portal zu erreichen. Don sah, daß es bereits flackerte. Er zerrte Smith auf die Beine und schleifte ihn hinter sich her, als er zu dem Tor rannte, das sich jeden Augenblick auflösen konnte. Wenn er dafür nicht in den Himmel käme, dann wußte er nicht, was er sonst noch tun sollte.

»Los doch!« schrie er. Der Roboter raste durch das Tor und brachte Will in Sicherheit. Mit letzter Kraft sprang auch Don hindurch und zog Smith hinter sich her. Eine Sekunde später fiel das Tor in sich zusammen.

Maureen starrte zum Bullauge hinaus. Sie atmete unwillkürlich scharf ein, als sie sah, wie draußen vor der *Jupiter* der Boden zerkrümelte wie altbackenes Brot. *Wo blieben sie nur, wo blieben sie nur?*

»Mom«, rief Penny plötzlich. »Da sind sie!«

Maureen sah die Gestalten aus einem offenen Tor taumeln und über den zerklüfteten Boden zum Schiff stolpern.

Penny rannte sofort los und öffnete die Luftschleuse. Erst als alle wohlbehalten drinnen angekommen waren und als sie Will fest in die Arme schließen konnte, bemerkte Maureen, daß sie unwillkürlich den Atem angehalten hatte. Sie schnaufte erleichtert.

Am Rande nahm Maureen wahr, daß Judy und Don West sich auf ganz ähnliche Weise begrüßten, als wollten sie einander nie wieder loslassen. Doch dann wich Judy einen Schritt zurück, und Don West deutete grinsend auf sein Herz. »Ich werde mir genau hier deinen Namen eintätowieren lassen.«

Hinter dem Piloten stand der Roboter. Auch Smith war wieder da. Aber … »Wo ist John?« rief Maureen.

Wests Grinsen verflog schlagartig. Er deutete zur leeren Schleuse. »Das Portal hat sich hinter uns geschlossen, der einzige Rückweg. Es tut mir leid.« Er schüttelte den Kopf.

Das Schiff bebte heftig, und das Beben war die äußere Entsprechung für den Tumult, der in Maureen losgebrochen war. Doch sie mußte sich um das Naheliegende kümmern.

»Wir müssen sofort versuchen zu starten«, sagte Don. Sie sah, daß auch er unter dem Verlust litt.

Sie holte tief Luft, riß sich zusammen. »Wir haben den Countdown bereits eingeleitet.«

Er sah sie ungläubig an.

Sie nickte in Richtung ihrer Kinder und sagte: »Ich will so viele Leben retten wie möglich, Major.«

Die Beben ließen den Laufsteg im Maschinenraum zittern, wo der Hybrid vor der Steuerung stand und zusah, wie der Kernbrennstoff langsam in die Apparatur gesenkt wurde. Als auf den Bildschirmen die Anzeige erschien: STABILITÄT DES TORS 95 %, blickte er begierig durch das Wurmloch im Raum-Zeit-Gefüge und stellte sich vor, wie er sehr bald schon auf die Erde zurückkehren würde.

»Mein Vater sagte immer, daß das Böse stets die ihm gemäße Form wählt.«

Er fuhr erschrocken herum. John Robinson stand hinter ihm auf der Plattform. Smith lächelte und genoß den Augenblick so sehr, wie er den Augenblick genießen würde, in dem er den Fuß wieder auf die Erde setzen würde. Ja, Robinson hatte recht, völlig recht mit seiner Bemerkung. Das machte seinen Sieg über Raum und Zeit und über sich selbst sogar noch süßer. Er hatte seine wahre Gestalt gefunden, und es war gut, wie es war.

»Sie hätten mich töten sollen, als Sie die Gelegenheit dazu hatten«, sagte er, und sein garstiges Lächeln entblößte metallisch schimmernde Zähne.

»Nein«, erwiderte Robinson, der ihm furchtlos in die Augen sah. »Ich konnte den Mann nicht töten. Aber das Ungeheuer zu töten, fällt mir nicht schwer.« Er sprang los und hieb mit der sternförmigen Klinge nach dem Gesicht des Hybriden.

Smith wich zurück, die Klinge verfehlte ihn. Er ging sofort zum Gegenangriff über und schlug Robinson mit vier Armen gleichzeitig. Robinson konnte der blitzschnellen Bewegung nicht mehr rechtzeitig ausweichen, taumelte zurück und brach zusammen. Mit einem einzigen Sprung setzte der Hybrid dem Wissenschaftler hinterher und baute sich vor dem benommen am Boden liegenden Mann auf.

»Ersparen Sie mir Ihren selbstgerechten Zorn.« Er knickte den Hals ab und sperrte das Maul auf. »Ich glaube, es bleibt noch etwas Zeit für einen Imbiß, ehe ich aufbrechen muß.«

21. Kapitel

John knirschte mit den Zähnen und blieb, obwohl seine Instinkte ihm sagten, er müsse die Flucht ergreifen, reglos auf der Plattform liegen, bis der Kopf des Hybriden ganz nahe war und die Kiefer schon fast nach seiner Kehle schnappten.

Im allerletzten Augenblick schwang er den Arm herum, und die scharfen Kanten des Wurfsterns trafen das Gesicht des Hybriden. Silbrigrotes Blut strömte aus dem entstellten Gesicht, und das Ungeheuer wich erschrokken zurück.

Doch dann beugte der Hybrid wieder den Kopf vor und sah sein Opfer mit kalter Verachtung an. »Oh, die Schmerzen, diese Schmerzen.« Er bleckte die Zähne.

John erwiderte das Grinsen. »Das war noch gar nichts.« Er täuschte einen zweiten Hieb zum Gesicht des Hybriden an, doch dann lenkte er die Bewegung um, zog die Waffe nach unten und trennte die zähe Hülle des Eiersacks auf.

Dieses Mal gaffte der Hybrid ungläubig, als seine Monsterkinder aus dem Sack strömten und ihm über den Körper liefen, den Panzer hinauf bis zu dem Blut, das aus der Gesichtswunde über die Wange strömte.

»Erinnern Sie sich an das Forschungsschiff?« sagte John grimmig. »Diese Biester fressen ihre Verwundeten.«

Der Gesichtsausdruck des Hybriden veränderte sich,

er hob eine Hand zum blutverschmierten Gesicht. »Nein«, keuchte er, »aufhören. Nein!« Er taumelte zurück, verlor das Gleichgewicht, als die Plattform abermals bebte, und kippte über das Geländer.

John rappelte sich rasch auf und sah hinab.

Doch sofort war der Hybrid wieder da. Mit acht Insektenbeinen hatte er sich an der Kante festgehalten. Er zog sich hoch und drang erneut, alle Gliedmaßen wild schwenkend, auf John ein.

John stürmte ihm entgegen und rammte ihm die Schulter in den Leib. Der Hybrid torkelte und kippte abermals rücklings über das Geländer.

Ein Haken verfing sich in Johns Kleidung, als der Hybrid stürzte, und zerrte ihn von der Plattform.

John tastete wild nach einem Halt, fand das Geländer und konnte sich im letzten Augenblick festhalten, während der Hybrid endgültig abstürzte, dem weit, weit unten schimmernden Tor entgegen.

Jetzt wurden seine schlimmsten Befürchtungen wahr, und John konnte sich nur festhalten und beten, daß die Gesetze der universellen Ordnung auf dieser zerbrechenden Welt noch nicht ganz und gar außer Kraft gesetzt worden waren.

Und richtig, der Hybrid fiel nicht mitten in das Loch und weiter zur Erde, sondern auf den Rand, auf den Ring aus brennendem Plasma, der das Zeittor begrenzte.

John unterdrückte ein Schluchzen, als er die Schreie des Hybriden hörte.

Dann blickte er mit erbarmungslosen, kalten Augen nach unten, und sein Kopf war auf einmal so leer wie der Weltraum zwischen den Sternen. »Alle Zeit der Welt hast du jetzt zum Sterben«, murmelte er, als die Gestalt des Hybriden im Höllenfeuer des Plasmas verglühte.

John zog sich mühsam, Zentimeter um Zentimeter, wieder auf den Laufsteg. Er mußte das Steuerpult erreichen und den Countdown abbrechen. Er mußte den Kernbrennstoff herausnehmen, bevor …

Plötzlich bemerkte er aus den Augenwinkeln ein Blinken. Weit unten auf der Rampe, die den direkten Zugang zum Hyperantrieb erlaubte, lag etwas. Ein regloser menschlicher Körper.

Will – es war sein Sohn, sein eigener Sohn, der dort unten lag, als wäre er tot. Die silberne Kette, die er um den Hals trug, hatte sich in einem Spalt verfangen und hielt den Bewußtlosen fest, sonst wäre er auf der abschüssigen Rampe schon längst in das klaffende Loch zwischen den Dimensionen gerutscht. Die Kette mit den Dienstabzeichen, die er nach so vielen Jahren immer noch trug, hatte ihn gerettet.

In diesem Augenblick erschütterte ein weiterer Erdstoß den Maschinenraum, und Wills Körper rutschte ein Stückchen weiter hinunter, als sich die Kette zu lösen begann.

Will … er mußte ihn retten.

Er blickte wieder auf. Der Zylinder war jetzt fast vollständig abgesenkt. Es blieb keine Zeit mehr. Nur noch ein Stückchen weiter, und es wäre zu spät, um ihn aufzuhalten.

Er konnte nicht beides gleichzeitig tun.

Die Pflicht oder die Liebe – das war der alte Konflikt, der sich durch sein ganzes Leben gezogen hatte. Er hatte sich immer für das entschieden, was über das rein Persönliche hinausging, für das Wohl des Ganzen, für die Verantwortung – und für den eitlen Glauben, er allein wäre imstande, die Welt zu retten. Sein Leben lang hatte er dafür die Dinge geopfert, auf die es wirklich ankam:

Freude, Mitgefühl, Freiheit, ein Leben, das er mit seinen Angehörigen und Freunden teilen konnte. All die wichtigen Emotionen, die einen Menschen erst menschlich machten.

Und schau nur, dachte er, *wohin es dich gebracht hat.*

John schwang sich über die Rampe und ließ los.

Er landete neben Will, als die Kette endgültig riß. Er packte Wills Handgelenk und zerrte ihn fort vom lodernden Plasma, das den Hybriden verschlungen hatte.

Dann verließen ihn die Kräfte, seine Beine knickten ein. Er setzte sich einfach auf den Boden und wiegte Wills Kopf in den Armen. »Komm schon, mein Sohn«, murmelte er, während er zärtlich Wills Haar streichelte. »Wach schon auf.«

Don beobachtete das Gelände vor der *Jupiter Two,* wo die namenlose Welt im Sterben lag. Magma sprudelte aus den Abgründen, die sich aufgetan hatten. Da draußen war die Hölle los.

Er sah noch einmal auf die Anzeigen. Das Schiff war startklar – soweit das mit der knappen Energie überhaupt möglich war – und wartete auf sein Kommando. Er trommelte mit den Fingern nervös auf dem Pult herum und kaute an der Unterlippe. Da draußen gab es nichts mehr, was man als Landschaft bezeichnen konnte. Niemand, der dort draußen war, konnte auch nur eine Sekunde überleben.

Maureen nahm Johns verwaisten Pilotensitz ein und schnallte sich an. »Ich habe die ganze Zeit gehofft, er würde doch noch auftauchen«, murmelte sie. Sie starrte mutlos zu der Welt hinaus, die von Menschen ins Verderben gestürzt worden war.

Dann riß sie sich von dem Anblick los, denn sie hatte sich endlich entschieden, sich in das Unvermeidliche zu schicken. »Starten Sie, Major«, sagte sie. Ihr Blick war fest und klar. Sie nickte ihm zu.

Don drückte auf den Knopf, die Triebwerke sprangen an und waren bereit, alles zu geben, was sie hatten, um das Schiff wieder in den Weltraum zu befördern, in den es gehörte.

Und wenn es nicht reicht? dachte Don. Er verscheuchte den Gedanken. John Robinson hatte sein Leben geopfert und ihm, Don, seine Familie anvertraut, weil er der bessere Pilot war.

Er würde die Familie, Johns geliebte Familie, retten. Die Familie, die jetzt seine Familie war. Er hatte heute Dinge gesehen, die er immer noch nicht ganz glauben konnte. Was zählte nach alledem ein Wunder mehr oder weniger? »Ein Kinderspiel«, murmelte er mit angehaltenem Atem. Ein Kinderspiel.

Die *Jupiter* bebte heftig, als unter ihr das Gelände nachgab und die Felsen zerkrümelten.

»Lebe wohl, Liebster«, sagte Maureen leise.

Sie hatte Tränen in den Augen. Er wich ihrem Blick aus und konzentrierte sich auf die Steuerung. »Hauptdüsen ein«, sagte er. »Und ab!«

In die Erschütterungen, die von der bebenden Erde ins Schiff übertragen wurden, mischte sich eine neue Vibration, als die Düsen ansprachen und das Schiff vom Boden hoben. Die *Jupiter Two* löste sich von der zerfallenden Kraterwand und stieg langsam auf.

»Mach schon, mein Junge, wach auf!« John wiegte Will in den Armen und schützte ihn vor den Erschütterungen, die durch den Boden liefen und die Kabel pendeln und die Geräte scheppern ließen. Endlich öffnete sein Sohn flatternd die Augenlider.

»Dad?« sagte Will ungläubig.

John lächelte ihn an. »Ich dachte schon, ich hätte dich verloren.«

Will sah ihn verwundert an, dann begann er zu lächeln. Aber plötzlich veränderte sich sein Gesichtsausdruck wieder, und er sagte: »Der Kern!« Er kam auf die Knie, gerade noch rechtzeitig, um zu sehen, wie der Kern im Gehäuse verschwand. Ein blendend heller Lichtstrahl schoß aus der Zündung des Hyperantriebs und traf das Becken. Die ganze Energie aus dem Antrieb wurde jetzt gebündelt und einzig und allein dazu benutzt, den Tunnel durch Raum und Zeit unter ihnen zu stabilisieren. Der Monitor auf der Plattform zeigte den Status an: PORTAL SENDEFÄHIG.

Will wandte sich kopfschüttelnd an John. »Du hättest den Kern nehmen und einfach verschwinden können, bevor es zu spät war. Aber du hast es vorgezogen, mich zu retten.«

John sah seinen Sohn an, sah den Unglauben, und irgend etwas zerbrach in ihm. Der Schmerz war stärker als alles, was er bisher erlebt hatte, aber es war ein befreiender Schmerz. »Ich hatte keine andere Wahl«, flüsterte er. »Ich konnte dich nicht einfach da hineinfallen lassen. Du bist doch mein Junge.«

Will wollte etwas sagen, aber bevor er die richtigen Worte gefunden hatte, riß die Decke über ihnen auf wie ein Stück Papier, und direkt über ihnen entstand ein neues Portal. Der Himmel dahinter brannte, ein roter und goldener Strudel, als wäre die ganze Welt von einem ungeheuren Feuersturm in Brand gesetzt worden.

Don kämpfte mit den Kontrollen, während die Triebwerke der *Jupiter Two* versuchten, das Schiff acht Meilen hoch und damit aus dem Zug der Gravitation zu bringen.

Unter ihnen schwankte und wogte das Land, erschüttert von Explosionen, gespenstisch erleuchtet von Lichtblitzen. Felswände stürzten ein wie Sandburgen, Berge entstanden und wurden wieder verschlungen. Das Schiff vibrierte so stark, daß Don schon befürchtete, die beschädigte Hülle könnte ganz aufreißen.

Sie kamen nicht vom Fleck. »Wir schaffen es nicht«, rief er heiser, doch Maureen konnte es selbst sehen.

Direkt vor ihnen erhob sich eine Welle aus Stein und türmte sich über ihnen auf, und er konnte nur hilflos zusehen, wie die Welle brach, wie riesige Felsplatten vom Wellenkamm abrissen und auf sie niederstürzten.

Ein Schatten fiel auf seine Konsole. Er drehte sich um, warf einen letzten Blick zu den Menschen, die er nicht hatte retten können. Judy hatte Will und Penny in die Arme genommen, und sie alle hatten verstanden, sie waren bereit zu sterben.

Ein letzter Blick zu Maureen, deren Augen vor Kummer brannten. »Es tut mir leid«.

Die Woge aus Stein traf sie wie die Faust Gottes. Die *Jupiter Two* explodierte und verging in einem Feuerball, als der geschändete Planet Rache nahm.

Will stand neben seinem Vater auf der Plattform. Sie mußten ohnmächtig zusehen, wie hinter dem lodernden Portal die *Jupiter Two* startete, um das Unmögliche zu versuchen. Doch schon Sekunden später wurde sie vom Himmel gewischt und verging in einem Feuerball.

Sein Vater lehnte sich niedergeschlagen ans Geländer

der Plattform. Will sah in seinen Augen den Schmerz eines Mannes, der auf einen Schlag alles verloren hatte, was ihm wichtig war: seine Familie, seine Hoffnung, seine Träume. »Ich habe versagt, sie sind tot«, flüsterte sein Vater.

Will wandte den Blick ab, er konnte es nicht ertragen, seinen Vater so leiden zu sehen. Verloren starrte er den Zeittunnel an, der von der konzentrierten Energie des Kernbrennstoffs mittels des Strahls, der von oben darauf zielte, stabil gehalten wurde. Im Tor sah man jetzt die Startkuppel, und er konnte sich selbst erkennen, wie er, zehn Jahre alt, in seinem Kälteschlafanzug zur *Jupiter* marschierte. Unschuldig und hoffnungsvoll war er damals gewesen, nicht ahnend, welche Zukunft auf ihn warten würde.

»Vor so vielen Jahren war das«, sagte er leise. »Und ich weiß noch genau, wie ich mich damals gefühlt habe, als ich unsere Sonne und unsere Erde verlassen mußte. Ich habe die ganze Zeit an nichts anderes gedacht. Ich wollte immer nur nach Hause zurückkehren ...« Er wandte sich zum Steuerpult um und gab neue Anweisungen ein, die das Feld auf eine andere Zeit und einen anderen Ort ausrichteten. Die Bilder im Zeittor verschwammen und lösten sich auf, flatterten vorbei wie im Wind umgeblätterte Seiten eines Buches.

»Vor langer Zeit«, fuhr er fort, obwohl er wußte, daß sein Vater es nicht hören wollte, »vor langer Zeit hast du einmal einem kleinen Jungen gesagt, daß er eines Tages verstehen würde, wie sehr sein Vater ihn liebt.« Jetzt lag die Welt, auf der sie sich gerade befanden, im Kreis des Zeitfensters. Die *Jupiter Two* wanderte in den Sichtbereich. Das Schiff, noch intakt, wurde auf den Start vorbereitet, und die Maschinen wurden hochgefahren. Nicht mehr lange, und es würde zerstört werden.

»Ich habe damals nur sehen können, daß du um jeden Preis deine Ziele verfolgen wolltest.« Er wandte sich wieder an seinen Vater. »Deine Liebe hast du mir nie gezeigt, und irgendwann habe ich dir nicht mehr geglaubt. Und dann waren wir durch die Zeit getrennt.« Er schüttelte den Kopf. »Ich erkenne erst jetzt, wieviel ich dir bedeute.« Er lächelte. *Und jetzt würde er alles zurückgewinnen, was er durch die Zeit verloren hatte.*

Ein neues Portal fraß sich durch den Raum wie eine Kettensäge, riß die Wände nieder und brach ein weiteres großes Stück aus der Decke. Dahinter lag schreckliche Dunkelheit. Will faßte die Hand seines Vaters und zog ihn langsam über die Plattform zum Feld.

Maureen nahm Johns verwaisten Pilotensitz ein und schnallte sich an. »Ich habe die ganze Zeit gehofft, er würde doch noch auftauchen«, murmelte sie. Sie starrte mutlos zu der Welt hinaus, die von Menschen ins Verderben gestürzt worden war.

Dann riß sie sich von dem Anblick los, denn sie hatte sich endlich entschieden, sich in das Unvermeidliche zu schicken. »Starten Sie, Major«, sagte sie. Ihr Blick war fest und klar. Sie nickte ihm zu.

Don drückte auf den Knopf, die Triebwerke sprangen an und waren bereit, alles zu geben, was sie hatten, um das Schiff wieder in den Weltraum zu befördern, in den es gehörte.

Und wenn es nicht reicht? dachte Don. Er verscheuchte den Gedanken. John Robinson hatte sein Leben geopfert und ihm, Don, seine Familie anvertraut, weil er der bessere Pilot war.

Er würde die Familie, Johns geliebte Familie, retten. Die Familie, die jetzt seine Familie war. Er hatte heute Dinge gesehen, die er immer noch nicht ganz glauben konnte. Was zählte nach alledem ein Wunder mehr oder weniger? »Ein Kinderspiel«, murmelte er mit angehaltenem Atem. Ein Kinderspiel.

Die *Jupiter* bebte heftig, als unter ihr das Gelände nachgab und die Felsen zerkrümelten.

»Lebe wohl, Liebster«, sagte Maureen leise.

Penny, die hinter ihnen stand, keuchte plötzlich. »Schaut nur!« rief sie.

Die Decke wellte sich und wurde durchsichtig, als wäre sie durch einen Zauberspruch in Wasser verwandelt worden.

Und hinter der gekräuselten Fläche tauchte John auf, starrte sie ungläubig und verwundert an. Dicht neben ihm stand lächelnd der erwachsene Will, der seinem Vater eine Hand auf die Schulter legte und ihm tief in die Augen sah. »Laß mich nicht noch einmal ein ganzes Leben warten, ehe du mir sagst, was du empfindest«, sagte er leise. Sein Lächeln wurde etwas wehmütig.

Und plötzlich gab er John einen Stoß, so daß dieser über die Kante der Plattform fiel, mitten hinein in das Zeitfenster, aus dem er am anderen Ende, in der *Jupiter*, sofort wieder erschien.

John stürzte durch die flüssige Decke und landete unsanft auf dem Boden. Maureen war schon aufgesprungen und kniete neben ihm, ehe Don auch nur seine Gurte gelöst hatte. Sie blickte noch einmal durch das Portal, und ihre Freude wich dem Kummer, als sie ihren lange verlorenen Sohn sah – so nahe und doch unerreichbar. Die anderen Kinder sammelten sich um sie und starrten in stummer Ehrfurcht hinüber.

»Komm doch mit uns!« rief John. Er hob die Hand, als könnte er seinen Sohn herüberziehen. Aber der Durchgang durch Raum und Zeit löste sich bereits auf, wie sich der Planet auflöste, in dessen Schwerkraft sie sich befanden.

»Ich kann nicht«, sagte Will kopfschüttelnd. »Es war nur genug Energie für einen Menschen da, für einen einzigen Sprung.«

»Will?« rief Maureen. Sie richtete sich wieder auf, um John zu helfen.

»Es ist schön, dich zu sehen, Mom«, sagte Will. »Es ist schön, daß ihr alle am Leben seid.« Das Bild verschwamm, die wogende Oberfläche des Portals wurde undurchsichtig. »Vergeßt mich nicht.«

»Niemals, mein Junge, niemals ...« Maureen wollte auf das Pult steigen, um ihrem Sohn näher zu sein, der, im verschwimmenden Feld kaum noch erkennbar, eine Hand ausstreckte. Ihr Gesicht war tränenüberströmt, als John sie in die Arme nahm und hochhob, bis sie das Feld beinahe mit den Fingern erreichen konnte.

Dann schloß es sich, und er war fort. Für immer.

Don biß sich auf die Unterlippe.

Penny stand mit großen Augen wie angewurzelt mitten im Raum, Quak hatte sich in ihre Armbeuge gekuschelt, und Will stand blinzelnd neben ihr. Judy legte Don eine Hand auf den Arm, als wollte sie sich vergewissern, daß er wirklich aus Fleisch und Blut war. Er nahm sie einfach in den Arm.

John zog Maureen behutsam vom Pult herunter. »Er hat sich für seine Familie geopfert«, sagte er, indem er zur Decke deutete.

Sie konnte kaum die Tränen zurückhalten. »Das hat er vom Vater«, flüsterte sie mit gebrochener Stimme. Sie nahm ihn fest in die Arme und schmiegte das Gesicht an seine Schulter.

Will gesellte sich zu ihnen. »Dad?« fragte er zögernd. Seine Mutter machte ihm sofort Platz, wischte sich die Augen aus und ließ ihn mit seinem Vater reden. Er gab seinem Vater die Dienstmarke. »Schön, daß du wieder da bist«, sagte er. Auch ihm kamen fast die Tränen.

John kniete sich vor Will und umarmte ihn. »Ich will dir nur sagen, Junge«, erklärte er, »daß ich dich liebe. Daß ich dich sehr, sehr lieb habe, mein Sohn.« Will erwiderte die Umarmung, und endlich war es zwischen ihnen, wie es schon immer hätte sein sollen.

Draußen bebte und wogte der Boden und ließ das Schiff rucken und schlingern. Don löste sich von Judy und wandte sich seinen Kontrollen zu. »Der Planet bricht praktisch unter unseren Füßen auseinander.«

Die anderen nahmen rasch ihre Positionen ein. »Status?« fragte John. Ein lautes Krachen draußen war Antwort genug.

»Wir sind im Eimer«, stöhnte Smith, als Don auf dem Weg zu seinem Pult an ihm vorbeikam.

Don blieb sofort stehen und fuhr herum, als hätte er jetzt erst zu seinem Unbehagen bemerkt, daß der Mann immer noch am Leben war.

»Wir sind verloren.«

Don holte aus und schlug ihn nieder.

Einen Moment lang betrachtete er den bewußtlosen Smith, dann schlenkerte er die Hand. »Junge, das hat gutgetan.« Er rieb sich die Knöchel und setzte sich ans Pult.

John drängte: »Nun bringen Sie uns schon in die Luft.«

Er ließ sich auf den Pilotensitz fallen, legte eine CD

ein, und als die Musik einsetzte, drehte er den Schub auf.

Nach und nach wurden die Erschütterungen des Erdbodens durch die Vibrationen des Antriebs ersetzt. Die *Jupiter Two* löste sich von der heftig schwankenden Kraterwand und begann, begleitet von weiteren Explosionen, langsam zu steigen.

Don drehte den Schub so weit auf, wie es überhaupt möglich war. Die *Jupiter* bockte und schüttelte sich, kämpfte sich mit zuviel Ballast und zu wenig Schub ein Stück hoch und konnte sich doch nicht der Schwerkraft entziehen, die sie unerbittlich wieder zurückzog.

Er änderte den Steigwinkel, fing das Rollen des Schiffs ab, zog die Nase wieder ein Stückchen hoch, um nach und nach die Geschwindigkeit und den Steigungswinkel zu finden, mit denen sie dem Planeten entfliehen konnten. »Ich will versuchen, die Fluchtgeschwindigkeit zu erreichen, aber ...«

Ein Schatten fiel über seine Konsole.

»Nein«, keuchte John. »Wir haben nicht genug Treibstoff. Die Schwerkraft holt uns wieder herunter.«

Don lenkte die *Jupiter* verzweifelt zur Seite, als durch die Zuckungen des Planeten direkt vor ihnen eine sieben Meilen hohe Felswand entstand. Er fragte sich, was Robinson noch wollte. Als ob sie eine Wahl hätten. »Wir könnten ...«

»Wir schaffen es nicht«, sagte Robinson mit kreidebleichem Gesicht. »Glauben Sie mir, ich weiß es.« Sein ernstes Gesicht zeigte Don, daß jeder Widerspruch sinnlos war. »Wir müssen nach unten.«

»Was?« Don lachte kurz und humorlos.

»Durch den Planeten, sobald er zerbricht.«

»Das ist doch Wahnsinn«, sagte Don wütend. Das

schlingernde Schiff sträubte sich gegen die Steuerung wie ein wildes Tier.

»Ich habe keine Zeit, mit Ihnen darüber zu streiten«, sagte John fest. »Das ist ein Befehl, Major.«

Robinsons Gesicht verschwamm vor Dons Augen, und er sah nur noch einen arroganten, starrköpfigen, dummen Alten, der schon viel zu lange viel zuviel Macht über sein Leben hatte …

Und dann auf einmal klärte sich sein Blick, und er sah wieder John Robinson. »Ja, Sir. Commander.« Er lächelte.

Er drehte sich wieder zur Konsole um, und sein Herz sank, als er die Gebirge sah, die sich wie eine Flutwelle vor ihnen aufbauten, die auf sie zu kippen drohten …

Unter ihnen tat sich in der wogenden Kruste des Planeten ein Spalt auf, so tief, daß man glauben konnte, die Welt würde sich selbst verschlingen und man könnte bis zum flüssigen Kern hinunterblicken.

Er schaltete den Antrieb ab. Einen Augenblick lang zögerte das Schiff, hing antriebslos zwischen Himmel und Hölle, während sich zu beiden Seiten die Kontinentalplatten hoben, nachdem sie aufeinandergeprallt waren wie die Kotflügel zweier Autos. Auf einer glatten Fläche aus Magma rutschend, ergossen sich die Steinlawinen über die Ränder der gewaltigen Spalte und drohten, die *Jupiter* zu verschütten …

Und dann stürzte das Schiff geradewegs in den Abrund hinunter, daß es aussah, als wollte der Planet es verschlingen. Hinter ihnen schlossen sich die Kiefer aus Stein und krachten zusammen, als Teile der Kruste zusammenprallten und sich gegenseitig zerstörten.

Die *Jupiter* und ihre Crew stürzten ins Loch, wie Alice ins Wunderland gestürzt war, in ein Universum aus grellem Licht und übermächtigem Druck, nur ein paar Sekunden der hinter ihnen brodelnden Kruste des Planeten voraus. Sie waren gefangen zwischen dem Fels und dem heißen Erdinnern.

Don steuerte ihren Fall, und auf einmal wurde sein Kopf völlig klar. Er hatte Dinge erlebt, die noch kein Mensch vor ihm erlebt hatte, und er war entweder verrückt oder völlig rational geworden. *Durch den Planeten fliegen.* Das war völlig verrückt. Und doch, sie lebten noch.

Im Augenblick jedenfalls. Ihre Geschwindigkeit nahm rasch zu, als die Schwerkraft die *Jupiter* zum Kern des Planeten zog. Die Temperatur und der Druck draußen würden weiter steigen, bis sie alle sterben mußten.

Verdammt, dachte er, *haben wir nicht gestern schon einmal so was ähnliches gemacht?*

Richtig, sie hatten die Schwerkraft der Sonne genutzt, um zu beschleunigen. Er erinnerte sich, wie die Katastrophe begonnen hatte, wie sie von der Sonne angezogen worden waren. Hitze, Druck und Geschwindigkeit.

Er beugte sich vor und sah auf die Anzeigen. Natürlich. Das war es, was John gemeint hatte. Nur daß John davon ausgegangen war, daß auch Don es sofort verstehen würde. *John,* dachte der Pilot, *wenn wir das überleben, dann werde ich wieder zur Schule gehen und einen Kurs in Astrophysik belegen.*

Ein Schatten fiel über sein Gesicht. Er schaute nach vorn und riß die Augen auf.

Über und vor ihnen stürzte ein ganzer Ozean durch einen Riß in seinem Bett herab. Das Wasser kam auf die *Jupiter* zu wie eine Sintflut. *Nun gut, dann will ich Noah heißen.*

Er kippte das Schiff, daß es sich drehte wie ein silberner Pfannkuchen, und schaltete die Düsen wieder ein, um die *Jupiter* auf eine parabolische Flugbahn zu bringen. Die Andruckkräfte preßten sie in die Sitze, während das Schiff den Kontinentalplatten auswich und sich weiter dem gewaltigen Wasserfall näherte.

»Haltet euch die Nasen zu«, rief er. *Wo es einen Eingang gibt, dort gibt es auch einen Ausgang.* Das Schiff drang in den Sturzbach ein, schwamm oder flog aufwärts, schoß wie ein Laserstrahl durch den Strom und näherte sich der Oberfläche, der Freiheit entgegen ...

Die *Jupiter* brach aus dem Ozean hervor und geriet in eine Luftblase. Don mußte heftig mit der Steuerung kämpfen, als ein Eisberg an ihnen vorbeischwebte und hinter ihnen zurückblieb. Er lenkte das Schiff in einen Wirbel aus Gestein. Es war ihm einerlei, was dort vor sich ging, denn hinter dem Strudel konnte er die Sterne erkennen.

Das Schiff schoß durch den steinernen Kamin weiter nach oben. Sie befanden sich jetzt im Innern eines zerfallenden Vulkans, erkannte er – und es war ein aktiver Vulkan. Erkaltende Lava und Felsen in der Größe von Häusern flogen ihnen entgegen. Ein letztes Hindernis, ein letzter Angriff, bevor diese Welt sie freigeben mußte. Und auf einmal fühlte er sich, als säße er mitten im besten Videospiel, das er je gespielt hatte.

»Auf zum Tanz«, grinste er, und er tat mit dem Sternenschiff im Vulkan, was man mit einem Sternenschiff in einem Vulkan eigentlich nicht tun konnte. Geschosse aus Stein und Bomben aus geschmolzener Lava konnten ihm und dem Schiff und den Menschen, die ihm so wichtig waren wie das eigene Leben, nichts anhaben.

Er ließ die *Jupiter* zu seiner Musik tanzen, führte sie wie in Trance in Pirouetten und Schlenkern durch den

Sturm aus feurigen Trümmern, und er machte dabei keinen Fehler und war keine Sekunde unsicher.

»Dort«, sagte John, »ein Fenster.«

Er nickte. »Ich habe es gesehen.« Er richtete das Schiff aus, damit es den Vulkan durch den Krater verlassen konnte. Am anderen Ende des Tunnels, durch den sie senkrecht nach oben flogen, waren Sterne zu sehen.

Das Schiff schoß aus dem Mund des Vulkans in die Nacht hinaus und raste durch die sich auflösende Atmosphäre nach oben.

Die namenlose Welt blieb hinter ihnen zurück, und dann hatten sie sich aus dem tödlichen Griff der Schwerkraft befreit und waren in der Stille und Weite des Weltraums in Sicherheit.

Epilog

Don West stand auf und streckte sich, um die verspannten Muskeln zu lockern. Endlich konnte er wieder durchatmen, endlich hatte er einen Augenblick Zeit, die Sterne und dann seine Crew anzusehen – seine Familie. John warf ihm einen stolzen und bewundernden Blick zu. Don schob grinsend die Hände in die Hosentaschen, als wäre alles eine Kleinigkeit gewesen.

Judy trat hinter ihn, und auch die anderen rührten sich allmählich wieder. »Nicht übel, Pilotenlümmel«, sagte sie leise.

Er drehte sich um, sein Grinsen wurde noch breiter. »So«, sage er. »Habe ich mir damit den Kuß verdient?«

Sie küßte ihn züchtig auf die Wange. »Den hast du dir verdient.«

Was denn, mehr nicht? Er zuckte mit den Achseln und drehte sich wieder um, doch Judy hielt ihn auf. »Den nächsten gibt es als Vorschuß.« Sie legte beide Arme um ihn und küßte ihn lange und leidenschaftlich auf den Mund. Dann ließ sie ihn wieder los.

Don verschlug es die Sprache.

»Wie war das mit dem kalten Fisch?«

Pennys Schoßtier begann laut und penetrant zu quaken, und er war dankbar für die Störung, die ihm die Peinlichkeit ersparte, eine ebenso unpassende wie ungeschickte Antwort hervorzustottern.

Maureen, die amüsiert zugesehen hatte, wandte sich an Quak. »Das arme kleine Ding«, sagte sie, indem sie dem Wesen den Kopf streichelte. »Sie ist ganz allein.«

Aber Penny wich sofort zurück und nahm das aufgeregte Alien-Baby mit.

»Penny, warum siehst du mich so seltsam an? Was hat das zu bedeuten, Penny?«

Penny hatte sich inzwischen bis zur Drucktür in Sicherheit gebracht. »Ich habe Judy versprochen, daß ich mich um sie kümmern würde«, murmelte sie. Ein schuldbewußtes Grinsen breitete sich in ihrem Gesicht aus, und sie senkte verlegen den Blick. »Ich konnte sie doch nicht allein lassen.« Sie drehte sich um, spähte in den Gang und rief: »Du kannst jetzt rauskommen.«

Ein riesiges Geschöpf kam herein und wechselte sofort die Farbe. Es dauerte ein paar Sekunden, bis Don begriffen hatte, daß es sich um ein erwachsenes Wesen von der gleichen Art wie Quak handelte. Er schüttelte den Kopf. *Und ich dachte, Orang Utans wären häßlich.*

Penny ließ Quak in die Arme des größeren Wesens springen. War es jetzt seine eigene Mutter oder sein eigener Vater? Das würde wirklich eine interessante Geschichte werden. Das größere Wesen wiegte das Baby zufrieden in den Armen, und Penny strahlte, während Will die beiden Aliens umkreiste und fasziniert betrachtete.

Maureen schüttelte den Kopf, als hätte sie sich gefragt, was ein so großes Wesen wohl fressen mochte.

John wandte sich mit einem müden Lächeln an Don. »Und jetzt wäre es nett, wenn wir den Weg nach Alpha Prime finden könnten.«

Will, der die Bemerkung seines Vaters gehört hatte, strahlte und gab seinem Roboter mit einem Nicken einen Befehl.

»Professor, wenn Sie erlauben«, begann der Roboter. Er hatte reglos den bewußtlosen Smith bewacht. Eine holografische Skizze der Galaxis entstand im Zentrum der Brücke in der Luft, die gegenwärtige Position der *Jupiter Two* war korrekt eingetragen. Auf der anderen Seite des Raumes blinkte ein Lichtpunkt: Alpha Prime. »Die Sternenkarten Ihres Sohnes.«

»Genau, meine Sternenkarten«, sagte Will aufgeregt. Er ging zu seinem Vater, und John nahm ihn liebevoll und stolz nickend in die Arme.

Doch als er wieder zur Sternenkarte blickte, konnte man ihm ansehen, daß er sich nach wie vor große Sorgen machte.

Auf einmal schlugen auf der ganzen Brücke überall Alarmmelder an. Don drehte sich sofort um und prüfte die Anzeigen. Hinter ihnen im Weltraum begann der namenlose Planet zu pulsieren. Er glühte jetzt hellrot und schwoll an wie eine entzündete Eiterblase, spuckte die aufgestaute Energie und seine Trümmer in den Weltraum. Der Todesschrei eines Himmelskörpers, den man noch lange in der ganzen Galaxis würde hören können. Die Druckwelle lief rasch auf sie zu, und schon kollabierte die Welt erneut und wurde von Sekunde zu Sekunde kleiner, während sie in sich selbst zusammenfiel. Don fluchte ungläubig. »Das Schwerkraftfeld des Planeten bricht zusammen!«

»Wir werden angezogen«, rief Maureen.

»Wir haben keine Zeit, rechtzeitig aus dem Feld herauszukommen«, sagte John kopfschüttelnd.

»Der Hyperantrieb?« fragte Judy.

Don nickte, und als er die entsprechenden Kommandos gab und seinen Sitz nach oben fahren ließ, begann er wieder zu grinsen. Auch John nahm seine Position ein. Er holte die Schlüssel aus dem Kästchen und warf einen zu Don hinüber.

»Alles festhalten«, murmelte Maureen. Es klang eher ironisch als entsetzt.

Penny verdrehte die Augen. »Jetzt geht das schon wieder los.«

»Cool«, sagte Will grinsend.

Der Kern des namenlosen Planeten implodierte, und ein grellweißer Blitz zuckte durch die Nacht zwischen den Sternen. Der Warpantrieb der *Jupiter Two* zündete. Einen kurzen Moment lang leuchtete das Schiff hell wie ein neuer Stern am Himmel über dem sterbenden Planeten.

Und dann – genau wie die Welt, die es zurückließ – verlor sich das Schiff in der Weite des Weltraums.